一辈子一件事

平凡英雄的追梦故事

人民日报总编室 编

人民出版社

序：讲好平凡英雄的追梦故事

杨　涌

一辈子有多长，能干多少事？

历经各方努力，《一辈子一件事》新鲜出炉，摆在了我们面前。这本由人民日报记者和编辑倾注心血原创的人物报道集，是一本适合在静夜细细品读的书、一本置于案头时时想要研读的书、一本穿越时空值得流传珍藏的书。

平凡铸就伟大，英雄来自人民。新时代每个人都了不起！翻开书本，一个个平凡而伟大的故事映入眼帘，走进心底：这些故事和它们的主人公来自社会各行各业，有科学家、教师、医生、工人、农民等等。他们当中，有聚光灯下的名流大家，有默默无闻的平凡身影。但每个人身上，都蕴含着鲜明的时代精神、深厚的家国情怀、不屈的奋斗力量。当我们往深里、往心里读时，顿感豁然贯通，只要一辈子做好一件事，就会将平凡和平庸区分开。

历史是由一个个人、一件件事编织而成的长河；"家国情怀"是中国古圣先贤追求的做人最高境界。拥有"家国情怀"的人，两袖清风，古道热肠，不为功名所累，不被利禄束缚，为天下人而生，仿佛一轮明月照耀浩瀚星空。孔子云"饭疏食，饮水，曲肱而枕之，乐亦在其中矣。不义而富且贵，于我如浮云"，是其情怀的写照；范仲淹所言"先天下之忧而忧，后天下之乐而乐"，是其情怀的抒发。古圣先贤体现出的精神品质，同样是我们这个时代需要呼唤的。赵光怀是安徽一个普通农民，为了多年前一句诺言，把一生奉献给故乡的文保事业。他始终惦念着老祖宗留下的宝贝，不能轻易被盗被毁。别人出去打工挣钱他不去，守着残片碎瓦一天天过；年纪大了还让儿子回乡接着干。一个再普通不过的中国农民，佝偻地站在家乡的山水间，用一辈子守护着故土文物，谱写的正是骨子里的家国情怀。

三百六十行，行行出状元。人物报道如何避免"高大全"和"脸谱化"，写活"这一个"？2019年1月21日起，《人民日报》要闻六版开设了"一辈子一件事"栏目，旨在让每一位普通读者对人物的高尚情操和人生故事共情共鸣，力求把人物放进历史长河和社会进步的洪流中去，立体呈现其鲜活生动的劳动场景、有血有肉的丰满人生以及心灵成长的真切历程。宁夏的王志洪，一辈子只为把高质量的话剧演出送到乡下去，让老乡们第一时间看到城里的大戏。中央党史和文献研究院的三代翻译家们，把翻译马克思主义经典著作当作人生信仰，一盏灯，一支笔，一杯茶，一辈子。云南的董学书，一生专注蚊虫疾病防控，足迹遍布云南山水，临老还喊着要"干到干不动为止"……这些"一辈子一件事"的主人公，值得新闻人用笔用心用情细细刻画。

平静的湖面涌现不出精悍的水手，安逸的生活淬炼不出时代的英雄。音乐指挥家郑小瑛，年过九旬，仍放不下操劳了一辈子的指挥事业，培养后继人才并热心公益，为传播弘扬高雅艺术不遗余力地发光放热。她始终相信，艺术是献给人民的礼物，这种精神令人动容。中国"探月之父"欧阳自远，年过八旬，心系航天科普，四处讲演奔走。他始终坚信，科学的探索精神会让生命成长、国家富强，这种执着令人起敬。八旬乡村教师叶连平，家境并不宽裕，生活极度俭朴，学生有难总是倾囊相助；年事增高、身体老化、脑力退步都无法阻挡老人对乡村孩子的关切，这种坚守令人景仰……

鲁迅先生说："我们自古以来，就有埋头苦干的人，有拼命硬干的人，有为民请命的人，有舍身求法的人……这就是中国的脊梁。"可以说，"一辈子一件事"里的人物，无愧"脊梁"名号。作为党报要闻版的栏目，"一辈子一件事"把笔触和镜头对准一个个平凡的英雄，以高站位、细落笔、巧构思，呈现一个个不忘初心牢记使命、兢兢业业追求卓越的身影，在讲好中国故事、弘扬正能量方面发挥着独特作用。相信读者朋友看完本书，会平添走好人生路、奋斗新时代的新动能。

奋斗百年路，启航新征程，"十四五"规划宏伟蓝图正徐徐展开……征途漫漫，唯有奋斗。一个个平凡的英雄，正在发扬为民服务孺子牛、创新发展拓荒牛、艰苦奋斗老黄牛的精神，为实现中华民族的伟大复兴奋力耕耘着、奔跑着……记录并讴歌他们，是"一辈子一件事"栏目的使命担当。

（作者为人民日报社前编委委员兼总编室主任）

目　　录

▏执着坚守篇 ▏

| 探索创新篇 |

| 接续奋斗篇 |

家国情怀篇

"苟利国家生死以，岂因祸福避趋之"

——【清】林则徐《赴戍登程口占示家人》

深邃的爱国主义、深沉的爱国情怀，是中华民族五千年历史长河中沉淀下来的民族精神中最核心的那一部分。他们把个人命运融入国家与民族的命运，把个人奋斗熔铸成兴国之魂、强国之魄，推动一代代中国人向着中国梦前行。

郑小瑛：九十不言老　爱乐无止境

人物小传

　　郑小瑛，新中国第一位歌剧、交响乐女指挥家、教育家；祖辈闽西客家人，上世纪60年代留学苏联国立莫斯科音乐学院，曾任中央歌剧院首席指挥、中央音乐学院指挥系主任；获中国歌剧事业特别贡献奖、文华指挥奖、"金钟奖"终身成就奖等荣誉。

　　约请郑小瑛老师的采访，并非一帆风顺。首次接洽是在2020年岁末，这位92岁的指挥界泰斗及时发来微信："我最近太忙，这个月在6个地方执棒8场；20日在国家大剧院的'爱乐女'30年'回闪'正在紧急安排筹划中，实在忙不过来了，抱歉。"或许是为记者的诚意所感动，老人家答应可以去大剧院现场简单聊聊……

2020 年 12 月 27 日，郑小瑛在厦门指挥交响诗篇《土楼回响》　　　　陈美蓉　摄

"艺术家要对民族、对人民有感恩之心"

2020 年岁末，满头银发的郑小瑛再次出现在国家大剧院；"爱乐女"室内乐团成立 30 周年纪念"回闪"音乐会，正在这里举行……

上世纪 70 年代，在朱丽、司徒志文、郑小瑛等音乐家的身体力行下，"爱乐女"奏响了中外经典作品，在音乐演出市场的"寒冬期"，游走在首都和其他城市的大学校园里。在六七年里，她们不计报酬，把优美的中外室内乐送进上百所大中学校以及不少工厂、村庄，演出 240 余场，23 万多观众从中受益。郑小瑛回忆：当时有些舞台演出商业性强，显得比较萧条；"爱乐女"的出现，成为舞台中的一股清流。

"爱乐女"对之后国内经典音乐的普及、教育等事业的影响，可谓深远而绵长。如今，当年的发起人已从风华正茂步入中老年，有的已成为中国音乐界的专家和权威；昔日的青年演奏员们，也纷纷成长为各音乐团体、专业院校的中流砥柱。

艺术应为人民服务、报效祖国，这是郑小瑛一直秉承的艺术观。1929 年 9 月，郑小瑛出生于上海，6 岁始学钢琴，8 岁随父母从上海逃难至重庆，接受爱国教育。1947 年，她考入北京协和医学院，先在南京金陵女子文理学院读预科，接触到进步思想，参加爱国学生运动。

1948 年底，她从武汉北上，到中原解放区参加了革命，1949 年随文工团从中原解放区开进武汉。1951 年，郑小瑛参加中央少数民族访问团，慰问广西少数民族地区；祖国的大山大河给了郑小瑛丰富的艺术素材和极大的感情触动……"这是我人生的重大转折。"郑小瑛说。艺术源于人民，应当还给人民，郑小瑛由此树立了革命文艺工作者用艺术为人民服务的初心。

1952 年，郑小瑛加入中国共产党，随即被保送到中央音乐学院作曲系学习。随后，她进入苏联专家杜马舍夫合唱指挥培训班，成为新中国培养的第一位女性合唱指挥。1958 年，郑小瑛参加中央民委调查组，访问福建畲族地区，更加坚定了内心的艺术观："艺术家要对民族、对人民有感恩之心，时刻不忘与群众共享，自觉为社会做贡献。"

"艺术家要努力把音乐和音乐知识送到人民群众中间去"

1962 年 10 月 2 日，苏联国立莫斯科音乐剧院，在众人瞩目中，郑小瑛登上指挥台，指挥了一场难度很大的意大利歌剧《托斯卡》，成为登上国际歌剧指挥台的第一位中国指挥。

1951 年，郑小瑛在打大秧歌鼓

郑小瑛勉力一生，在艺术上创下多个"新中国第一"：她与音乐界的前辈一起重建了中央歌剧院，与朋友创建了我国第一个志愿者"爱乐女"室内乐团，随后在世界第四届妇女大会上亮相；她还参与创建了我国第一个公助民办的职业交响乐团——厦门爱乐乐团。

在艺术上，郑小瑛一直追求用西洋音乐手法表现中国人思想情感的交响乐作品。她率领厦门爱乐乐团和福建交响乐团，将刘湲作曲的交响诗篇《土楼回响》，带到亚、欧、北美等地的 12 个国家，演出 70 多场，创下我国大型交响乐演出的最高纪录。她还积极发掘中国民族音乐，填补民族音乐研究中畲族音乐研究的空白。

郑小瑛在达到极高艺术造诣的同时甘为人梯。作为新中国音乐教育指挥专业的奠基人之一，她培养了吴灵芬、陈佐湟、水蓝、王进、吕嘉、俞峰、李心草、张弦等一批国际知名、国内一流的指挥家。

怀抱对人民群众深厚的爱和感恩的心，郑小瑛希望与群众分享她对艺术的感受。郑小瑛说："作为指挥者的我，从一次次受欢迎的音乐普及演出中，感受到群众对音乐的喜爱。阳春白雪也要和者日众，艺术家要努力把音乐和音乐知识送到人民群众中间去。"

每次演出前，郑小瑛都会以简洁生动的语言，把听众吸引到美妙的音乐意境中去。与此同时，她坚持公益讲座40多年，开创了边演边讲的"郑小瑛模式"，直接听众达到上千万人。

"洋戏中唱，能更好地服务中国百姓"

2017年7月18日，郑小瑛执棒国家大剧院管弦乐团，歌唱家王丰、杨光用中文演绎了马勒根据中国唐诗德语译文写成的交响乐套曲《尘世之歌》。作为马勒的热心研究者和演绎者，郑小瑛投入大量精力对唱词进行了中文译配修订，助力歌唱家以优美的中文为中国观众演唱，达到"洋为中用"的效果。

"洋戏中唱"，是郑小瑛近年来致力的方向。世界各国都在用各自的母语介绍外国歌剧，为什么中国反而坚持用半生不熟的原文演出？郑小瑛在思考中探索……为此，她主张恢复将外文歌剧译配成中文演出。80年代，她和中央歌剧院合作，在天津推出了用中文演唱的歌剧《茶花女》，在一个多月里连续上演39场。郑小瑛说："洋戏中唱，能更好地服务中国百姓，做好歌剧欣赏的基础教育。"

年过九旬的郑小瑛自称"90后"。在生活中，她就和真正的"90后"一样，自如地运用手机、电脑和互联网。10年前，她玩起了博客和微博。如今，她还能熟练地在手机上打车、转账、叫外卖。她发现，只有更方便地获取音乐知识，更多的人才能认识音乐之美。她录制"让耳朵更聪明"系列网络课程，用新媒体形式推动音乐知识普及。她还为中央音乐学院录制了《郑式指挥法基础》视频系列课程，把她60多年的教学经验毫无保留地传递给更多后来人。

中央音乐学院院长俞峰感叹道："郑小瑛老师是中央歌剧院的功勋艺术家，是新中国值得向世界骄傲的指挥家，也是千百万交响乐、歌剧观众心中的偶像。"

人民日报记者　王　珏

记者手记

铭记初心　持之以恒

虽已年届 92 岁高龄，但郑小瑛总是精神矍铄、满怀激情。在长达 3 个小时的"回闪"音乐会中，她既当主讲人，讲述"爱乐女"背后的故事；又当主持人，分享新书《低谷中的鲜花——"爱乐女"乐团群星谱》。活动最后，她亲自指挥了《烛影摇红》《空山鸟语》两首曲子，风采依旧；在现场，郑小瑛几度动情……诚然，让老人家真正动容的是延续至今的"爱乐女"精神，是对音乐的尊崇，更是对人生目标的敬畏和坚守。

这又何尝不是郑小瑛的人生写照？在交响乐的舞台上，郑小瑛一次次留下具有时代意义的印记，改变着世人对中国音乐艺术的看法。在社会的大舞台上，郑小瑛致力高雅艺术的普及推广，影响着一代又一代人。其背后是郑小瑛一直秉承的初心、持之以恒的努力，还有比常人更多的持续付出。她满怀期待："爱乐女"的精神一定会被新的一代接力，久久传承……

（原载《人民日报》2021 年 1 月 13 日）

王宁：情牵汉字六十载

人物小传

　　王宁，1936年生，浙江海宁人，北京师范大学资深教授。她是国务院2013年发布的《通用规范汉字表》研制组组长；《基础教育用汉字部件规范》《印刷楷体字字形规范》等国家规范由她领衔研制。年过八十，她依然奋斗在中国传统语言文字学教学和科研工作第一线，为中华优秀传统文化创造性转化和创新性发展孜孜不倦。

　　"周三有一个研讨会，周四上午在北大有一场讲座，周五要给博士生安排考试，还在教育学院与北京特级教师有个讨论项目，周六是国图公开课的答疑课。这一周完全安排满了，采访只能下周。"收到北京师范大学资深教授、著名语言学家王宁的信息，记者不由大吃一惊：一位82岁老人，日程满满当当，精力如此充沛！

王宁在讲解中国汉字

一周后，新年元旦上午 9 点，记者来到王宁在北师大的住所。房间不大，光线柔和，家具饰物古朴简素。目之所及，最多的就是书。王宁笑说："有时候忘记锁门也不会太担心，家里只有书。"

"我难以忘怀识字班的老人们"

在语言学界，无人不知王宁。她从《说文解字》中发掘出"小篆构形系统"，创建了"汉字构形学"与"书写汉字学"；她在汉字标准化、规范化方面贡献突出，领衔研制了《通用规范汉字表》……

谈起最初与汉字结缘，王宁笑言："那可能是一种阴差阳错的缘分。"高中时，王宁学得最好的是数学，"毕业时想报考北大数学系。"但当时，国家缺少文科老师，北师大也需要优秀学生，学校就来做思想工作，"我就服从了安排，进入北师大中文系。"

1958 年，王宁本科毕业，分配到刚刚建校的青海师范学院从事教学。"那时，我们都是响应号召，到祖国最需要的地方去。"

1961 年，王宁再次踏入北师大校门，成为一名文字训诂学研究生，师从著名文字训诂学家陆宗达先生。"毕业后，我本可以留京。但一想到青海的教育状况，觉得还是有责任，就又回到了青海。"

这一回将近 20 年。"回青海后，便迅速投入到农村的扫盲工作中。那时，老百姓对文化的渴求给我留下深刻印象。"王宁说，"家长们往往主动把地铲平磨光、把树枝子削尖，让你教孩子写字。"

"我难以忘怀识字班的老人们每天蹲在村口，等邮递员送《人民日报》的场景。扫盲结束后，很多老人能认识 500 个左右的字，也可以简单阅读。"王宁说，"也是从那时起，我懂得了人民对文字的渴求。"

"师古而不复古，坚守而不保守"

1979 年，王宁回到北京，先在北师大进修，随后开始协助陆宗达写书，后调入北师大成为其科研助手。

作为"章黄学派"的传人，王宁从不敢有一丝懈怠。"真正的中国语言文字学，应该是现代人能学能懂的；真正为人民的教师，一定了解'师古而不复古，坚守而不保守'的道理；人文科学的创新建立在历史底蕴之上，只有从根本上对中国传统语言学有深入的认识，才能实现它的现代转型。"秉承着这样的理念，王宁对训诂学和文字学进行了理论创新和系统构建。

"以前，整理古籍资料，大量的工作都是依靠做卡片、跑各地档案馆完成的，不仅费时费力，也不全面、不系统。"王宁敏锐地感觉到，信息化手段在学术研究中非常有用，中文信息处理对中国文化的

王宁在国家图书馆主讲《汉字与中华文化》课程

全球竞争力更是具有重要作用。

1993 年，北京师范大学汉字与中文信息处理研究所正式成立，王宁担任所长。汉字所建立了以计算机为研究手段的古汉字与古汉语实验室，努力采用最新手段使传统语言文字学与现代接轨。"将理工科思维融入文科，这为传统语言文字学的发展提供了新的思路。"

"汉字所成立后，我开始陆续招收了六届计算机专业的硕士生攻读博士学位。"在王宁带领下，这支研究团队开始了碑刻典藏与楷书实用文字整理、中华大字符集创建等大型数据库的项目，实现了传统语言文字学研究的手段更新和学科的文理交叉。

"让更多的人重新拾回对汉字的热爱和敬畏"

"现在有很多形式主义的复古现象，但继承传统文化不是去复古，文化必须适应当代的价值观、放在现代话语体系中才能发扬光大……"

在捍卫文字与文化的道路上，王宁始终是一名顽强的"斗士"。"我对汉字感情很深，特别关注汉字的命运。"王宁说，"近些年来，种种对汉字的误解和错用不在少数。我全身心投入，把汉字的科学精神和审美特点展现在人们面前，让更多的人重新拾回对汉字的热爱和敬畏。"

于是，2015年，当国家图书馆社会部工作人员找到王宁，希望她担任国图公开课《汉字与中华文化》的主讲时，她一口答应了下来。"为了能在2015年4月23日世界读书日那一天按时开播，我们仅用了两个多月的时间，就做完了10讲的录制。"王宁告诉记者，"说实话，这不是件轻松的事。经历了无数个不眠之夜，只为了'深入浅出'4个字。"

"应用和普及是对职业学者最大的考验，只有完全地通彻，才能把艰深的东西讲得通透。"王宁先生说，"一晃公开课讲完也3年多了。直到现在，还常有人给我发邮件，提出他们对汉字的疑问。这些邮件让我时刻沉浸在激情当中，为自己的语言文字自豪，为人们学习的热情感动……"

如今，耄耋之年的王宁依然奋斗在科研工作一线。"我正常是12点睡觉，有时事情多会工作到两三点，每天早上6点半准时起床。"

被问及何以保持精神矍铄时，王先生笑道："我奉行'三不主义'——不吃补药、不遵作息、不为闲事生气。"

人民日报记者　丁雅诵

编辑手记

择一事成一事　点燃生命之火

吴　凯

扎根青海，教孩子写字、为老人扫盲，于高原之上种下教育情怀；文理融合，参与"汉字全息资源应用系统"开发，让传统语言文字学与现代接轨；坚守六十载，领衔研制《通用规范汉字表》等国家规范，将汉字规范进行整合优化。王宁先生一生与汉字为伴，与教育为友，纵然穷山距海，但心中的信仰和坚持不曾改变。

有人说，漫漫人生，做一件事未免单调乏味。诚然，一辈子一件事，知易行难，尤其是在多元化的社会中，人们面临着越来越多的未来可能性，难免滋生出浮躁的社会心态；唯其如此，对一件事的激情和坚持也显得更为可贵。

如何坚持一辈子一件事？王宁先生的答案很纯粹：一分对汉字的爱，对学生的爱。一生择一事成一事，用钉钉子的精神，下"绣花"的功夫，点燃不熄的生命之火。

（原载《人民日报》2019 年 1 月 21 日）

黄克智："健康加勤奋，一生不虚度"

人物小传

　　黄克智，1927年7月生于江西南昌，著名力学家与力学教育家，长期从事弹塑性力学、薄壳理论和塑性理论的研究和教育工作。他在压力容器、智能材料本构关系、应变梯度塑性理论、可伸展柔性电子元件力学等研究中，作出了重要成就，也是清华大学工程力学系创建人之一，培养了一批固体力学研究人才。

　　"健康加勤奋，一生不虚度。"在送给记者的书上，黄克智院士工工整整地写下了这样一句话。

　　话语如是，践行亦如是。年逾九旬的黄克智一直坚持清晨4点半起床，每天长时间工作，"从不浪费点滴时间"。在与记者约定9点见面之前，黄克智已完成打网球、阅读等"固定动作"。

黄克智早年照片

71 岁开始练习网球，黄克智已坚持 20 多年。说起这项运动，他热情高涨，"其实我和老伴的球艺并不高，但我们乐在兴趣，享受坚持"。

"把我的一生奉献给科学和祖国"

70 余年科研工作中，黄克智始终很忙：发表学术论文 400 余篇，出版专著 7 部；发展求解壳体问题的合成分解法，把极复杂的壳体问题改变为几个更简单的问题；带领团队推动压力容器设计方法的进步，解决了两个国际压力容器界曾经公认的难题；坚持从交叉学科的角度研究页岩气高效开采问题，瞄准技术发展前沿……

说起学术生涯，黄克智向记者展示了一张泛黄的老照片：照片中是一位 28 岁的英俊小伙，背景是苏联时期的莫斯科大学。

1955 年，教育部首次派出高校教师进修代表团赴苏联进修，刚被提拔成讲师的黄克智在清华大学的五人名单之中。在苏联学习期间，黄克智夜以继日发奋学习，三年没能同家里通上电话。最终，他的努力得到了导师——著名力学家拉包特诺夫的肯定。

在一次小组会议上，黄克智的导师发出赞叹："从来没有见过这么努力的学生"，并且建议黄克智争取莫斯科大学博士学位。

1958 年底，正当黄克智初步拟就博士论文、准备答辩之际，一封召其回国、组建我国第一个工程力学系的电报被送到他手中。"我想这是国家最需要我的时候。"经过一番思想斗争之后，黄克智放弃了即将获得的博士学位，坐了六天六夜的火车回到清华大学。

回国后，他在六七年时间里开设了弹性力学、塑性力学等八门课程，为我国第一个工程力学系的创建与发展打下了基础。

教书育人，躬耕不辍。大学毕业后的 72 年，黄克智有 71 年都是在清华大学的讲台或办公室里度过的。"这一辈子我做了一件值得骄傲的事——把我的一生奉献给科学和祖国！"黄克智先生说。

"我把这里的年轻人当作自己的孩子"

改革开放后，国家百废待兴，固体力学领域急需人才。为了能够"把失去的十几年时间赶回来"，黄克智确定了后半生的"小目标"：为清华大学的固体力学建立一个年轻而强大的团队。

40 年中，黄克智始终不敢有一丝懈怠：培养了上百名研究生、近 70 名博士生、5 名院士……"清华是我的根，力学系是我的家。我把这里的年轻人当作自己的孩子。团队的茁壮，年轻人的成长，是我一

黄克智在给研究生上课

生的期望。"秉持如此理念，黄克智注重从学生中物色苗子培养成才，动员留学的年轻人学成归来报效祖国。

提起黄克智，清华大学航天航空学院的同学都亲切地称他为固体力学专业的"祖师爷"。学生眼里的黄院士，以"严"出名，对课题基础理论部分要一字一句地推演检查，"任何模糊的概念和不严谨的推导都休想蒙混过他的眼睛。"他的一位学生说。

回忆和黄克智一起学习工作的生活，清华大学教授薛明德眼中流露着感恩，"黄老师把参加国内外学术活动的机会，一次又一次推荐给年轻人，让我们得以在学术界展露才华"。

"每当我开一门新课，我就把自己读过、亲自推导过的文献连同我的笔记、讲稿毫无保留地交给其他年轻老师。"在与年轻学者的合作方面，黄克智总竭力为他们的研究创造条件。

被记者问及最骄傲的成绩时，黄克智笑着说："当年的'小目标'

已经基本实现，目前清华固体力学专业已经形成一个老中青相结合、团结向上的力学团队。在我们的集体中崇尚：科学的道德、严谨的学风和团结合作良性竞争的氛围。"

"固体力学的每一个领域都足够奋斗一生"

"每隔5—10年我就要换一个新领域：60年代研究壳体理论、塑性理论、蠕变理论；70年代研究压力容器；80年代研究智能材料相变力学；90年代研究微纳米尺度的力学……"

黄克智选择的研究方向，与当时的国家需要密不可分。"研究的课题为民族和国家作贡献，也是为自己作贡献，这是完全统一的。"黄克智说，"只要以国家需要为导向，力学可以做的事情很多很多。"

2012年，85岁的黄克智在参加中科院院士大会时了解到，我国石油页岩气开采产业与世界领先技术仍有差距。他立刻把研究方向投入石油页岩气领域……

进入新的领域，困难重重，一切都得从头开始，但黄克智坚持了下来……回忆起和学生们一起研究的经历，黄克智说："有一段时间几乎整天茶不思饭不想，就想着问题怎么解决，坚持一段时间以后，才慢慢地找出一条路子来。"

投身固体力学研究领域70余年，黄克智不曾觉得寂寞，"总觉得时间不够用，怕赶不上发展"。黄克智说："固体力学的每一个领域都足够奋斗一生。"

如今，92岁的黄克智与儿子黄永刚已合作30余年，共同发表SCI科学论文200余篇、专著两部；10年前已出版《高等固体力学》上册，现正赶着完成下册。提到92岁高龄每天还能坚持工作六七个小时，他说："成就出于勤奋，这是我一辈子遵循的法则。"

人民日报记者　韩晓萌

编辑手记

向"追逐时光的人"致敬

吴　凯

呕心沥血，每天4点半起床晨读，不断扩展研究领域；乐当园丁，身体力行传递为学态度，培养出研究生逾百人；心怀家国，面对即将获得的博士学位，毅然回国投身工作……与黄克智交流，丝毫感受不到鲐背之年的暮气，而是始终向阳生长的勃勃生机。

"黄老师是一个追逐时光的人。"当谈起与恩师的点点滴滴时，他的学生曾写下这样一句话。诚然，生命有限，黄克智倍加珍惜点滴时间，恨不得将每一分钟都献给学生、献给固体力学、献给国家。

在学生眼里，黄克智是一位严师，治学严谨刨根问底；在同侪口中，黄克智是一位挚友，对人坦诚毫无保留；在妻子心中，黄克智是一个好丈夫，感情细腻体贴入微。谈及一生中自己的坚持，黄克智的办法十分简单——"我认为成就出于勤奋。"

（原载《人民日报》2019年4月15日）

程泰宁：赋予建筑人文的气质

人物小传

　　程泰宁，1935 年生，南京人，建筑学家，中国工程院院士、东南大学教授；毕业于原南京工学院（现东南大学）建筑系；从业以来主持设计国内外工程 150 余项，多项作品获得国家、省部级奖，2004 年获中国建筑师最高奖"梁思成建筑奖"。

　　"最近看了哪些书？设计的作品进展如何？工作有什么计划？"一个平常的工作日，程泰宁院士先从淮安去南京办事，再赶回杭州开会。他忙完一上午的工作，午餐时间还不忘关心学生的学业进展。交流间，程泰宁笑声爽朗，说起时下的新鲜事物毫无代沟；谈起建筑学领域的最新情况，他总是引经据典，思维活跃。

　　到了耄耋之年，但程院士清瘦硬朗，才思敏捷，学生们都亲切地称呼他为"80后"。他常说，要将以前耽误的时间追回来，总有一种时不我待的紧迫感，"根本来不及变老"，因为他早将一生托付给了心爱的建筑事业。

"学建筑是一生的邀请"

走入建筑领域，程泰宁称那是一种缘分。"对空间的想象和构建，是我从小的一个梦。"程泰宁说。

在战火纷飞的年代出生的程泰宁，2岁就跟着家人一路逃难。童年谈不上接受过系统教育，却十分爱读书，从唐诗宋词到四大名著，从哲学艺术到武侠小说，他总是沉浸在自己的一方天地……

书是寄托，又是挚友："我常坐在家门口，看着江水、行船、流云出神，惊奇于云朵的千变万化；我还喜欢坐在厨房的方凳上，望着斑驳的墙面，从神秘形状中构想大千世界。"程泰宁说，他后来读到中国画论中用笔如"屋漏痕"的描述，就越来越对空间构建产生了浓厚的兴趣。

带着对梦想的追求，1952年，程泰宁进入原南京工学院（现东南大学）学习建筑。4年的学习时

2006年，程泰宁在浙江美术馆工地了解施工进度

光，在一众建筑泰斗的引路下，程泰宁痴迷其中。年少时对山川万物的好奇心和观察力、对光线色彩的敏锐捕捉，在这里得到了充分发挥。程泰宁说："大概，学建筑是一生的邀请吧。"

"以前，只是有一腔浪漫的想象，直到学了专业知识，心中构建的空间才仿佛有了'气质'与'脾气'。"程泰宁说，为了学好专业知识，他如饥似渴地吸收着每一位老师提供的精神养分。

大三时，童寯教授为学生修改画稿。这位讷于言敏于行的学者，善于用开阔的思路，激发青年们的灵感。在老师的影响下，程泰宁爱上了画稿。"晚上休息在画，火车上也在画，新年、过节时还画。"他印象最深的一次，是有一年元旦晚会，同学们都去看节目了，偌大的教室里，只有他一人手持画笔、目不转睛……一盏灯光下，他伴着远处传来的音乐声，在画图中迎来了新年。

大四时有一次交作业，程泰宁一口气画了四五个不同方案，杨廷宝教授看后都只说"可以"。程泰宁有些受打击，杨教授解释道："做设计无定式、无成法，建筑设计要符合其特定的气质。只要坚持，总能'融通'。"

年少时听了杨教授的一番话，不甚了了，但随着实践增多，他愈发体会出"无定式、无成法"的深刻内涵。"对形式的固化理解、对程式的盲目跟风，是'千城一面、万楼一貌'的重要原因。"程泰宁说，建筑设计不能脱离所处的时代和地域。

"建筑是用石头书写的史书，是凝固的诗意"

几年的学习，程泰宁的专业知识十分扎实，毕业后被分配到中国建筑科学研究院工作。初出茅庐的那几年，他就参加了人民大会堂、国家歌剧院、南京长江大桥桥头建筑等的方案设计。程泰宁坦言，自

1959年，程泰宁在北京长城采风

己对建筑发自内心的喜爱，是从这时候不断加深的。

1981年，程泰宁接到了杭州市建筑设计研究院的邀请，从此迎来了自己的"黄金岁月"。1982年，杭州第一家合资饭店黄龙饭店筹建，程泰宁也想参与设计。可当时，他并不在业主方的考虑范围内。无奈之下，他表示愿意无偿提供方案，供建筑师参考。

没过多久，其中一家设计方退出竞争，程泰宁由"陪跑"走上平等竞赛的舞台。一年间，经过三轮修改，程泰宁的方案最终以全票胜出。这个让程泰宁一举成名的作品，坐落于杭州西湖景区与老城区之间，如同连接自然山水与繁华城市的"过渡桥梁"。

黄龙饭店总平面布置上借鉴中国绘画"留白"的手法，创新采用"单元成组分散"模式，使自然环境与城市空间相互渗透，展现出浑然一体的韵致。"这便是中国哲学整体性思维带来的启发。"程泰宁说，"建筑是用石头书写的史书，是凝固的诗意。"

"要重视实践更要积累内涵"

走进南京博物院，站立在中轴线上的老大殿十分耀眼，这是由著名建筑学家梁思成主持设计的。经过设计扩建、于 2013 年开放的新馆，与老大殿相得益彰、浑然天成。作为新馆方案的设计者，程泰宁回忆，最大的设计难点在于新老建筑融合。这绝不是简单地把老馆屋顶拆旧立新，更不是将新馆修旧如旧。

"表达新旧的关系，要在气质、调性、精神上都有所体现。"程泰宁反对照搬传统建筑中具象的形式来表达中国文化，而赞成冯友兰先生提出的"抽象继承"，即重视建筑本身的"韵"与"境"。"建筑师的使命不仅是构建更理想的人居环境，还应该是文化的传承者与创造者。"

2008 年，母校东南大学力邀他回校"传道授业解惑"，他欣然接受。从此，他频繁辗转于杭州与南京之间，手把手带着年轻教师与学生们做设计、搞研究，希望能将数十年所学传授给年轻人，培育新一代建筑师。

程泰宁的学生很有辨识度——需要研读《文心雕龙》《艺术哲学》《罗丹艺术论》，必须选修哲学、艺术与美学。他强调："建筑学没有明确边界，是很多学科'晕染'在一起的，要重视实践更要积累内涵。"

"究天地人文之际，通古今中外之变，成建筑一家之言。"程泰宁认为，建筑创作，要对文学、哲学、美学进行钻研探究，才能有独立的价值判断，建立完整的话语体系。这是他对自己的要求，也是对年轻人的期待。

人民日报记者 姚雪青

记者手记

总在与时间赛跑

40 岁前，他潜心研究，提升自我；到了 46 岁，开启自己的设计生涯黄金岁月；直至 67 岁，为了继续工作又选择创业；年逾古稀回到母校执教，孜孜不倦培育年轻建筑师……

程泰宁惜时如金、日程安排满满当当：一年 360 多天，最多只休息 5 天。他严于自律，生物钟雷打不动：每天早上 6 点半起床，9 点准时上班，晚上 7 点下班，锻炼 40 分钟，12 点之前上床休息。

回望过去的数十年，程泰宁总是在和时间赛跑。"惜时、敬业，才能成就一番事业。我也希望能从建筑创作的一隅之耕出发，为中国社会和当代文化发展作一些贡献。"程泰宁说，建筑是自己托付一生的事业，唯有只争朝夕才能不负使命。

（原载《人民日报》2021 年 1 月 12 日）

杨占家：朴笔素心绘光影

人物小传

　　杨占家，1936 年生于天津武清，北京电影制片厂一级美术师；1963 年毕业于中央工艺美术学院（现清华大学美术学院）建筑美术系，1972 年调入北京电影制片厂任美术师；参与电影包括《红楼梦》《霸王别姬》《卧虎藏龙》等 40 余部，还参与过"横店明清宫苑""沈阳影视城""白鹿原影视城"等多座影视基地设计。

　　《霸王别姬》里的程蝶衣房间，《卧虎藏龙》里的聚星楼，《夜半歌声》里的巴黎大戏院……日前，电影美术师杨占家的 30 余幅原始手绘稿在天津智慧山艺术中心展出，吸引了众多艺术爱好者前来观赏。这是这些珍贵资料展览的第四站……

　　"在影视界，我画图最快，人们都知道。"83 岁的杨占家聊起自

杨占家早年照片

己的专长,笑声爽朗。"前阵子香港导演徐克邀请我参与制作他的新电影。脑、眼、手都没问题,就是腿不帮忙。"

1972 年,作为一名在中央工艺美术学院(现清华大学美术学院)任教 9 年的老师,杨占家转行进入电影行业,一干就是 40 多年。"本来想干到 80 岁,结果干到 79 岁时,腿坏了。"长期的伏案绘图,导致杨占家颈椎劳损压迫神经,双腿行动不便,只能卧床在家。

但他在家也没闲着:一是看电视上的戏曲频道,"看看以前很多导演、演员谈到过的一些老戏,给自己'补补课'"。二是整理"干货"分享给年轻人,《杨占家电影美术设计作品集》2018 年出版发行。新年伊始,他的手绘原稿展已先后进入北京和天津的艺术馆,回忆录《因为我有生活》也在计划出版中……

见啥画啥，走哪画哪，"歪打正着"与电影结缘

为啥想要出书？"别压了箱底，年轻人也看不到啊。"杨占家很干脆。从业 40 多年，参与电影 40 多部，杨占家整理了部分图纸约 3000 张，结集成《杨占家电影美术设计作品集》。"我以前的助手告诉我，这本作品集在各个剧组美术人员的案头上，几乎人手一册。"杨占家觉得很欣慰，自己带过的徒弟、助手如今已是摄制组里的美术主力。在他看来，创作的最大源泉是生活，他期待自己的人生经验能给年轻人更多启发⋯⋯

杨占家 1936 年出生在天津武清，从小"见啥画啥，走哪画哪"；但要不是"歪打正着"，今生或许就无缘电影了。

1972 年，因国家文艺发展需要，工艺美院的三位老师被调入电影系，杨占家就是其中之一。"当时我们还一起发表'声明'，说不愿意改行。"杨占家想，自己学的是建筑装饰，跟电影没关系。

"真没想到，干起来还很合适！"让他接纳电影这份工作的，还是专业技能与工作需求的匹配。"电影里总得有角色的家吧，得有村庄、街道、宫殿吧。我正好学建筑设计，画场景制作图，特别对口！"

过去，美术师把设计图画在方格纸上，照图搭景需要数格子，复印也不方便。杨占家按照建筑界常规，把图画在白纸上，定下比例尺，标上尺寸，一目了然。"后来大家都用上了我的方法，我把建筑装饰系的画图法带到了北影厂，这也算我在影视界的一点贡献吧！"杨占家自豪地说。

杨占家也有犯难的时候：筹备 1989 年电影版《红楼梦》时，他和美术组同事前后投入 5 年时间，光分析原著就花了两年。考察多座南北园林后，他和同事在原北京电影制片厂的一片树林里，搭建了"荣宁府"——留下原有几棵大核桃树，围着树起府；从西山苗圃买

杨占家近照

来 4 棵海棠，卡车运、吊车栽，先栽树后盖房；府门外的古槐树，是从北影厂的生活区移过去的……几番折腾，望族府邸的味道出来了。此后，《末代皇帝》《霸王别姬》等 1000 多部影视作品，都曾在这里拍摄。

从小穷过来的，不讲究吃穿，只钻研业务

常年跟着剧组各地跑，和家人聚少离多是常态。"这都过去了，孩子们大了，都挺有出息的……"杨占家停顿半晌，接着说，"我们全家都搞电影：老大搞美术、老二搞摄影、老三搞服装设计。"语句间透露出欣慰，"吃苦惯啦，无所谓，我们都想得开。"对杨占家来说，自己过得"不讲究"没关系，对家人常常"顾不上"，这让他多少有些遗憾……

"知识分子的头脑，过着农民的生活。"这是杨占家的一位朋友对他的评价。杨占家笑着说："从小穷过来的，上大学我也全靠助学金。我从来不讲究吃穿，只钻研业务。我是农民的孩子，我的本质就是个农民。"

"转行做电影，很多人也看不出我是美术师。"因为生活朴实，不重形象，杨占家在剧组时常受到"差别待遇"。

在拍电视剧《千秋家国梦》时，取景的泳池里有台现代抽水机，容易穿帮。杨占家想请一位场工把抽水机挪开。谁料这个场工见他其貌不扬，没有理他。工头听说后很生气，要开除这位场工。

"哎呀，很多场工都是农民兄弟，干的是最脏最累的活儿。真要把他开除了，他晚上住哪儿，晚饭哪儿吃，工资谁发啊！"杨占家赶紧劝工头，"算了算了……"后来，这位场工找到杨占家，一个劲儿地感谢。

很多年轻人喜欢他的作品，这让他倍感欣慰

上了年纪后，杨占家还愿意待在摄制组，在旁边指挥。"在组里多高兴啊，周围都是年轻人，他们有问题都问我。"

制作电影《功夫之王》时，美国的美术师看到杨占家的手绘稿，建议他"别学电脑"。"我心里想着，年轻人还是要用电脑画，速度比手画快，修改也方便。"

"我听说现在好多年轻人不爱画设计图，觉得枯燥，只喜欢画气氛图。"杨占家说，气氛图多是彩图，只能看整体效果；设计图要有具体的建筑结构、材料、尺寸，有了它，布景才能做出来。"我晚上加班画出一幅图，第二天全厂上百号人，就拿着我的图纸去搭景，你说这是不是很有成就感！"

出版社告诉杨占家，现在很多年轻人喜欢他的书，从事游戏、动画设计等也能用得上。"我真的帮了好多年轻人吗?"杨占家兴奋不已，反复向对方确认……

"真是无名英雄，这样的人才停止工作是巨大的损失""感叹杨老师的细致，看着看着眼眶就湿了""瞠目结舌，最后看哭，真正的硬核功底、心血之作"……杨占家不会用互联网，记者把网上的书评读给他听时，他突然哽咽："从来没人告诉过我这些，第一次听到，真感动啊!哎呀，一下子眼泪就下来了……"杨占家顿了顿，又笑出来："太好了，人们还是理解我的。"谁料随后，他又添了一句："有骂我的也要告诉我呀!"

人民日报记者　王玉琳

记者手记

脚踩泥土　手绘星辰

杨占家先生工作细密、绘图精准，别人评价他画的电影建筑，"将演员丢进去就如同身临其境"；但和记者聊起天来，完全没有架子，就是一个开朗健谈的老人家，仿佛早已相识多年……

谈起电影美术，老人家兴致盎然，不用太多专业术语；聊起自己的生活，他侃侃而谈，不刻意表现深沉。他用调皮的京剧腔儿总结自己："真是简单得不能再简单了!"他为电影建筑测绘最精准的数据，却只用最简单的思路去生活；他用线条和色块搭建最华丽的电影场景，却常年穿着最朴素的工装。一张张精致的电影美术手稿背后，诠释了"大道至简"的人生。透过杨老先生倾心投入电影美术行业40

年的经历，我清晰地看到，卓越如何诞生于平凡中……

采访过程中，我心里反复响起一个声音：他是真正脚踩泥土、手绘星辰的人。

（原载《人民日报》2019 年 3 月 22 日）

宋书声：毕生坚守　尤显厚重

人物小传

　　宋书声，河北新河人，德语翻译家，曾任中央编译局局长、中国翻译工作者协会第一、二届副会长；参加《马克思恩格斯全集》《列宁全集》《斯大林全集》的翻译、审稿工作，主持编译《马克思恩格斯选集》；2018 年 11 月 19 日，荣获中国翻译协会的翻译文化终身成就奖。

　　"翻译，是外国优秀著作走入中国大门、在中国广泛传播的第一道坎。"中央编译局的图书馆里，宋书声说着，缓步穿梭于书架间，指尖每轻触一本书，仿佛就能打捞起一段尘封的岁月……2018 年 11 月 19 日，中央编译局原局长宋书声，荣获中国翻译协会颁发的翻译文化终身成就奖。他却说："编译工作，是集体的智慧，像我这样的人有很多很多……"

宋书声早年工作照

"接触到思想之光，幸福无以言表"

"我曾参与的《马克思恩格斯全集》第二版，正在紧张地编译中，比起前一版，做了一些修订。翻译这份工作，就是要不断推敲、不断修订。"91岁高龄的宋书声坦言，自己记忆力越来越差，"眼前的事儿，转眼就忘。"但说起翻译工作，任何细枝末节他都印象深刻。

"翻译是个终身学习的过程。可是年少时看到别的孩子有书读，那种羡慕到现在还记忆犹新。"1928年宋书声出生在河北新河，年少时遭遇灾荒。"常常只能吃棉花榨油后剩下的壳，还用杏树叶充饥。"眼看家庭难以为继，宋书声被送到自行车铺里当学徒。

学习成为一种奢求，但所幸他后来参加革命，才离开了自行车铺，1946年与翻译结缘。"当年成立了晋冀鲁豫北方大学，设立了俄文班。我激动、兴奋，就不顾一切地去学了……"

为了精通外语，宋书声像一个漂泊者，四处吸收着知识的养分：大学三年的学习时光，基础薄弱的他埋首苦读；毕业后，进入《实话报》工作，负责俄文翻译；停刊后，又被调到中宣部斯大林全集翻译室工作；后又赴德国留学，学习德文。辗转多地多部门，他最终留在中央编译局工作。

"刚走进这个大院，接触到思想之光，幸福无以言表。"宋书声也在思考：我们国家的思想体系该如何建立呢？立自己，首先就要了解别人，在宋书声等人不断的努力中，国外思想的模样逐渐清晰起来。《马克思恩格斯全集》、《列宁全集》的第一版和第二版、《斯大林全集》的第三卷以及《马克思恩格斯选集》相继出版……宋书声的名字，与一系列经典著作紧密相连。

"翻译要细致入微，每一句都经得起历史的推敲"

宋书声是出了名的"业务局长"，办公室的大门，向所有热心编译的来访者敞开。

"翻译要细致入微，每一句都经得起历史的推敲。"宋书声说，他1964年参与重校的《共产党宣言》，除了后期的简单修改，大体一直沿用至今，读者不计其数。但他并不认为自己"作了多大贡献"，他反复强调："编译局的成绩，属于全体同志。"

"马克思主义经典是百科全书式的，若不能理解文字背后的含义，翻译哪能准确？"宋书声说，精通中文和外语，只是成为一名翻译的基础；要具备马克思主义的修养，还需要政治经济学、历史、宗教、哲学等多学科的积累。

翻译一部著作前，团队必须花大量时间搜集材料。"这一卷涉及哪些领域、哪些著作之前有过翻译、哪些点存在争议……在信息技术还不发达的当时，工作十分繁杂。"宋书声说，开展翻译时，左手一本德文原著、右手一本俄文译本，各种参考书、工具书摆满书

宋书声近照

桌，人就埋在书海里，一坐一整天，吃饭都会忘……"最困难的是遇到比较生疏的领域，还要去各专业院校、单位，敲专家的门。"

"一本书，一'抠'就是一年。时间很快就过去了。"宋书声说，初稿后是集体校订、定稿、复查，继而不断修订，"每个工程时间都很长，要细细研磨，许多人付出一生，就为精益求精。"

"我们为国家为人民奋斗一辈子，没有虚度年华"

"大家在读马克思主义经典著作时，几乎不会去关注这本书是谁翻译的……"几十年来，徜徉书海的宋书声，默默守护着这些著作，从来没有怠慢。对于翻译工作他坦言："翻译工作者本来就不是焦点，报刊上没有名，广播里没有音，电视中没有影儿，习惯了。"

默默无闻的工作，为什么甘愿为之付出一生？"我们为国家为人

民奋斗一辈子，没有虚度年华。就我自己而言，我亲身经历了中国的积贫积弱、苦难深重，也经历了共产党带我们翻身解放、走向复兴，我坚信马克思主义是科学的，共产党是先进的，我们的工作是有意义的。"宋书声说，"马克思主义是中国共产党的指导思想。马克思主义中国化的第一道门槛，就是由翻译工作者提供系统、完整、坚实的原著文本。"

宋书声的翻译之路，也与爱人籍维立的支持分不开。"我也是中央编译局的一员，负责俄文的翻译工作。"说起宋书声，籍维立感动地说，夫妇二人一起经历了太多，虽偶有小争吵，但平日里最牵挂的还是彼此。"我们在家少不了业务交流。他这一生，生活上节俭惯了，工作起来却严肃得可怕，为了一个单词能和我争论半天。"

如今，宋书声的视力和听力都有所下降，但他仍然坚持每天关注时政和社会新闻。"现在有些人比较浮躁，甚至急功近利，最后反而容易一事无成。我希望年轻人能做一行爱一行，一辈子做好一件事，国家需要这样的人。"

采访结束在正午，阳光温暖地洒在翻译工作者的身上，年轻的"宋书声们"，正埋首书海……

人民日报记者　郑海鸥

记者手记

"一辈子一件事"的可贵之处

宋老身上的品质深深打动了我：奉献一辈子却不为人所熟知，他坦然处之；葆有一颗赤诚、炽热的爱国心，他始终如一。

　　幸福都是奋斗出来的，奋斗的方式却有万千种。以宋老为代表的这群"编译人"，将火热的青春，乃至人生的全部，默默奉献给马克思主义经典著作翻译，他们奋斗的姿态值得我们铭记和学习。其实，万千劳动者都如他们一样，奋斗不一定轰轰烈烈，脚踏实地做好本职工作，一样能成就不凡。

　　"一辈子一件事"的可贵之处就在于奋斗、坚持、笃定，更在于那份朴素而执着的信仰——人生一世，须对国家、社会怀揣担当，承担使命、尽到责任。宋老内心这份由衷的坚守，远远超越了个人的荣辱得失，让一生尤显厚重。"人民有信仰，国家有力量，民族有希望。"中华民族伟大复兴的征程中需要更多这样的坚守。

（原载《人民日报》2019 年 3 月 26 日）

金常政：九旬老人的百科情怀

人物小传

　　金常政，1929年生，百科全书编纂学家，中国大百科全书出版社编审、原副总编辑。他亲历三版《中国大百科全书》的问世过程，并参与编纂和从国外引进数十部百科全书的工作。他还撰写数百篇论文，出版《百科全书学》等7部专著，为中国百科全书编纂学奠定了初步的理论基础。

　　"你看，这是我2017年最新参与编纂的《方志百科全书》。"金常政从书架上拿出一本书，高兴地展示给记者看。"今年，我的第三版《百科全书编纂学》也要问世了。我这一辈子啊，就是百科全书事业……"

　　今年90岁的金常政，浓墨重彩的后半生与中国百科全书事业同

金常政（左一）与同行交流业务

行：1978 年，百业初兴，中国的百科全书事业，也随着《中国大百科全书》的筹备，迈出了第一步。从第一版《中国大百科全书》担任责任编辑和副总编辑，到第二版担任学术咨询委员会副主任，再到近年第三版受聘"三版工作咨询顾问"……

"我是个事业和学问上的'迟到者'，必须加紧赶路"

"以前《中国大百科全书》最大的遗憾就是没有电子版，去年出版社约我再版《百科全书编纂学》，我花了半年时间，补充进一些我对百科全书数字化、多媒体化的思考。"金常政说，"这部著作，可以说是总结了我一生的研究成果。"

虽已耄耋之年，金常政仍笔耕不辍。前几年，他还在老伴的病榻前，查阅国家图书馆的外国百科全书新资料，在电脑上一个字一个字地敲出了 30 万字的《百科全书论》。后来更是"与时俱进"，发表了一篇《网络百科全书刍议》，表达了他对交互式多媒体百科全书的看法。

"我是个事业和学问上的'迟到者'，必须加紧赶路。"金常政告诉记者，他参与大百科全书的编辑工作时已 49 岁，与百科事业结缘却是"命中注定"的。

1949 年，20 岁的金常政离开家乡辽宁锦州，先后到哈尔滨和北京学习俄语，1950 年毕业后分配到部队，主要从事编译和科研工作。后来，他被迫转业，下放工厂，直到 1978 年才有了转机。

那年机缘巧合，金常政结识了中央编译局原副局长姜椿芳。"我与姜老是忘年之交。他觉得应该编百科全书，启蒙民智，逢人便讲。"金常政说，"年近半百，空有梦想，还有什么比这更让一个中年知识分子惶恐不安的？姜老邀我参加编纂百科全书，我自然欣喜万分地答应了。"

高山流水，得遇知音。结识姜椿芳后，金常政这个 49 岁的"初生牛犊"，立刻行动起来，花了 4 个多月对比研究各国百科全书。《不列颠百科全书》深沉，《大美百科全书》明快，法国《拉鲁斯百科全书》华丽，德国《布罗克豪斯百科全书》严谨……他想，中国的百科全书应是怎样的模样和性格呢？

"当时只有事业起步的兴奋感，哪里想到什么艰苦"

太湖之滨，雕花大楼，烛光摇曳，人影幢幢。

1979 年 5 月，《中国大百科全书》天文学卷在苏州东山召开编委会。当时入夜常常停电，天文学家和编辑们"秉烛夜战"，第一版《中国大百科全书》问世之艰辛可见一斑。

大百科全书的第一次会议，是8个人围着中央编译局里的一台乒乓球台开的；第一个办公地点，是借用的中国版本图书馆三间存旧书的库房；第一次印刷出版，是编辑团队蹲守4个月确保排版不出错熬出来的……金常政说："当时只有事业起步的兴奋感，哪里想到什么艰苦！"

"我不是天文学家，夜空里只认识银河，还有'河'两边的'牛郎''织女'。"金常政说，自己在部队搞过雷达、导弹，姜椿芳觉得天文学属于科技领域，当时社内大多数人是搞文的，就把天文学卷交给了自己。

于是，金常政一边恶补天文学知识，一边往返各地，从天文学界搬救兵，常常工作到深夜2点；他不善社交，但凭一腔热情和真诚，敲开了天文学界的大门。

"大百科全书可不是一般的书，它既是学科知识的标准，也是语言文字的规范。"金常政要求高、脾气犟，他的夫人张曼真见他和姜椿芳急赤白脸地争论，就批评他。金常政却说："他也知道我有那些

金常政近照

毛病，一时改不了！"

1980 年初，长期高强度的工作，让金常政突然患上有生命危险的气胸症。"编辑几乎隔一两天就带着稿子来医院。他看我，我看稿子。"金常政觉得任务紧，顾不得医嘱，住院一个月立刻返岗。同年 12 月，150 万字的天文学卷出版，填补了中国百科全书在这方面的空白。

1993 年，在金常政和众多同事的努力下，2 万余人撰稿、1000 多人编辑的第一版《中国大百科全书》横空出世，66 个学科门类、1.264 亿汉字、5 万余幅插图，为人们打开了知识的新大门……

"作为百科全书探索者，我就是要这样'自讨苦吃'"

这两年，金常政又有了一个新身份——第三版《中国大百科全书》的顾问。去年，他还和第三版编辑团队面对面，向年轻人分享他的编辑经验。"讲讲百科体例、框架设计、审稿方法等问题。"第一版全套问世时，已有 30 多个学科请过金常政"传经送宝"。他笑着说："一个蹉跎 20 年的人，能在大学者、大专家面前'高谈阔论'，何等荣耀！不过，主要还是为了把大百科编好啊！"

作为百科全书的"开路先锋"和探索者，金常政还做了很多"不寻常事"。

"当时天文学卷成为第一版所有卷的编纂模式，是按照学科和知识领域来编排条目的。但按姜老和我的想法，第二版将向国际通行的标准型百科全书发展，即全书条目按 A—Z 字母顺序统排。"金常政说，1985 年，考虑到《中国水利百科全书》体量小，可以用来试验。这让"水百"成为我国第一部按字顺编排的百科全书，也为百科全书创立了新的编排形式。

编百科全书的人，自己未必通读过整部百科全书，金常政则不然。上世纪90年代，金常政主持翻译英国《剑桥百科全书》时，花了500多天，把整部书逐字逐句细读两遍。"作为百科全书探索者，我就是要这样'自讨苦吃'。"

"我虽然以前搞科技，但自幼喜文，中学时还爱上诗词，至今仍酷爱读书。"金常政直言不讳地说，"现在有不少书，我发现没有不出错的，语法错、修辞不当，错别字尤其多。"

金常政一生最重"真实"二字，做人真诚、做事下"真"功夫，因此对于喜欢的东西，才能坚持一辈子。采访结束前，他嘱咐记者："你们写我时，不要写套话、口号，就实事求是地写，编百科全书就最忌讳'水分'。拜托你们！"

人民日报记者　张　贺

编辑手记

有志不怕迟

宋　宇

年少初遇大百科全书，天命之年才有幸深耕其中，初心得以守护；怜惜《中国大百科全书》没有电子版，恰遇第三版酝酿纸网互动，思考与时俱进；希望我们的文章不要"掺水"，毕生耿直毫不讳言，精神令人动容……

其实，金老最打动我的，是他即使深陷泥淖，也有仰望星空的力量。半生波折，练就一身本领却难有用武之地；但他从没有自暴自弃，反而苦中作乐，上下求索，找到了百科全书这个"莫逆之交"。

前半生颠沛流离，换来了后半生姗姗来迟的厚积薄发，他的前半生，何尝不是他后半生一路高歌的前奏？

功不唐捐，玉汝于成。在快节奏的当下，金老的故事更显深意。生活中，有的人实力不足却天马行空，也有人稍遇困难就一蹶不振，但金老让我们看到：有志不怕迟。无论境遇如何，唯有坚韧向上的态度和持之以恒的努力，才是抓住机遇、取得成绩的不二法门。

（原载《人民日报》2019 年 1 月 30 日）

吴易风：一生最爱书

人物小传

　　吴易风，1932年4月生于江苏高邮，现为中国人民大学经济学院教授、博士生导师，研究领域涉及西方经济学、外国经济思想史、马克思主义经济理论等；在60年经济学研究和教学过程中，为国家培养了一批又一批人才……2018年底荣获第七届吴玉章人文社会科学终身成就奖。

　　初春的北京，天还没亮透，几个博士生已备好纸笔，坐在吴易风家客厅的沙发上……

　　"天冷，起得早，喝点咖啡暖暖身子，也醒醒脑子。"吴易风从厨房端来咖啡和巧克力。

　　这一天讨论的内容是两周前布置下来的"经济增长理论——马克

吴易风早年工作照

思经济学与西方经济学的比较"。没让学生先发言,而是先拿出一则学术造假新闻,吴易风叮嘱学生:"文章最忌'百家衣',学术研究最怕人云亦云……"

随后,学生们依次做读书报告。吴易风坐在客厅西侧的椅子上,认真听着,学生发言完毕,他一一提问点评……

87岁的吴易风,是新中国培养的第一代经济学家。从农家子弟到经济学大家,吴易风走过初心不改、学术传承的60年。

"做学问就是长期'坐冷板凳',没有一蹴而就的事"

"每次在老师家上完课,都如释重负。"吴易风的2016级博士生蔡仲旺告诉记者,学生稍有松懈,老师都能听出来。

"吴老师要求我们每周都交读书笔记,他会认真批改。"2000级博士生毛增余说。

"做学问就是长期'坐冷板凳'，没有一蹴而就的事。"吴易风常说。

年轻时，吴易风曾经躲在蚊帐里、打着手电做过一套《马克思恩格斯全集》摘抄卡片。那是 1969 年，他在江西余江的五七干校，白天干活儿晚上读书，3 年内通读了马恩全集当时的中译本。"集体宿舍 100 多人，只有几盏灯，商店售货员看我常去买手电筒的电池，都觉得很奇怪。"后来，吴易风回到北京，原本计划一两年就完成的《英国古典经济理论》，最后花了 6 年。

"我每天早上 7 点多就骑车到北京图书馆（现国家图书馆），排队拿号等开门，待一整天，中午也只啃干馒头。"吴易风说，"图书管理员都认识我了，帮我在职工食堂买饭票，让我天冷也能吃上热饭。"

没有计算机，全靠一支笔；没有电风扇，汗浸湿稿纸；没有满意的初稿，推倒又重来……时过境迁，秉持着"冷板凳"精神的吴易风，对待学生的论文，依旧细致到连标点符号都要斟酌，让学生不敢有丝毫浮躁。

"那时候老师觉得我文字功底不够，让我读《人民日报》社论，一读就是 3 年，太受益了。"1995 级博士朱勇对老师的教诲念念不忘。

"越是不懂，就越想搞懂啊"

"老师说现在很多文章标题中有看不懂的英文简写，他就摘抄到本子上，标上中文意思，已摘 500 多条了。"最近，1998 级博士生王珏发现了老师的一个新动向。

年纪渐长，吴易风觉得时间越来越不够用。前几年，他自学计算机，敲出了 16 万字的《当前金融危机和经济危机背景下西方经济思

吴易风在上课

潮的新动向》。他还带领博士生，花一年时间整理好自己半个多世纪的研究成果，结集出版了十卷本《吴易风文集》。

出生在江苏农村一个贫苦农民家庭的吴易风，只读了几年私塾和乡村初级师范。1953年，吴易风在江苏转业干部速成中学当老师。"有门课叫'经济建设常识'，我不懂，怎么教？我就抱着一本《政治经济学》的翻译本反复看，跟个宝贝似的。"

两年后，凭着一张"具有高中毕业相当程度"的证明，吴易风考取了中国人民大学政治经济学专业。

为何选择这个专业？"越是不懂，就越想搞懂啊。"吴易风说，上大学时为了读英文文献，他从音标学起。"那时候英语教科书也稀缺，我从王府井图书大厦找来一本，还是苏联的。"

1959年留校工作后，吴易风很快发现数学知识不够用。吴易风的夫人刘天芬是北京邮电大学的数学老师，就成了他的"家庭教师"。

"先自学，再做习题，最后交给她批改——我就这样掌握了从事西方经济学教学与研究所需要的数学知识。"

经过多年努力，吴易风已成为一名大家，被称为"三通经济学家"——在马克思主义经济学、西方经济学和外国经济思想史领域均有建树。面对外界给他的这个称号，他说："通一门就很不容易，要努力一辈子，哪能精通几门？我受之有愧。"

"人生路上，顺利时须戒骄戒躁，被误解时要从容淡定"

"我决定把这次获得的全部奖金贡献出来，设立贫困生奖学金……在我离世后，我的部分遗产将加入这笔贫困生奖学金……"2018 年 12 月 11 日下午，中国人民大学世纪馆北大厅，第七届吴玉章人文社会科学终身成就奖颁奖典礼上，这位穿着中山装、脚踏运动鞋的朴素老人，成为大家的焦点。

对于吴易风捐款助学，他的学生并不意外。"这不是老师第一次捐了。"王珏说，2017 年，吴易风将自己的 3500 余册藏书，连同书稿、照片以及与学生的通信，全部捐给了中国人民大学文库。

"吴老师是一个有大爱的人。"朱勇说，吴易风特别愿意给后辈创造更多的学习机会。"而且他偏爱寒门子弟。"

吴易风也将大爱投射到自己的研究中。"研究经济学，要站稳人民的立场。"吴易风时常教导学生，做研究要认真调查，充分掌握资料，深入思考、反复斟酌。"我在旧社会生活过，新旧对比，让我对马克思主义、社会主义有很坚定的信念。"

1988 年，吴易风与他的学术挚友高鸿业合编《现代西方经济学》教材，用马克思主义的立场、观点、方法来评析西方经济学，备受好评，屡次印刷。

吴易风说:"人生路上,顺利时须戒骄戒躁,被误解时要从容淡定。"在学生们看来,老师处乱不惊,体现了他一贯的不计宠辱、淡然从容。

"老师话不多,却很有分量。"博一学期末,吴易风递给朱勇一张纸。这是一张班里所有同学发表论文情况汇总表,有的人已经发表了五六篇,而他只发了一篇。"老师什么也没说,但我明白了他的用心。"

"吴老师会钢琴、小提琴,写字作诗样样在行,可他从不卖弄。"王珏说,"他一生最爱书,捐书后半个家都空了;他其实也没什么钱,但他不在意,只想当好一个人民的经济学家。"

人民日报记者　董丝雨

记者手记

一以贯之最动人

吴易风先生60年的研究时光,是"一以贯之"这个词最好的注脚。60年来,他坚定信仰马克思主义,怀揣强烈的社会责任感,一直站在学术和时代发展的前沿……

先生曾和学生打趣,自己在中国人民大学创了"学历最低教师"的纪录。由于时代原因,吴易风只有一张毕业证书,连学士学位证书都没有,但这丝毫不影响他在经济学界举足轻重的地位。这几年,他捐书设奖,也是在将自己的学术追求延续下去,令人敬佩和动容。

无论为学、为师、为人,吴易风先生始终自在从容。采访中,不少人表示"仰之弥高，钻之弥坚"，甚至那些与他观点相左的学者，也被他的有礼有节深深打动。最令记者感慨的是，每次和记者沟通时，他都称呼记者为"学友"，谦逊温和的大家风范令人如沐春风……

（原载《人民日报》2019年3月4日）

陈俊武："常学常看，才能跟上时代"

人物小传

　　陈俊武，1927 年生，祖籍福建长乐，生于北京；1948 年毕业于北京大学化工系，曾担任我国炼油工艺"五朵金花"之一的中国第一套 60 万吨／年流化催化裂化炼油装置设计师，一生组织多个国内重点石油化工项目；1991 年当选为中国科学院院士。

　　初见陈俊武，他正双手举着报纸，神情专注地阅读……虽已 93 岁，但记者问他是否经常看报，他认真地回答："要看。跟发达国家比，我国炼油等技术还有些许差距，常学常看，才能跟上时代。"

　　耄耋之年的他，一生与祖国石油发展相连。早年带头建造我国第一套流化催化裂化装置，中年指导攻克了煤质烯烃的世界性难题，如今仍拼搏在一线，为我国石油发展建言献策、培养人才。"我的一生从未停步，直到今天，我还在学习……"

"科学研究最忌讳的是，一有成绩，就沾沾自喜，想歇歇脚"

6点半起床阅读、散步，8点半到办公室搜集资料、数据，与学生讨论课题，有机会还参加国内外重要学术会议。退休30多年，陈俊武一直保持着良好的状态，工作治学，未曾懈怠。

"他心里装的是国家和事业，从没有想过自己。"负责陈俊武起居生活的陈涛告诉记者，陈俊武生活从不讲究，但学习、工作总是精益求精。虽是硕果累累的资深院士，但他那种拼搏的劲头和49年前并无二致。

1961年，大庆油田快速发展，给国家提供了充足原油，但国内炼油技术发展稍显乏力，"像有了好大米，却依然吃不上香喷喷的白

陈俊武近照

朱佩娴　摄

米饭。"陈俊武说,流化催化裂化是炼油工业的关键技术,投资少、操作费用低、原料适应性强,但这类装置全世界仅有几十套,技术被层层封锁。

为改变这一面貌,国家提出自力更生开展五项新技术攻关,被称为炼油工艺的"五朵金花"。34岁的陈俊武受命"挑大梁",担任建造我国第一套流化催化裂化装置的设计师。

"建立一个完整的新炼油厂,上到仪器仪表、大小阀门,下到粗细管线、器件之间的联动,都完全靠自己琢磨。"陈俊武回忆:1962年到古巴考察期间,四名石油部工程师冒着战争危险,拍下400卷胶片,写满20多个笔记本,搜集到几万页资料,这几乎成为炼油厂建设的一手资料。

"我们的命运始终与国家相连,激励着我们不断攻坚克难。"1965年5月5日,经过4年多艰苦攻关,我国第一套自行设计、自行施工安装的60万吨/年流化催化裂化装置在抚顺石油二厂建成投产,催开了我国炼油工业新技术的"第一朵金花"。

"科学研究最忌讳的是,一有成绩,就沾沾自喜,想歇歇脚!我国曾落后先进技术20年,要想实现'齐步走',就必须具备自我研发实力。"为保证人才不断代,陈俊武退休后积极开设催化裂化高级人才培训班和中国石化高级人才研修班。通过几代人努力,我国目前已建成不同类型催化裂化装置200多套,每年处理原油近2亿吨,催化裂化工艺技术水平长期稳定在国际先进水平。

"科研人员不能讲'可能',该是什么样就是什么样"

陈俊武看起来很随和,可接触过他的人却说:"这是个较真的人。"这一点,与陈俊武共事数十年,曾任洛阳工程公司副总工程师的陈香生最有感受："前段时间，几个业内朋友想请陈院士挂名他们的科研项目，陈院士看后直接拒绝。他认为项目中仍有问题没有解决，不愿意只照顾面子。"

最让陈香生感到意外的是，陈俊武"较真"起来，"连自己的面子也不给"。

1995 年，陈俊武曾出版过一本专著

1982 年，兰州 50 万吨 / 年同轴式流化催化裂化装置开工，陈俊武（前中）和同事合影　　　　　陈香生　摄

《催化裂化工艺与工程》，2005 年再版，2015 年发行第三版，全书共 1606 页 252 万字，凝聚了他毕生的科学实践与研究创新。

2018 年，中国科学院大连化学物理研究所欲将该书三个版本都收录入中国新建的催化史料馆，陈俊武签字准备寄出时，却突然反悔。原来，第二版和第三版中有一个方程式转化率因子数据适用范围有偏差。第二天，陈俊武立即打印了一个勘误说明，将两版内哪几页、哪个方程式、哪个表格引用错误，标注得清清楚楚，以这种形式向读者致歉。

"发现错误，就必须予以纠正，要对每一个数据负责、为国家负责。"陈俊武的这种"较真"，也源自对自己科学研究的笃定。

20 世纪 80 年代初期，陈俊武应兰州炼油厂之邀，建设一套年加工能力 50 万吨同轴式流化催化裂化装置。但是，有人从技术角度对设计方案安全性提出质疑。专门论证会上，气氛紧张，质疑的人仍在坚持："这有可能出事故……""出了问题谁负责?"陈俊武并不是听不进意见的人，但他对自己的精心测算更较真，他坚定地说："出了问题，我陈俊武负责!"

1982年，凝聚着陈俊武团队心血的兰州炼油厂装置建成投产，当年就收回4000多万元的投资，并把我国炼油技术水平推进了一大步。这项技术1984年获得全国优秀设计金奖，1985年又获得国家科技进步奖一等奖。"科研人员不能讲'可能'，该是什么样就是什么样。"

"年轻人才是未来的希望"

陈俊武自己一生进步不止，但他明白"年轻人才是未来的希望"。这些年，他所培养的新一代优秀工程师，在专业领域都有不小的成就。

"他们还在成长，要多给他们机会。"很多学生在申报新课题时，陈俊武都会提供悉心指导。申报技术成果时，学生把陈俊武的名字写上，陈俊武都会偷偷把名字划掉。

"他对自己一直都很'小气'。"他的家人曾经讲过一件事，有一次陈俊武在路上不小心扭伤了脚踝，疼得脸色发白……其实只需要打个电话，单位就会派车来接他。"但他坚持不占用公共资源，硬是自己努力站起来，一瘸一拐往家走……"家人说，这些年，陈俊武将自己所得的奖金捐给学校、优秀教师，奖励年轻科研工作者。"年轻人没了后顾之忧，才能为祖国更好地作贡献。"陈俊武以一己之力，为科技发展不断铺路。

现在，陈俊武不再长期处在科研一线，但仍然关心着我国重大工程技术研发和宏观战略性课题创新。能源替代和碳排放，是他当下最关注的两个课题。其实，退休后的陈俊武主动学习了多领域的知识，单在中国碳减排战略和应对气候变化方面，就发表了多篇高质量论文。

"创新就是要不断发现和思考新的问题。我的一生，一直在努力。"从20多岁观察鼓风机特性帮车间"每小时省25千瓦时电"，到设计一个催化分馏塔取代常压和减压两个分馏塔，再到流化床催化剂的两段氧化再生……陈俊武的轻描淡写，正是他一生追求创新的缩影。

"技术引进永远不能代替开发。作为科研人员，要时刻牢记使命，绝不做技术的买卖人。"采访结束后，陈俊武与记者告别后，随即又拿起手边的课题材料，认真地阅读起来……

人民日报记者　朱佩娴

（时岩参与采写）

记者手记

奉献一生　专注一世

当采访前得知陈俊武院士已是90多岁高龄时，记者的心"咯噔"了一下："陈老年纪这么大，研究的领域那么专，还能讲得清楚他的工作吗？"带着疑虑，记者赶赴洛阳拜访他，欣喜的是，陈老精神矍铄、工作如常，说话既掷地有声，又惜字如金……

从采访见面到结束，陈老很少主动提及话题，总是老老实实地回答提问。他的生活助理说，陈老一生不爱社交，淡泊名利。他很少虑及自己和家人，注意力总是倾注在专业里。即便85岁高龄后，他也不是只享受天伦之乐，反而更在意经验的传承和知识的更新。

陈老关心专业领域，更时刻关注着国家的前途命运。他的小女儿陈欣说，老人认为自己不善言谈，真正的爱国应该体现在实际行动中，并践行一生。

正是这种专注，造就了陈老的事业。为国家舍小家、为事业轻自己，奉献一生，专注一世，这就是令人敬仰的陈俊武院士。

（原载《人民日报》2020 年 4 月 20 日）

黄锡璆："每张图纸，都印在心里"

人物小传

　　黄锡璆，1941年生，籍贯广东梅州，归国华侨，中国著名建筑学家，2012年第六届"梁思成建筑奖"得主；2003年非典期间，曾带领团队设计北京小汤山医院；2020年担任中国中元国际工程有限公司支持武汉火神山医院建设技术专家组组长。

　　见到大家口中的"博士"，正值一个阳光灿烂的午后。透过办公室的门往里看，坐在书桌后的黄锡璆正拿着一个放大镜细细地查看图纸。见记者进来，已经79岁的老先生不顾腿脚不方便，马上起身相迎，并为房间的无处下脚而"道歉"。

　　作为新中国历史上第一位医疗建筑博士，黄锡璆已在中国机械工业集团有限公司下属中国中元国际工程有限公司（以下简称"中国中

1984 年黄锡璆在比利时鲁汶大学留学时在住处前留影

元")工作了一辈子,职业生涯中主持设计了 200 余所医院。如今,虽已退休多年,但被返聘的黄锡璆仍每天早上 8 点半准时上班,他说:"我就是想再做一些事情……"

"碰到这样的大事,就应该贡献自己的力量"

"虽然这儿有不少博士,但'黄博士'是独一无二的,我们都这么叫他。"有位"孙女辈儿"的同事悄悄告诉记者。黄锡璆虽是大家,但一向随和,年轻设计师们不论做什么设计,都会让经验丰富的"博士"提提意见。

不仅仅是团队需要黄锡璆的意见——今年 1 月 23 日 13 时 06 分,有着小汤山非典医院设计经验的中国中元收到了一封来自武汉市城乡建设局的加急求助函,请求对"武汉市建设新型冠状病毒肺炎应急医院"进行技术支持。当日 14 时 22 分，接到求助函一个多小时后，修订完善的整套小汤山医院图纸就送达对方。

23 日当晚，黄锡璆彻夜难眠。当年设计小汤山医院时的场景历历在目，"每张图纸，都印在心里"。24 日一大早，他手写了一份设计建议，交给火神山医院的设计团队。"小汤山医院设计中有哪些难点，我得全部告诉他们，并和大家一起讨论解决，希望火神山医院能够设计得更科学更人性化。"黄锡璆说。

通过微信群，黄锡璆一直和火神山医院设计团队探讨设计细节，完善设计方案，并根据前线传回的资料，先后提供了三份具体建议书。火神山医院设计完成后，设计团队发来感谢信："感谢以黄锡璆为代表的各位专家，你们展示了高超的业务水准和精益求精的工匠精神，值得我们学习……"

更令人敬佩的是，23 日，黄锡璆就向单位提交了一份请战书："鉴于以下三点：本人是共产党员；与其他年轻同事相比，家中牵挂少；具有非典小汤山实战经验。本人向组织表示，随时听从组织召唤，随时准备出击参加抗疫工程。"

"家人担心您怎么办？""老年人感染风险更高，被传染了怎么办？"……面对记者一连串的提问，黄锡璆轻言细语地说："我们这个年纪的人，是跟新中国一起成长起来的，碰到这样的大事，就应该贡献自己的力量。"言犹未尽，黄锡璆又加了一句，"跟前线的医务人员相比，我做得还远远不够。"

"这点苦不值一提，跟施工人员比条件好多了"

若问黄锡璆职业生涯中设计的最为特殊的医院是哪一家，答案一定是小汤山医院。

黄锡璆近照

时间回到 2003 年 4 月 22 日，北京市决定建立小汤山非典定点医院。当时作为总设计师的黄锡璆恰逢眼病初愈，在家休养。但他依旧临危受命，当晚 10 点赶到单位，立刻组织工程设计人员连夜投入工作。

集体讨论、分工勾画、群策群力……为争取时间，黄锡璆和团队仅用 8 个小时就把总体规划设计方案拿了出来。很快，近 6000 名施工人员赶赴现场。这项特殊的建筑工程进入了边设计、边施工的阶段，黄锡璆与其他设计人员一起战斗在一线。

从隔离层、混凝土地基、箱式板房，到离地面架空一定距离的病房、通道专用的隔离防护窗，都是黄锡璆和团队设计方案中需要考虑的关键点。"在院内总体布局中，首先要明晰功能区，注意医疗区内各建筑物间的合理间距，处理好人流物流通道，解决好洁污分区，做好通风系统和采光等。"黄锡璆说。

四间只有桌子和床的简易办公室内，他和设计师们"连轴转"地战斗了七天七夜。在指挥部命令设计师撤离前的几个小时，黄锡璆还坐在路边的台阶上，优化方案补充设计。在他看来，"这点苦不值一提，跟施工人员比条件好多了"！

设计小汤山医院的困难前所未有，但在各方共同努力下，一座高标准的非典专科医院在短短 7 天内拔地而起。

小汤山医院建成当日深夜便开始接收病人，最终共收治了全国 1/7 的非典患者，治愈率超过 98.8%，上千名医护人员无一感染，被世卫专家称为"医疗史上的奇迹"。这其中，科学严谨的医院设计功不可没。

凭借对中国现代化医院建设的卓越贡献，2012 年，黄锡璆荣获中国建筑学界的最高荣誉奖——第六届梁思成建筑奖。

"该读的书实在太多，不能浪费时间"

1941 年，黄锡璆出生在印度尼西亚的一个华侨家庭。从记事起，他就深深体味到内心对"家国"的渴望。1957 年，16 岁的他毫不犹豫地放弃印尼国籍回到中国，满怀热情地投身国家建设。

回到祖国后，黄锡璆参加了高考，接受高等教育，并在改革开放后作为公派人员留学海外，成为新中国历史上第一位医疗建筑博士。

在比利时鲁汶大学留学期间，他几乎把所有时间都放在学习上，学校甚至给了他自取图书馆钥匙的"特权"。"其实，我也会羡慕同学们躺在草坪上晒太阳聊天，但是该读的书实在太多，不能浪费时间。"1988 年，黄锡璆学成归国。他说："国家花了这么大代价培养我们，就应该赶紧回国做点事情。"

刚回国时，国内医疗建筑的设计理念还比较落后。黄锡璆到偏远地区找业务，从几千平方米的小项目开始做，一干就是一辈子。如今已近耄耋之年，他仍一心扑在专业研究上，还时常叮嘱晚辈："医院不是别的建筑，是要救人命的，千万不能出现问题。"

工作之余，他爱好不多，除了带老伴儿出去旅游，他把大量精力放在学习最新的专业知识上。他说："我想完成写本书的愿望，踏踏实实把专业知识系统地梳理一下。"

人民日报记者　魏　薇

记者手记

画笔勾勒家国梦

采访中，黄锡璆谈到成绩时总是说"原本可以做得更好"；面对赞扬，他说的都是"我跟一线的医护英雄相比，差远了"。

60 多年前，他离开亲人从印尼辗转归国；30 多年前，他放弃国外优渥的条件毅然回国；17 年前，他克服视网膜脱落后尚在恢复期的病痛，一笔一画勾勒出小汤山医院的设计草图；如今，79 岁的他在抗击疫情之时再次写下请战书，为火神山医院建设贡献力量，让人不禁感叹和敬佩。可以说，每一页图纸，都承载着黄锡璆的家国梦想，每一所坚固的医院，都体现着他的工匠精神。

（原载《人民日报》2020 年 6 月 1 日）

胡松华：爱人民所爱 美民族之美

人物小传

　　胡松华，1930 年 12 月生于北京，男高音歌唱家；1949 年毕业于华北大学（中国人民大学前身），历任中央民族歌舞团艺委会副主任、合唱队长，中国交响乐团一级演员；在大型音乐舞蹈史诗《东方红》中任独唱，在中国首部音乐故事影片《阿诗玛》中录唱阿黑全部唱段，在原创大型歌剧《阿依古丽》中饰演男主角阿斯哈尔；演唱的《赞歌》《马铃儿响来玉鸟儿唱》《草原上升起不落的太阳》《塔吉克牧人之歌》《吉祥酒歌》等歌曲深受欢迎；获中国金唱片奖、40 年广播首唱"五洲杯"金曲奖、"金钟奖"终身成就奖等荣誉。

　　"我最喜欢马，因为它有一种一往无前、吃苦耐劳的品格。"冬日

胡松华（右二）与湘西土家族老乡谈论乐器的吹法

午后，胡松华在采访中说。

确实，在这位老歌唱家的生活中，随处可见马的"踪迹"：微信名叫"老马"，头像用的是白色老战马；家中摆着形态各异的马的雕像；新近完成的画作上，五匹骏马长鬃飞扬、四蹄生风……

胡松华属马，犹如一匹不知疲倦的老马，在音乐天地里驰骋了七十载。

"书画乃有形之歌声，歌唱乃有声之书画"

从《森吉德玛》到《赞歌》《草原上升起不落的太阳》，胡松华演唱过许多脍炙人口的蒙古族风格歌曲。

胡松华是家中长子，父亲是位老中医兼书画家，一心一意要将他培养成画家。从 6 岁开始，便送他到国子监上学。同时，请赵梦珠、徐凯、金毓远三位画师上门授课，一学就是 13 年。

"师从名家，其艺也精"，多年勤学苦练，胡松华打下了扎实的书画功底。及至进入北京第五中学就读，音乐老师马常蕙发现胡松华有一副好嗓子，极力劝说他担当《黄河大合唱》的领唱。"不能吃开口饭！"老父亲不同意，胡松华只能回绝了马老师的苦心安排。

怀着"画遍四方"的心愿，后来，胡松华背着画笔，坐了一天一夜火车，来到河北正定，成为华北大学的一名学生。1949 年 5 月 23日，即《在延安文艺座谈会上的讲话》发表七周年之际，学校文工队成立。特派胡松华设计了队旗，这算是他到解放区的第一幅书画作品。除了写标语、办校报，胡松华还主演了秧歌剧《兄妹开荒》等，独幕话剧《粮食》《打得好》，生动地塑造了八路军连长等人物形象，随后他被选调到华大文艺三团工作，吃上了"张口文艺饭"。

"书画乃有形之歌声，歌唱乃有声之书画"，虽然没有实现儿时的梦想，但书画仍是胡松华的一大业余爱好，每每有人问他养生的方法，他总是笑答："不过是多年来坚持书、画、歌三艺互助养气罢了。"

"要唱好'马背歌曲'，必须体验马背上的感觉"

"英雄的祖国屹立在东方，像初升的太阳光芒万丈……"一曲《赞歌》，胡松华在国内外演唱了数千遍，打动了一代代人。

这首歌诞生在一夜之间。1964 年秋，大型音乐舞蹈史诗《东方红》的主创人员和部分主要演员住在老西苑饭店内，日夜奋战。临近公演的前一天夜里，总指挥部要求，为增强喜庆气氛，增加一首蒙古族音乐风格的男高音独唱歌曲，以舞伴歌。

2001 年，胡松华（右）探望 80 岁的哈扎布老师

　　谁来完成这个任务？一是考虑到胡松华刚从内蒙古草原体验学习回京，二是 5 年前，他的第一首成名曲，号称"草原梁祝"的蒙古族歌曲《森吉德玛》取得了不错的传播效果，总指挥部和导演团音乐组长时乐濛等当即决定：让胡松华上！为此，胡松华连夜创作。黎明时分，这首歌诞生了，定名为《赞歌》。由作曲家赵行达伴乐、配器，经过三天紧张排练，这首歌在舞台上就通过了审核。

　　临近公演，胡松华恳请时乐濛同志："让我的老师哈扎布参演几场《赞歌》吧！"哈扎布很欣赏《赞歌》中新长调和短调的大胆"联姻"，欣然参演。

　　"要唱好'马背歌曲'，必须体验马背上的感觉。"胡松华说。哈扎布是他在内蒙古结识的，当时胡松华跟着哈扎布系统地学习了古典牧歌长调歌唱技艺，在马背上边放牧边学唱长调。"如果没有这些经历，就是五夜也编创不出《赞歌》。"胡松华说。

能声情并茂地演绎我国各民族风格的歌曲，外国歌剧咏叹调也照样唱得轻松自如，听过胡松华歌唱的人都会诧异：为何同一歌喉演唱，风格却变化万千？胡松华总结为"广学古今中外法，扎根边疆保元真"的创作方法。

几十年间，胡松华深入48个少数民族地区，和少数民族同胞同吃同住、同劳动、同歌舞，不断汲取民族音乐的丰富营养。通过多年的拜师学艺，胡松华熟练掌握多种传统和民间演唱技艺，被各族人民亲切地称为"我们自己的歌唱家"。

与此同时，胡松华利用出访演出的机会，同罗马尼亚、保加利亚等10多个国家的艺术家进行深入交流，将国际美声技法与多民族传统技法巧妙融合。有音乐界人士称赞他"闯出了一条宽广多彩的歌路"，"其风格浓郁、技法科学、演域宽广、生气常存的歌声在中国整整影响了两代人"。

"帮助少数民族贫困歌手，这是我的责任"

"边疆的生活和少数民族音乐的丰富营养，成就了我的歌唱之路，我是各民族人民的儿子。"1992年，年过花甲的胡松华自筹资金，甚至卖掉了父亲留下的四合院，开始投入12集音乐电视艺术片《长歌万里情》的拍摄之中。

一路欢歌一路情，摄制组拍摄了近1万分钟展现少数民族风采的歌舞画面，分别以"十万里路歌与情""高原雪域情""湘黔山寨情"等为题，生动反映各民族群众的心声和对美好生活的向往。

多年边疆生活，胡松华不时遇见一些颇具歌唱天赋的年轻人，遗憾的是，他们因贫穷无法走出家乡，难以在舞台上一展歌喉。2000年，嗓音正处于最佳状态的胡松华毅然暂别舞台，南下珠海后，在朋友帮助下创办艺术研究室。"办研究室,帮助少数民族贫困歌手,这是我的责任。"胡松华说。

白天一对一教学,傍晚一边在珠江畔散步、一边交流演唱技法,晚上准备教案,1300 个日夜,胡松华对这些少数民族学生"因材施教",倾尽心血。2003 年 12 月 10 日,一场《雏雁飞鸣》毕业音乐会在广州举行,台下掌声雷动。

"战友",这是胡松华对爱人张曼茹的称呼。无论拍艺术片,还是办研究室,张曼茹都是坚定的支持者,不论遇到什么困难都没有改变。

"她拼尽了全力。"2020 年 5 月,相濡以沫 60 多年的爱人离去了,胡松华至今难掩悲伤。长期骑马落下的腰伤和静脉曲张仍在治疗中,但他的工作一直没有停顿,制作教学片、整理书稿,每天忙碌到深夜……

人民日报记者　　施　芳

记者手记

唯有真情最动人

从艺 70 年,歌路越来越宽广,歌声越来越嘹亮。胡松华的艺术生命力从何而来?源自他对艺术的无限热爱。

因为热爱,他把艺术之根深深地植入大地,从火热的生活中汲取养分,创作出无愧于时代的精品力作。

因为热爱,他博采众长不断超越自我,虽年过九旬,仍然攀登不止。他甘愿作铺路石,倾尽心力培育少数民族新人,以回报各民族人民的哺育深情。

　　还有什么比从心底流淌出的歌声更动人呢？在那些荡气回肠的歌曲里，我们能真切感受到一位老歌唱家的赤子之心和民族团结的浓浓情意。

　　　　　　　　　　（原载《人民日报》2021年3月19日）

郭建华："我愿意当一辈子放映员"

人物小传

　　郭建华，女，1953年生，河南省开封市祥符区人；从1976年起，从事农村电影放映工作至今；现任祥符区电影公司党支部书记、经理。她是第十一、十二、十三届全国人大代表，曾获得全国道德模范、全国文化系统先进工作者称号。

　　从青丝到白发，为乡亲们放电影45年，郭建华始终保持着对这项事业的执着……

"俺30多岁的时候就看她放的电影"

　　"俺30多岁的时候就看她放的电影，如今俺都70多了，还是郭

郭建华在调试放映设备

建华给俺放！"河南开封朱仙镇小店王村 76 岁的村民王秀花对记者说。记者见到郭建华时，她正和王秀花站在村放映点的广场上交谈……刚从省里开会回来的郭建华来不及换衣服，就赶到小店王村，为晚上放电影做准备……

郭建华 5 岁时，母亲带她第一次去村广场上看电影。好奇的她伸出小手摸镜头，突然"啪"的一声，镜头里射出光线，吓了她一跳，但她从此对这跳动的光影着了迷……

1976 年，当地要招聘一批电影放映员，郭建华兴高采烈地报了名。负责人见了她却直摇头：20 岁出头，又瘦又小，小姑娘能干得了这重活儿？郭建华不服气，20 里路的自行车体能测试，她铆足了劲，比别人多带了两份拷贝，还第一个冲到终点，从 20 多个应聘人中脱颖而出。靠着这股拼劲儿，经过培训，郭建华在那年成了一名农村电影放映员。

那时候，听说哪里要放电影，附近的乡亲都会赶着去看，有的爬上大树，有的站上墙头，人多时甚至挤满了山坡。有时，连银幕后也站满了人，那时候，对村民来说，正面找不到位置，能在幕布后面反着看电影也是一种享受。

郭建华按下放映按钮，装在放映机里的电影胶盘便开始旋转，镜头里射出光束，光影世界便在幕布上动了起来。村民们发出阵阵欢呼，又渐渐安静下来，大家都沉浸在电影情节之中……

放电影是三人一组，郭建华和同事经常用平板车拉着200多斤重的放映设备，一晚上走几十里泥土路，跑3个村，放6场电影。来到第三个村子时，很多等候多时的村民都睡着了，可放映机声音一响，大伙儿立刻精神起来，还热情地和郭建华打招呼。孩子们还会送来家里做的菜团子、煮玉米、烤花生。郭建华跟乡亲们说："只要大家喜欢看，我愿意当一辈子放映员！"

"我想担起这份责任，不愿农民没有电影看"

为了一句承诺坚守45年，这其中的辛苦，只有她自己知道。

晚上露天放电影，要面临各种天气变化的考验。开封在黄河边，冬季寒冷，经常下大雪。村民们为了看电影，经常头顶着毛巾挡雪，隔一阵子就抖抖头顶上的雪，郭建华也要时不时地抖抖幕布上的雪。村民雪中坚持看，郭建华就在雪中坚持放，一场电影下来，浑身是雪，里外湿透。

最让她难受的还是夏天。农村灯光少，虫子多。一放电影，放映机就成了最吸引虫子的地方，站在旁边的郭建华经常被蚊子咬一身的包。

年轻时的郭建华在送电影下乡的路上

郭建华的丈夫曾是一名军医，郭建华为了给乡亲们放电影，放弃随军；丈夫便选择回乡当了一名乡村医生，默默支持她的工作。

1994年7月1日，郭建华成为一名光荣的共产党员。两年后，她开始担任开封县（现为祥符区）电影公司负责人。当时，影视行业已经发生了很多变化，一些传统的影视单位面临经营困难。在郭建华担任公司负责人之前，这个位置空缺了许久。郭建华想了好几天，她说："我想担起这份责任，不愿农民没有电影看！"丈夫很支持她，并把家里的钱拿出一部分来；郭建华一边用这些资金买新电影，一边和同事们下乡去寻找和增加电影放映的机会。

那时逐渐富裕起来的农民家里，遇到孩子升学、结婚等喜事都喜欢热闹，再加上多年的工作经历让郭建华和许多农民成了朋友，许多老乡都乐意请放映员到自家来放电影，添添人气和喜气。短短一年，公司收入就从不到4万元增长到了20多万元；职工们原本几十元的月工资也增长到七八百元，好的时候能拿到上千元。"公司渡过了难关，好的电影还能帮助农村移风易俗。"郭建华很高兴。

"送来米，送来面，不如送部科教片"

电影公司重新步入正轨后，郭建华开始思考：电影在乡村怎样才能更好地发挥其作用？随着市场经济的发展，广大农民对于农业新技术的需求越发迫切，郭建华就把放映科教片作为帮助农民学习新技术的重要手段。最近 10 年来，公司累计放映科教片 9 万多场次。

开封是花生主产地，为了帮助当地农户通过种植花生增收，在郭建华的推动下，当地拍摄了一部名叫《咱家花生好收成》的科教片。影片既符合开封当地花生种植特点，又富有故事性和趣味性，累计放映了 6000 多场，受到了乡亲们的喜爱。

近几年，郭建华还带领放映人员深入全区的建档立卡贫困村和贫困户较多的非贫困村，建立了 100 个农村扶贫电影放映点，采取"点单式"放映模式，累计放映科技扶贫影片 1 万多场次，引导许多村民走上科技助农、脱贫致富的道路。郭建华说："一些群众高兴地说，'送来米，送来面，不如送部科教片'！"

一晃 45 年，承担的工作在变，电影放映机也逐渐从胶盘式变成了数字化，但到村里给老乡放电影这件事，郭建华从没断过。现在，她还时常跟同事们一起去各个村子，每年放几十场甚至上百场电影。

"一条路，走了半个世纪；一件事，倾注了全部心血。"2019 年，在郭建华获得全国"诚信之星"时，组委会给了她这样的评价，而这恰似她 45 年放映员生涯的总结。

人民日报记者　毕京津

记者手记

为"一生奉献一项事业"点赞

与郭建华交流,给人最大的感受就是平易近人、和蔼可亲。无论是和谁打交道,郭建华永远不变的是自己温暖的笑容和亲切的乡音。从放映影片满足文化需求,到送科教片下乡照亮小康路,郭建华奔走至今,始终觉得"永远干不够"。

作为一名扎根基层、为农民放了一辈子电影的放映员,她用近半个世纪的足迹践行了当初的誓言。她身上所体现的,正是一生奉献一项事业的信念和坚守。有人问她,坚持45年的动力是什么?她笑着回答:"是老百姓对电影的热爱让我乐在其中,一生不倦。"

（原载《人民日报》2021 年 4 月 26 日）

社会责任篇

"但愿苍生俱饱暖，不辞辛苦出山林"

——【明】于谦《咏煤炭》

开凿出来的煤炭，蓄藏着极大的能量。煤炭燃烧自己，给世间带来温暖。就像春回大地一般，炉火熊熊照破沉沉黑夜，他们甘为国家"鞠躬尽瘁，死而后已"。

郭光俊：做乡亲们的健康守护人

人物小传

郭光俊，1952年6月生，共产党员，河南登封市大金店镇梅村卫生所医生，全国优秀乡村医生，全国劳动模范。他十几岁自学医术，先后在镇卫生所、洛阳涧西区人民医院进修。自愿放弃留城机会，回到梅村，不怕条件简陋，为村民防病治病，54年初心不改。他就地取材，巧用当地中药材，大幅降低村民看病费用。

合上血压计的盖子，郭光俊耐心地对崔改娥老人说："血压平稳，之后把金银花、连翘和栀子三味药，热水冲泡，可以清热解毒，降血压、血脂。"

说完，他又吟诵了几句《药性歌》：金银花甘，疗痈无对，未成则散，已成则溃。连翘苦寒，能消痈毒，气聚血凝，温热堪逐……

郭光俊（右）给村民看病

"老人不认识几个字，可是她爱听我背《药性歌》。以前听是觉得方子靠谱，后来听了几十年，是感动和习惯。"郭光俊说。

难怪，郭光俊说话时，崔改娥老人脸上一直挂着笑。在崔改娥老人堂屋前，一块铁牌子上写着郭光俊的手机号，需要的时候看一眼牌子。郭光俊说，这铁牌子，就是他最高的荣誉。

"我学了医，得回去报答乡亲们"

嵩山上生长的中草药有 300 多种，常有医者来此采撷，村民也靠采集药材赚钱。然而，村民却因不懂医术，无法用来治病，常受疾病困扰。

1964 年，流脑突袭了郭光俊的老家——河南省登封市大金店镇梅村，一天夺走 4 口人，其中包括他不到 2 岁的妹妹。悲痛之余，十几岁的郭光俊下定决心学医，"要用医术为乡亲们做贡献"。

卖掉家中的鸡蛋，郭光俊买来医书自学。《汤头歌》《药性歌》记在心头，一记就是一辈子。看他学医肯下功夫，村党支部推荐他到镇卫生室，跟着半生行医的郝师傅学医。自此，郭光俊上山采草药，下地送医药，做起了"一根银针治百病，一颗红心暖万家"的赤脚医生。1970 年，郝师傅推荐他到洛阳的一家医院进修。

没钱，就自制笔记本；不会，就记笔记……一共记了 100 多本笔记。洛阳市当时出台农转非政策，郭光俊本可以进大医院当正式医生，但他学医 6 年后，坚决要回村。"每次回村，爷爷奶奶们都挂着拐杖来看我，一块、两块地给我塞钱，半斤、一斤地给我塞粮票。我学了医，得回去报答乡亲们。"郭光俊说。

1976 年 6 月，郭光俊刚回到村里，第二天就去村卫生室报到，正式坐诊看病。

彼时的村卫生室，还是两间土坯瓦房。泥土盘成诊台，放着一个听诊器、两支温度计；木板搭成货架，摆着山上采来的 20 多种草药。里面坐着郭光俊和两名"自学成才"的乡村医生。

从十几岁开始学医、行医，再到土坯房里坐诊看病，郭光俊的村医生涯，一干就是 54 年。

"要让村民理解，防病比治病更重要"

1981 年分田到户后，附近的村医大多回自家地里种田，郭光俊却选择留下。后来，他拿出所有积蓄，再加上借债和贷款，带领村民盖起了 25 间房的新卫生所。内外妇幼、卫生防疫、偏瘫康复等科室设置齐全。

为了让村民看病少花钱，郭光俊还带着工作人员上山采药，根据

1974年，郭光俊在洛阳涧西区人民医院学习时留影

嵩山中草药特性，研制整套药方：荆芥配二花治吐血衄血，一味丹参治疗血管病后遗症……

"要让村民理解，防病比治病更重要。"郭光俊说，在做好保健知识宣传的同时，他们把采来的中草药熬成中药茶，放在卫生所大门口，或送凉茶到地头，免费供村民饮用。今年2月，郭光俊还带领卫生所全体党员，向登封市红十字会捐献了150公斤清热败火的中草药，用于新冠肺炎疫情防控。

2004年，邻村76岁的老教师刘玉花突发脑溢血。把过脉后，郭光俊带领全体医护人员紧急救治，降颅压、控血压、输氧气，老人转危为安。郭光俊日夜守护，用中药调理老人气血，辅以康复锻炼，两个月后，老人基本康复……这是郭光俊守护一方健康的缩影。

成立至今，梅村这个小小的村级卫生所收治各类危重病人上千例，覆盖范围扩大到登封市的17个乡镇。甚至很多外省市的病人也来求诊问药，郭光俊全都来者不拒，尽心施治。

"为父老乡亲防病治病，让他们平平安安，是我一辈子的心愿"

25间房的村卫生所，足足用了25年。2010年，在镇党委支持下，梅村建成了集预防治疗为一体的新农村中医卫生所，比当初的土坯房大了600多倍，郭光俊为卫生所取名仁济中医院。但因为少了一间康复室，他仍觉得有缺憾。

郭光俊说，现在生活条件好了，越来越多村民患上了高血压、高血脂等慢性病。有些严重的，甚至导致偏瘫。

对待偏瘫，除了靠药物治疗、控制饮食，康复训练也很重要。锻炼需要器材，农村普遍没有条件。郭光俊曾让村民把布条挂在榆树上，让患者用手拉动肢体上下活动，做康复训练；后来有了新院子，办法却还是"土办法"，这成了他的一块"心病"。

2014年，郭光俊被评为"全国最美乡村医生"，拿到了20万元奖励。随后，他对口学习时待过的北京市东直门医院，为了鼓励他扎根乡村，又提供了50万元建设资金。郭光俊将这70万元全部用于购买康复理疗器械，当年就建成了河南省第一家农村卫生所康复室，并且对村民和外来病人免费开放。经过陆续添置和慈善捐赠，如今康复室的医疗器械已价值上百万元。

如今，郭光俊每年都带领党员和医护人员，为本村两千多名群众免费做体检，给村民建立健康档案；每年还抢救并转运了不少农药中毒、肺炎心衰、急性脑血管病等危重病人。他还把河南中医药大学毕业的小儿子叫了回来，一起为大家看病。"当一名好医生，为父老乡亲防病治病，让他们平平安安，是我一辈子的心愿。"郭光俊说。

人民日报记者　毕京津

编辑手记

听不够的《药性歌》

刘涓溪

一身白大褂，穿行阡陌间。十几岁行医，在土坯瓦房里，郭光俊自学看病问诊；上山采草药，送茶到地头，草药郎中为村民健康殚精竭虑；拿出奖金建康复室，只为让村民锻炼有去处……从赤脚医生到全国优秀乡村医生，郭光俊一生坚守，诠释了一名村医朴素坚毅的医者仁心。

郭医生看病的一个细节十分动人：在给老人看病之后，郭光俊总会吟诵一段《药性歌》。这一段轻快的吟诵，却是萦绕山间田野最动听的回响。《药性歌》说的是中医里绵延至今的治病良方，吟诵里饱含着郭光俊心系乡亲、治病救人的真情。

中华大地，偏远乡村，还有许多像郭光俊一样的乡村医生，正行走在田埂上，穿梭在山岭间。他们日夜行医问诊、治病救人，用行动回馈哺育生命的沃土，用医术为乡亲们筑起生命健康的屏障。

（原载《人民日报》2020 年 7 月 9 日）

张效房:"永远站在为病人服务的第一线"

人物小传

张效房,1920年生,中共党员,郑州大学第一附属医院教授;1939年进入当时的河南大学医学院学习,在此后70多年的眼科研究及临床实践中,完成了几十项革新,建立了一套完整的眼内异物定位和摘出方法;曾获"国家有突出贡献专家""全国优秀科技工作者"等荣誉称号。

100岁的张效房,每周一、三、五到《中华眼外伤职业眼病杂志》编辑部上班,每周二坐诊,每周四查房——这是他日常的安排。在一次研讨会上,张效房婉拒了坐在座位上致辞的建议,坚持走上讲台,讲话铿锵有力……

"那时我们发奋读书，是为了学医救国，而不是为了自己考学位"

"晚上在菜籽油灯下复习，早晨在山上的树林里背诵——条件虽然艰难，但大家都很刻苦。"回忆起80年前的求学经历，张效房思路清晰，娓娓道来……

1939年，张效房以第一名的成绩被录取到当时的河南大学医学院。鉴于抗战形势，学院迁至偏僻山区，既无现成的校舍，也来不及兴工修建，只能租赁旧房办学。由于战乱，很多学生的家里无任何经济来源，自己仅靠学校发放的"贷金"补贴生活。张效房自入学起，就进入了半工半读的状态。

6年间，写讲义、画挂图、当家教、任代课老师……张效房每天晚上都会在昏黄的灯光下复习到很晚；第二天天刚亮就又起来学习。没有笔记本，就买杂货店里的粗纸裁制成小本子；没有钢笔和墨水，

张效房在办公室

就把染衣服的染料调成墨水，把小木棍的一头削尖当钢笔，蘸着染料水写作业。就这样，张效房度过了艰苦的大学生活，也奠定了坚实的专业基础。

"有些情景，至今还记忆犹新。我们这一代人，经历过战争年代，更加明白没有富强的国家、没有伟大的党，人民过不上好日子……"张效房说，"那时我们发奋读书，是为了学医救国，而不是为了自己考学位。"

"手术刀重量很轻，却寄托着病人的希望，代表着医学的神圣"

"新中国刚成立时，河南的眼病患者很多，尤其是沙眼及其并发症、后遗症，给许多人的生产生活带来不便。病人的呼唤，国家的需要，就是我们的责任。"张效房说。

张效房在做好本职诊治工作外，还带着眼科医护人员，利用节假日，深入农村、工矿、学校，为当地百姓进行眼病普查和沙眼防治，并且研究沙眼的病因，改进了沙眼局部用药方法，简化了睑内翻矫正术，取得了很好的效果。

"眼睛是否健康，影响着一个人的生活质量和幸福指数。作为眼科医生，凡是危害眼睛的病，我们都要想尽治疗办法。"1955年，张效房决心首先攻破眼内异物摘出的难题，经过50余年的实验研究及临床实践，他完成了35项革新和发明，建立了一套完整的眼内异物定位和摘出方法，其中薄骨定位、方格定位摘出法等最为业界所称道。

20世纪末，白内障是我国眼疾患者失明的主要原因之一。当时国际上通行的手术方法复杂，效果也不尽如人意，还需要特殊设备支持。种种限制条件致使我国很多基层医院难以进行白内障手术。

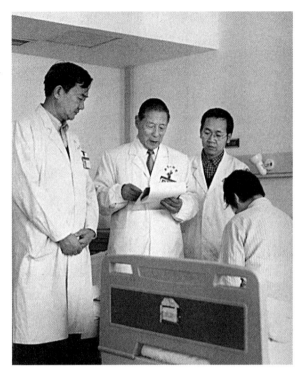

张效房（左二）在工作中

"选择了眼科医学，无论如何都不能放弃。手术刀重量很轻，却寄托着病人的希望，代表着医学的神圣。"张效房查阅了国内外资料，对各种同类手术进行对比研究，将国外的一种小切口手术，在实践中逐步加以改进和简化，形成一种不需特殊设备支持的简易手术。这种方法不仅费用低廉，也可将手术时间控制在 10—15 分钟，最快的只需 6 分钟，大大减轻了患者的痛苦和经济负担。20 多年来，这种"小切口手法白内障摘除术"在基层医院得到普遍应用，各地进行这项手术不下 2000 万例。

张效房倾其一生帮助无数眼疾患者重见光明，1991 年被授予"国家有突出贡献专家"荣誉称号，1997 年被授予"全国优秀科技工作者"荣誉称号。70 多年来，他还培养了大量的眼科临床人才，先后培养眼科硕士、博士 70 余人，其中不少人已成为业界和学术界的权威。"他对患者的仁心、大爱，使广大眼病患者收获了很多温暖和感动。他对眼科事业的执着，值得每一位医务工作者学习和践行。"中华医学会眼科学分会孙兴怀教授说。

"少活几年没关系，我一定要抓紧时间报答祖国"

退休后，本可以安享晚年的张效房，始终没有离开为患者服务的岗位。"我现在年纪大了，临床工作少了，就分担一下年轻大夫的负担，做好《中华眼外伤职业眼病杂志》的工作。"翻开他审看过的论文，每一页都满是精心修改的痕迹，印证着他对医学严谨的态度，对病人真挚的关爱。

每次他坐诊，慕名而来的患者常常挤满候诊厅。他顾不上喝水，也没时间上厕所，长时间待在诊室里，倾力为患者诊治。为了尽可能帮助更多患者，他还像年轻时候一样加班加点，尽量满足患者的就诊需求。"有的病人是大老远赶来的，就等我诊治。我给人家解决不好，对不起病人。"他说。

其实，张效房是一位做过 10 多次手术的癌症患者。一次手术前，他自知其中风险，于是把毕生积攒的 120 万元捐赠出来，用于建立眼科医学学术基金，资助和奖励年轻医生。手术后，他几乎每天都在门诊、查房和教学中度过，晚上回到家后还要继续修改论文。张效房说："少活几年没关系，我一定要抓紧时间报答祖国。"

去年，适逢张效房教授百岁诞辰，郑州大学第一附属医院举办了"张效房教授从医从教 75 周年学术思想研讨会"。回首百年，壮心不已，张效房说："今天的成就，离不开党的引导和教育。活着一天，工作一天，服务一天，奉献一天，永远站在为病人服务的第一线，永远站在为眼科事业服务的第一线。"

人民日报记者　任胜利

记者手记

永葆奋进姿态

采访张效房，印象最深的是他火热的激情和奋斗的力量。他的学生们及科室的所有人，也有同感。大家都说："看到他在，就有激情，就有力量，就有胆量""不像个百岁老人，像个充满朝气的青年"……

这种力量，来自哪里？唯有不忘初心，方可善作善成、一往无前。我想，是初心，拓展了他生命的长度，让他永葆青春的力量，永葆奋进的姿态。

（原载《人民日报》2021 年 2 月 9 日）

王志洪："老乡的称赞，是对我最好的奖赏"

人物小传

王志洪，北京人，1941年生，国家一级演员，1964年到宁夏话剧团工作至今，1983年至2004年任宁夏话剧团团长，后被返聘为话剧团艺术顾问。他带领宁夏话剧团大篷车行走80多万公里，演出8000余场，观众上千万人次。其作品《梅家小院》《宁夏好人》等曾获文华奖、"五个一工程"奖等奖项；个人曾获全国文化系统先进工作者、全国"三下乡"先进个人等荣誉。

窗外秋风习习，在宁夏话剧团所在的老楼里，79岁的王志洪戴着助听器，认真观察年轻演员的表演，在需要调整的地方，哪怕是一个细微的表情，他都会指出来⋯⋯这是王志洪创作的第二十部话剧——用西海固地区方言排演的《小康，你好》⋯⋯

在宁夏的文艺界，王志洪颇有名气。23 岁时，他与 20 多名同班同学一道，志愿来到祖国的大西北，一晃就是 56 年。

"祖国哪里需要我们，我们就去哪里"

上世纪四五十年代，北京天桥。变戏法的、说评书的、练摔跤的、唱戏的……熙熙攘攘的人群中，就有幼年王志洪的身影。潜移默化中，王志洪对戏剧艺术产生了兴趣。1960 年，他如愿进入中央戏剧学院表演系学习。

1964 年 10 月 27 日晚 10 点 52 分，是王志洪终生难忘的时刻。从北京出发的绿皮火车载着他和同学们到达银川站。"我们毕业时要填志愿，大家基本都会填'坚决服从组织分配'。我们觉得，祖国哪里需要我们，我们就去哪里。"王志洪回忆道。

王志洪近照 　　　　　　　　　　　　　　　　　禹丽敏　摄

初来乍到，这些年轻人还沉浸在志忑与兴奋中。来到银川的第二天清晨，王志洪和同学们来到银川市中山公园，深秋时节，落叶满地。王志洪说："那天我们踩在落叶上，还表演了几个戏剧中的场景。一群外地来的年轻人，在公园里笑着闹着。我们的精神世界单纯而充实，现在想想还是觉得特别美好！"

接着，王志洪和同学们演了好几场戏，几乎场场座无虚席。1965年夏天，王志洪和同学们创作的几部话剧陆续搬上舞台，大受好评。后来，他去西海固参与生产劳动，观察农家人的喜怒哀乐，这些经历滋养着王志洪的基层创作灵感，也培养了他的乡土情结。

"文艺应该面向基层、服务群众"

上世纪80年代初，随着电视的普及，看话剧的观众越来越少。"1983年，我刚当上团长，想打一场'翻身仗'。"王志洪和同事们用半年多时间排了一部新剧。"首演时，我们满怀激情，结果只来了两位观众。但我们必须认认真真地演下去。"

王志洪说，为了剧团的收入，他想了很多办法。"那会儿，剧团后面有个粮站，有很多人在那儿干活。为了能多卖几张票，我就跟他们一起扛麻袋，感觉骨头都快被压断了。"站长得知他的来意后，感动于他的努力，买下了不少剧团演出票。

"那段时间太艰难了。"王志洪想，在广大农村，电视还没普及，能不能去农村演出？"况且，文艺应该面向基层、服务群众！"

王志洪说，一开始，大家准备节目不认真，惹得观众纷纷离场。这让他深刻意识到，剧目必须更加重视对农村生活的反映，于是他带着团队去宁夏南部山区的老乡家，同吃同住同劳动；从构思故事大纲，到创作剧本，再到组织排练，剧团的每一步都要先得到乡亲们

1998年，王志洪在话剧演出现场

的认可再行动。半年后，反映农村生活的第一个剧本《庄稼汉》完成。

首演时，王志洪邀请了40多位农民朋友来银川观看。演出结束后，来自西海固的基层干部激动地说："感谢你们排出这样一台好戏！乡亲们看得懂，还受教育，真想让我们西海固的老百姓都看看！不过，把老乡们都拉到银川来看可不现实，要是能把戏送到老乡家门口就好了……"

当时，团里有辆卡车，大家在车上搭个篷子，剧团26个人都挤在里面。他们又从银川电影院找来一些宣传画，贴在车上。这样，话剧团的第一代大篷车上路了……

"农家小事，农民身边的事，就是我们的创作源泉"

"宁夏话剧团的大篷车又来喽！"每当剧团进村，村民们就喊起这句话。

从 1984 年至今，宁夏话剧团文化大篷车已行驶 80 万公里，流动演出超 8000 多场。"时间和地点都让老百姓来定。有时晚上有好看的电视节目，只要观众要求，我们就等电视节目播完再开演。"王志洪说，演出大部分是露天的，寒冬里，观众在太阳下和背风处；盛夏中，观众在阴凉地和通风处。有时实在找不到阴凉地，王志洪和团队们就搭个凉棚。

"农家小事，农民身边的事，就是我们的创作源泉。"王志洪说，他也常常遇到乡亲们和他分享"观戏心得"。一次，在西海固演出时，话剧中有一幕是子女不孝敬老人的情节。演出结束后，一个老汉穿过人群，拉住王志洪的胳膊说："这演的老人就是我啊！"王志洪和村干部把老人的孩子叫来，坐在一起讲道理，老人的孩子认了错，老人也顺了气，一个劲地拉住王志洪道谢。

王志洪对戏剧的热爱和对观众的感情，也感染了同事们。

有一年冬天，剧团在固原市西吉县前进乡中学露天演出，天上飘着雪花，但有场戏根据角色设定，需要演员只穿一身破西服和一双破皮鞋上场。这位演员刚生过重病，身体状况不太好，但坚持跟着剧团下乡演出。他对王志洪说："团长，戏比天大呀！"离开时，有同学塞给演员一张纸条，上面写着：祝您早日康复，我们等着看您的演出……

如今，王志洪还是习惯清晨去中山公园锻炼身体，吃完早餐后去剧团上班，从上午9点一直排练到下午4点。他还坚持下乡随队演出，听听观众意见，进而修改剧本。

36 载光阴流转，王志洪眼见车窗外绿影越来越多，百姓住所越来越敞亮；以前遇到羊肠小道，演员们还得下车自己扛器材进村，如今那些黄土坡、断头路都只留在记忆里了。今年，大篷车要重点面向宁夏中南部 9 县区脱贫攻坚的重点村演出，《小康，你好》可能是王志洪创作的最后一部话剧，计划送到 74 个村子。

"老乡曾说，宁夏话剧团就是我们农民自己的话剧团。我拿过很多奖，但是，老乡的称赞，是对我最好的奖赏。"王志洪说，这些年来，他最幸福的时刻，莫过于看着老乡蹲在墙根看他的戏，哭了笑了，都写在农家人朴实的脸上……

人民日报记者　禹丽敏

记者手记

致敬行走乡间的大篷车

几十年来，王志洪专注于写让农民叫好的戏，演农民爱看的戏。文化大篷车的精神也是如此。

一辆车、一群人，没有一流的设备，没有华丽的舞台，随时出发，随时开演，跟王志洪老人一道行走乡间 30 多年。

王志洪说，文艺工作归根结底是关于人民的工作，要面向基层，服务大众。人至耄耋，王志洪拿到了他最想要的"奖项"——来自农民的喜爱。

（原载《人民日报》2020 年 11 月 3 日）

陆月林：用真情挚爱呵护生命

人物小传

　　陆月林，1920 年 10 月生，浙江绍兴人，副主任护师；1938 年考入上海协和高级护士职业学校学习，毕业后一直从事护理事业，1975 年从金华卫校退休后，每年至少护理一位孤寡老人，每天到学校上班，每周给学生授课，始终关心青年教师成长进步；90 多岁时，还每周带学生去福利院、养老院奉献爱心，传授护理知识。

　　"作为一名护士，要真正爱你的病人，真正爱生命，要用你自己的心灵去爱……"台上，一位银发老人，身着洁白护士服，目光慈祥，说话慢声细语，娓娓动听，宛如春风拂面；台下，一群年轻女孩，凝神屏息，大气都不敢出，生怕漏听一句话……6 月 4 日，这一幕发生在金华职业技术学院医学院。台上讲授的"女神"叫陆月林，现年

90 多岁的陆月林和学生在一起

100 岁。自 1975 年退休后,她持续教学,奉献至今。

"护理是一门爱的学问,要设身处地考虑病人的需要"

为什么选择当护士?陆月林回忆起 18 岁那年的一次重病经历。

有一晚,她突发高烧被送进医院,之后的一个礼拜,高烧持续不退,直至意识模糊,医院甚至下了病危通知书。

"那是在新中国成立前,医疗水平有限,一开始连是什么病都诊断不出来。护理我的,是一名年轻护士,非常细心,经常来温柔地问我感觉怎么样、想吃什么。高烧时,是她一次次用冰块为我退烧、给我喂食。两周后,我慢慢恢复健康。"陆月林说,"可以说,那位护士的精心护理保住了我的生命。"这颗感恩的种子种下后,陆月林便决定报考上海协和高级护士职业学校的护士专业。

在学校的三年半时间里，陆月林几乎天天提醒自己"多学习、学扎实点"。在校期间，她扎实的护理基础知识和熟练的操作技术，深得各科老师赞赏。毕业后不久，她便留校任教。

"护理是一门爱的学问，要设身处地考虑病人的需要。年轻人不要怕苦，要充满爱心，多做一点，多奉献一点。"这是陆奶奶常常挂在嘴边的一句话。

她是这么说的，也是这么做的。有一回，陆月林在金华中心医院查房，发现一位病人情绪低落。原来，这名脑溢血患者经抢救脱险后，又患上偏瘫症，无法站立，心灰意冷……

陆月林柔声安慰："别灰心，我学过针灸，我帮你站起来……"一年多时间内，她风雨无阻，每天来回步行 5 公里，登门为病人针灸、按摩一两个小时，报酬分文不取。彼时，她已 70 多岁。

"好护士的标准很简单，就是要用心真正爱你的病人"

"陆奶奶教给我们的，更多是爱的精神。"金华职业技术学院的"95后"老师周静倩深情回忆。陆奶奶曾经在一次查访病房时，发现一位肝癌病人床头插的一束花中，有两朵已经凋谢，就悄悄拿走了凋谢的花朵。之后，陆奶奶告诉实习生："凋谢的花会使病人情绪低落。爱的护理，就要用细腻的情感，去体察病人需求。"

"好护士的标准很简单，就是要用心真正爱你的病人。"她曾经承诺：每年照顾一位偏瘫孤寡的老人家。92 岁高龄时，陆月林仍每天早上 6：30 就去赶公交车，到学校完成一天繁忙的工作后，赶往一名叫楼翠娟的偏瘫孤寡老人家中，为她擦身、换药、清洗、按摩。病人溃疡面积大，每次都需要清理两个多小时，陆月林一直忙到下午 6 点多才能回家。不论刮风下雨，这样的生活节奏，从未间断。

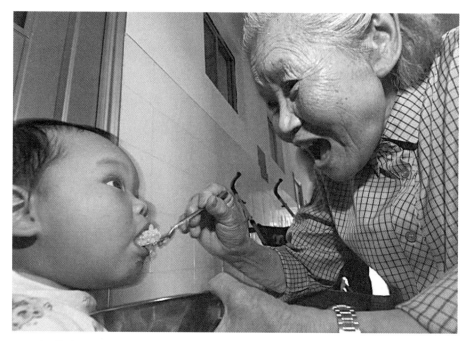

陆月林在照顾孩子　　　　　　　　　　　　　金华职业技术学院　供图

　　类似的例子，还有很多。左侧偏瘫、卧床不起的老郭，陆月林经过130多次上门指导训练，逐步恢复健康；65岁的农场退休工人老刘，中风后卧床不起，陆月林上门护理近半年，他逐渐恢复了生活自理，还摆了个饺子摊……

　　为了让更多病患站起来，陆月林组织成立了一个志愿服务组，先后为60多名偏瘫患者实施康复治疗和训练，绝大多数患者的病情有了明显好转，40%的病人能够重新站起来。为此，陆月林与志愿者们合编了一本《中风病人手册》，自费印刷2000多册，送给患者及其家属。

　　"10多年前，跟着80多岁的陆老师，每周去老人护理院服务，发现真正的服务和关怀都需要在细微之处下功夫。"教学18年的胡爱招，既是金华职业技术学院的教师，也是陆月林志愿服务队的一员。她记得有位 90 多岁的老奶奶，因为小脚被裹缠过，长期不愿洗脚，陆月林耐心劝说后，才勉强同意。陆月林带着志愿者们一起帮助这位老奶奶洗脚，然后还耐心地为她修剪足茧和趾甲，老人深受感动。

数十年来，每逢双休日，陆月林经常拎着热水，带着扫把、抹布，带志愿者们到福利院去，言传身教如何护理老人和孩子：洗脚、剪指甲、洗头、洗衣、晒被子、搞卫生。

如今，百岁高龄的陆月林，只要身体允许，还会到老人护理院、孤寡老人家里服务。每次请她讲课，她都认真戴上洁白护士帽，穿上白大褂。

"我希望在余生，能一直从事护理事业，快乐生活，快乐工作，快乐奉献"

"当一名好护士，必须终生学习。"这是陆月林对自己一生的要求，这一要求，也深深地影响了金华职业技术学院医学院一代又一代学生。

60 年代人手较缺，她上课之余还要到医院上班。一丝不苟的她把工作过的针灸科、骨科的医疗技术学了个遍，下了班就在家拿着人体模型反复研究、练习操作。为了感受实际体验，她曾多次在自己身上试针。后来，在护理中风病人时，她所学的针灸技术派上了大用场，很多失去希望的病人在她的护理之下慢慢康复。

这份技术，她又传承给了学生。从 2013 年 4 月开始，每周四中午，陆月林都会准时来到办公室，手把手向大家传授中医知识，风雨无阻。有时，陆月林为了让大家体会各种针法的切身感受，伸出自己的手给大家练习，让学生们大胆试针。看到学员们一个个不忍下手，她说："作为护理人员，现在你们在我身上都下不了手，以后就会耽误更多病人的病情。"

多年来，她舍不得订牛奶，却订了5份护理学杂志，还自费给每个科室订阅《护士进修杂志》，科室里的老师参加学术会议带回的材料，她总要借来学习。医学发展迅速，陆月林从未懈怠。碰到不熟悉的专业时，陆月林就立刻自学，她的学科知识更新速度快，常让年轻人也自叹不如。护士们写好的论文让她修改，根本不用请、不用求，只要放在她办公桌的抽屉里就行。几十年来，经过她修改的论文有上千篇。

"看到时，我的感觉是震撼！"周静情说，当她第一次看到陆月林的备课笔记，密密麻麻的笔迹和绘图，比专业课本还要详尽。如今，周静情从学生变成老师，激励她在护理事业不断深耕的动力，便是希望自己能像陆老师那样，成为学生心目中"星星一样的存在"。

"我希望在余生，能一直从事护理事业，快乐生活，快乐工作，快乐奉献。如果有来生，我还会选择当护士。"陆月林的话语温和而坚定。

人民日报记者　顾　春

记者手记

实干忘我　成就不凡

陆月林55岁退休后，仍继续为社会贡献力量，直至90多岁高龄，还带着学生到养老院服务、教学。一生将80余载光阴献身护理事业、帮助许多人恢复健康。

这种持之以恒的奉献情怀，值得我们所有人学习。只有热爱、忘我、坚持不懈，才能在一个行业做出一番成绩。

完成伟大的事业不在于体力，而在于坚韧不拔的毅力。陆月林正是用自己的坚持，在平凡中造就了伟大。

（原载《人民日报》2020 年 6 月 16 日）

何世英:"我就要当好乡亲身边的 120"

人物小传

何世英,1946 年 11 月生,中共党员,甘肃省积石山保安族东乡族撒拉族自治县大河家镇梅坡村卫生所医生;20 岁参加培训班,成为村里唯一的乡村医生,从此为村民诊疗治病,一干就是 54 年。在梅坡这个小山村里,何世英始终是乡亲们身边的 120。

甘肃省积石山县大河家镇梅坡村,有一间小小的卫生室,里面的一个皮质出诊箱十分惹眼。"54 年前的老物件了。"卫生室主人何世英说,当时她刚 20 岁,参加完镇上举办的医师培训班,背起它,就成为附近几个村里唯一的大夫。

行医半个世纪,年岁过古稀,但她从来没有闲下来过。2017 年,家人劝她"退休",可乡亲们不答应。之后的 3 年,她也没能闲下一天，来看病的老乡还是络绎不绝。"大家的信任，我可不能辜负。"何世英说，"只要还能走得动，我就要当好乡亲身边的120。"

"一定要用自身所学，为乡亲们治病祛痛"

19岁那年，何世英立志学医。

"当时，全乡镇只有一家卫生室。"何世英说，村民去一趟，走泥泞的山路，要一个多小时。一来路远，二来花钱，村里人生了病，不是喝姜汤捂汗，就是拔火罐，往往小疾拖成大病。

何世英不会忘记，家中族弟的那次高烧，"捂了好几天的汗，也不见好转。"何世英回忆，最后大伙儿帮忙把他送到镇上。看着族弟气息微弱，何世英下定决心："一定要用自身所学，为乡亲们治病祛痛。"

镇上没有像样的医学教育资源，这可难倒了何世英。一年后，突然传来消息，镇上将举办医师培训班，每村一个名额，何世英立马去找大队书记报名……

"结果刚进门，大队书记说正要去找我。"何世英回忆：大

何世英在做注射准备　　　　　王锦涛　摄

队书记当时说，"都说你想学医想得'魔怔'了，拿着银针照着穴位图，在自己身上练。有这股子劲，你准能成个好大夫。"

每天早上，何世英都自带干粮，徒步去镇上上课；午饭吃苞谷面馍馍，就着凉水；晚上再走一个多小时山路回家。"没有课本，全凭笔头记。"何世英说。1966 年 8 月，何世英完成学业。

当时村里连卫生室都没有，何世英在家里腾出一间土坯房。"医疗器械也没几件。"何世英说，只有镇上给配的出诊箱、玻璃针管、听诊器和温度计。何世英就此开启了自己的村医生涯，为附近几个村近 6000 户人家诊疗治病，一干就是 54 年。

"我多走路，病人就能多休息"

不管走多远，无论大小病，何世英都会上门诊疗，"我多走路，病人就能多休息。"何世英总这么说。

在村里，何世英既是全科大夫，也是妇产科医生。上世纪六七十年代，村里有产妇分娩，都是在自己家完成。"要么请接生婆，要么自家婆婆上手。"何世英说，不少村民有过惨痛教训，"有些人因处置不当，还会造成孩子夭折、产妇大出血。"

何世英受过专业培训，接生技术好。有一年夏天的深夜，何世英家的门突然被敲响，是隔壁大墩村的人。来人满头大汗，说媳妇难产，接生婆也无计可施，跑了 10 里地，特意来请何大夫。何世英见情况紧急，来不及收拾，装上药品和纱布，背起药箱就跑出门。一路上月黑风高，何世英惦记的不是山里的夜路不好走，而是快点赶到孕妇家里。她一路小跑，没想到，却赶上雷电交加，大雨如注……

何世英急忙脱下外套，裹紧药箱。"千万不能淋湿了药品！"何世英默默地说。在泥泞的山路上，她深一脚浅一脚，总算淋雨跋涉到了产妇家，二话不说一直忙活到天亮。黎明时分，朝阳缓缓从山垭口升了起来，透过木窗照进了几缕微弱的光，照在她疲惫的脸上，可她一点不觉得累：一个小生命刚从自己手上诞生……何世英随即向产妇家人报了一声"母子平安"，便一下子坐在门槛上，因为站了那么久，双腿实在支撑不住了！

40多年前的何世英（右二）一家

"有何大夫在，咱安心。"梅坡村66岁的周三哥说，他的3个孙辈，都是何世英接生的。"头生女，是在冬天。"周三哥说，晚上7点，天已黑透，何世英接生后，守到次日天麻麻亮才离开。

何世英有求必应，却从不收出诊费，为了让乡亲们看病少花钱，她自己上山采药。山是太子山，这里林木茂盛，草药众多。为识得药性，懂得药理，何世英自学《本草纲目》，只要有去大医院的机会，她就抓着专家问个不停。

上世纪90年代，镇上掀起了外出务工潮。不少和何世英一样的村医，因收入微薄、没有"身份"，关了药房，进城打工。何世英却在家人支持下，盖起了3间砖瓦房，用作村卫生室。卫生室建成那天，群众送来横幅一条，上书"老百姓身边的120"。

"让百姓了解党的好政策，政策才能更好服务百姓"

2010 年，政府帮助梅坡村建起了标准化村级卫生室。"现在的条件好太多。"何世英说，心电图仪、血压计、电脑等常规医疗设施，一应俱全。

积石山县曾是国家级贫困县。为了让村民及时了解政策，何世英承担起了"医疗卫生政策进农户"的宣传工作。"在农村，都是生了病，才去医院。"何世英说，归根到底是怕花钱，前些年，新型农村合作医疗政策施行，看病能报销，"让百姓了解党的好政策，政策才能更好服务百姓。"

周三哥的老伴，身患多种病，都是何世英给看。"咱不识字，医保政策都是听何医生讲。"周三哥说，知道了政策，才敢去大医院做手术，真没花多少钱。

既要宣讲政策，也要科普输液用药等医疗知识。"早先输液，有的人会自己把滴数调快，想着早点回去下地干活"，何世英说，每次，她总要和乡亲们一遍遍解释这些医疗常识。

在何世英的影响下，儿子梁志龙也在心底埋下了当医生的念头。后来，梁志龙考入临夏回族自治州卫校学医。1998 年，梁志龙毕业被母亲叫回村里，当了村医。"除了看病，还承担妇幼保健、建立健康档案等任务。"梁志龙说。

在梅坡及周边几个村，乡亲们的健康状况全装在何世英脑子里。"多亏何大夫，大家都很感激她。"周三哥说，"她可为我们看了 50 多年病啊！"

人民日报记者　王锦涛

记者手记

为父老乡亲的健康守门人点赞

20岁背起药箱，何世英走村串户诊察送药；如今已74岁高龄，何世英依旧奔忙一线，为乡亲们坐诊治病。

甘肃省积石山县大河家镇梅坡村，何世英生于斯、长于斯，也工作于斯、奉献于斯。她和村民心连心、根连根，村民也愿意将自己的健康托付给她。行医54年，邻里乡亲一家老小，大多接受过她的诊治；她接生的孩子不下500个。山村里来回奔波，何世英肯定是辛苦的，但辛苦又有何惧呢？当何世英瞧完病，老乡一句"何大夫攒劲"脱口而出时，那种欣慰和快乐洋溢在脸庞上……

从当年奔走乡间的赤脚医生，到今天的"一村一医"，何世英作为乡亲父老的健康守门人，见证了中国乡村医疗的进步与发展。中华大地上，还有千千万万何世英，为了亿万农民的健康辛苦奔波着。让他们瞧病，村民们既舒心且安心；有他们守护，村民的健康屏障才稳固。

（原载《人民日报》2020年11月19日）

朱恒银：风餐露宿　探寻地球宝藏

人物小传

朱恒银，1955年生于安徽舒城，安徽省地矿局313地质队教授级高工。1976年，朱恒银被招工到地质队，从此和钻探结下不解之缘。40多年来，他先后前往全国各地勘探，探寻"地球宝藏"；自主研发的不提钻互换钻头技术，在皖南页岩气勘探中，彻底颠覆传统，将取芯时间由过去30多个小时缩短到40分钟。

"这是紧要关头，大家再加把劲！集中注意力！"伴随着钻头向地底深挖时发出的巨大轰鸣声，朱恒银带领地质钻探队员在紧张地工作……无论烈日炎炎，还是狂风暴雨，今年65岁的朱恒银，总是伴着一身泥浆一身油，常年工作在野外一线。

1976年从学徒做起，当了两年工人的朱恒银又重返校园，到安徽省地质职工大学补足专业知识短板。那时，可选的专业较多，钻探工作辛苦又冷门，不少人曾以为他会换个热门专业。没想到，朱恒银选的仍然是探矿工程专业，一干就是一辈子。

"没想过要转行。"谈起地质钻探，平时不善言辞的朱恒银突然话多了起来，"对我来说这已不仅仅是份工作，可以说，钻探，更是热爱与责任……"

一年365天，差不多200多天都在野外

"我们行业内有一句戏称，远看像讨饭的，近看像收破烂的，仔细一看是搞钻探的。"长期工作在第一线，风餐露宿对朱恒银来说，是生活的常态。"钻机一开就不能停啊，三班倒。"他笑着说。

地质钻探，通常在荒无人烟的野外进行。有时住帐篷，两块防水

朱恒银（中）在"简易随钻定向仪研制"项目验收会上做研发报告

帆布，几根帐杆，简易帐篷就搭好了；有时住集装箱，十几平方米的集装箱房内，住上好几个人。

"虽说铁皮集装箱大多没空调，天一热，就像蒸笼一样，但与以前相比，现在的条件还是好太多了……"朱恒银回忆起自己刚入行那会儿，住过老百姓家里的牛棚。墙面用报纸简单糊一下，能挡风就成，地上撒点石灰，防止半夜虫蚁"入侵"。问及是否觉得辛苦，他坦言："习惯了，也就不觉得有什么。"

但40多年里，四分之一的春节在野外工地上度过，未能陪伴家人，对他来说，是份遗憾。"一年365天，差不多200多天都在野外。有时忙起来，甚至全年无休。"因他长期在外工作很少回家，家里大小事全靠妻子。"儿子两三岁的时候，有一次回家想抱他，他却哭了起来，不要我抱。"谈及那时儿子对自己的陌生感，朱恒银有些难过和失落。

儿子朱晓彦回忆，"小时候对父亲的印象比较模糊，那时不是很理解父亲的工作"，随着慢慢长大，朱晓彦知道父亲在做一件利国利民的事，因此由衷地感到骄傲……

推广定向钻探技术规范，解决表层钻探难题

1986年春节，鞭炮声阵阵，霍邱县淮河边的小房子里，静心写作的朱恒银完成了他人生中的第一本著作——《定向钻探技术规范》。"1982年，我们开始研究小口径定向钻探，历时4年终于研究成功了。有了成果，就想着推广出去，帮助国家解决难题。"

当时房子很小，一间卧室，一个厨房，加起来一共才十几平方米。为了不打扰家人休息，朱恒银每天都在狭小的厨房里写作。天冷，要等煤球炉子烧暖和点，手才不至于冻僵；他就坐在矮小的木凳

子上，在平日里吃饭的小方桌上一笔一画写下自己研究与实践的经验。

"平常上班都在野外，没时间安心写作。趁着春节放假的那几天，可以好好推敲。"望着这本 1992 年就被纳入国家行业标准的专著，朱恒银高兴地说道。

朱恒银善于琢磨和研究，退休老同事徐军回忆："有一次我们的钻杆在井底断了，他想出了使用弯钩的方法将钻杆扶正，顺利完成钻孔。大家同是学徒，但就他能想到这些点子。"

上天不易，入地更难。定向钻探技术规范的推广，解决了表层钻探的难题，但如何向地球深部进军，进行深部地质岩心钻探，成为朱恒银下一个阶段的研究重点。2008 年，他申报了《深部矿体勘探钻探技术方法研究》项目，一门心思研究岩心钻探设备，立志解决 3000 米深部地质岩心钻探"无合适设备可用"的问题。最终，研究出来的高强度绳索取芯钻杆及系列取芯机具，让 3000 米深部地质岩

朱恒银在察看岩矿心

心钻探有了可用机具；完整的深部地质岩心钻探工艺方法，也健全了深部地质钻探知识体系。

割舍不下钻探事业，专业上的挑战就是创新的动力

"选了这条路，就要干下去。"40多年钻探生涯，朱恒银亲眼见过带队班长被钻探机器弹出3米高；他自己也因钻探受过伤，在手术住院期间，听闻江苏泰州施工困难，刀口还未拆线就躺在车上和南京师范大学的教授一道从六安赶往现场；还体验过在海拔5930米的高原钻探施工现场，从一开始的喘不上气、说不了话，到自如地指导当地地质队员，解决钻头一下地就被永冻土冻住的难题……

如今，在朱恒银带头成立的安徽省探矿工程技术研究所里，他经常带着所里的年轻工程师一起做研究。"80后"探矿工程师王强就是其中一位。"朱老师工作十分严谨，写文章、技术报告时，对每个数据、每张图纸都仔细斟酌、认真校对，确保准确。"王强感叹道，正是朱恒银的严谨细致和悉心指导，他快速成长了起来。

这些年来，朱恒银除了继续痴迷于钻探研究之外，还多了个新爱好，就是给研究所里的年轻人介绍对象。"所里新来的年轻人多，大多是单身。大家长年在野外工作，我不帮着张罗，怎么办？"

现在，研究所里40多个成员中，四五个人的终身大事都是他帮忙张罗的。2008年进单位的张正，就是其中之一。"我和妻子都在地矿单位上班，她很理解我的工作。"提及朱恒银，张正连连称谢，"成家后，我在野外作业时，更加安心"。

40多年弹指一挥间，朱恒银一次次向地心深处发起挑战，坚持不懈探寻"地球宝藏"的秘密。在他看来，一项工作若是不能坚持，就很难把它做好，反之，将之做到极致，也就成了一种精神。"我割

舍不掉钻探这项事业，钻探方面的挑战就是我创新的动力……"

人民日报记者　游　仪

记者手记

靠的就是这股钻劲

寻宝游戏，是很多人小时候的最爱。朱恒银寻找地球宝藏的"游戏"，却一"玩"就是40余年。情之所至，甘之如饴。

谈起地质钻探，他兴致颇高，妙语连珠；聊起背后的辛苦，他淡然一笑，不甚在意。从一名普通钻探工人成长为教授级高工，朱恒银靠的是一颗"匠心"——面对工作，他细致认真，亲力亲为，不曾因为自己的成就而懈怠；面对后辈，他没有私心，总是乐于将经验一一传授，手把手地教。

跟钻探打了一辈子交道的朱恒银，一听说哪里可能有矿，就往哪里跑。遇到难题，他反而更加兴奋。在他看来，难题意味着突破与创新，一旦攻克，就能助推国家地质钻探事业取得更大进步与发展。

工作至今，朱恒银在野外工作的时间已累计超过10000天。如此精神，令人动容……

（原载《人民日报》2020年1月14日）

曾孝濂：把花草画进书本里

人物小传

曾孝濂，1939年生，中科院昆明植物研究所教授级画师、工程师、植物科学画家；长期从事科技图书插图工作，已发表插图2000余幅；20岁进入中科院昆明植物研究所，参与《中国植物志》植物标本图创作；美术作品曾在世界多国展出，出版《中国云南百鸟图》《花之韵》等画册。

前不久，八十高龄的曾孝濂赶到北京世界园艺博览会，来看看自己那幅《影响世界的中国植物》，为了这幅长2.5米、宽1.17米的植物科学画，他耗时半年记录37种原产中国的植物。"花了180天，值了！我的任务就是让大家看到画后能感叹一句，哦，原来这些都是土生土长的中国植物！"虽已退休多年，曾孝濂却丝毫没有闲下来，时常一出差就是半个月——不是为了推广科学画，就是写生创作。

历时 30 余年参与编纂《中国植物志》，已发表各类科学著作插图 2000 余幅，设计《杜鹃花》《绿绒蒿》《中国鸟》等九套邮票，又画了 100 幅花、100 幅鸟……从 1958 年进入中科院昆明植物研究所开始，曾孝濂再也没有搁下过画笔。这几年，他还开始了自己又一项庞大的计划——再画 100 幅热带雨林大画。"小时候的爱好竟然成了一辈子的事业，我很幸运。"曾孝濂感慨道，这段与植物画的情缘，一续就是 60 年。

"无一花无出处，无一叶无根据"

作为全世界最大型、种类最丰富的植物学巨著，《中国植物志》全书近 5000 万字，记载了中国 301 科 3408 属 31142 种植物，仅目录索引就有 1155 页。曾孝濂和全国 300 多位植物分类学家、164 位插

年轻时的曾孝濂（左二）在创作中

图师，耗时 45 年才编纂完成。1959 年，刚刚工作第二年的曾孝濂就有幸被抽调为植物志绘图员，为植物志画插图。

"《中国植物志》是国之典籍，能够参与其中的插图绘制是我莫大的荣幸。"讲起当年的创作，曾孝濂依然流露出自豪。"能通过画画为国家做一点实实在在的工作，这辈子值了。"

1958 年，高中毕业的曾孝濂进入中科院昆明植物研究所，职务是见习绘图员。"主流派画家批评谁画得不好，会说你画得跟标本似的；可对植物科学画来说，画标本却是最基本的要求。"曾孝濂说，为了完成《中国植物志》的插图，不少美院的学生被抽调来；但植物科学画的严谨，让很多学生打了退堂鼓，反倒是像曾孝濂这样的植物科学画爱好者坚持了下来……

"其实植物科学画比工笔画更难，一朵花是 5 个雄蕊还是 6 个雄蕊？这个不能画错。没有植物学知识做支撑，容易出错。"曾孝濂说，植物科学画必须要做到"无一花无出处，无一叶无根据"。

最初，植物志插画一般是对照腊叶标本临摹的黑白线描图，但年轻的曾孝濂认为，插图不仅要画对，也要到大自然里写生，否则没有生命力。"所里领导和专家知道这意味着交稿时间会延长，却还是支持了我的建议。"曾孝濂说，当时在昆明植物园，为了跟花的自然衰败抢时间，他常常一整个上午不吃不喝、不上厕所，全神贯注搞创作。他每画一张画都先用铅笔打草稿，再给植物学家看，确认后才用钢笔着墨。这样大概持续了好几个月，曾孝濂画彩画的能力比早期参加工作时高了一大截。

"每张画都不完美，但到现场画得会好一些"

退休后，曾孝濂依然想要最大限度地利用时间，继续用画笔描绘自然。按照他最初的想法，他要画100幅花、100幅鸟，还要画100幅兽类。前两项已"交了作业"，第三项曾孝濂选择了放弃。"自然界中很难找到100种兽类安静地待在那里让我画，动物园里的兽类，总让我觉得少了些生命力。"曾孝濂说。

画了60多年植物科学画，曾孝濂有自己的坚守。"不能为了好看，故意画错。每张画都不完美，但到现场画得会好一些。"曾孝濂说，没到现场，就没有生物在自然界中的第一印象，那种生命的状态就无法感受到。"那种感觉会引导着我的整个绘画过程。"曾孝濂说自己有"强迫症"，画植物一定是先看照片，对植物有了表象认识后，再去原产地观察植物的生长，拿到标本后进行全面解剖……

并非所有的现场都那么容易抵达。为了画好绿绒蒿，曾孝濂爬上海拔4700米的白马雪山，在缺氧的状态下完成了画作。"没有到过那个环境，就见不到真正的绿绒蒿。那种生命的神奇，不到现场是感受

曾孝濂近照

不出来的。"

野外写生和采集标本的艰辛超乎人们的想象，与蚂蚁、蚂蟥、马蜂、马路虱子的"亲密接触"更是常事。有次采集标本回来，曾孝濂就觉得身体不对劲，可由于太累倒头就睡着了；第二天醒来才发现，身上很多地方与被单粘在一起了，一数足足有 42 个血块。"那是我被蚂蟥咬得最多的一次。"别人听了往往惊讶，可曾孝濂却带着微笑，仿佛在讲述自己的幸福往事。

野外写生最危险的是遇到蛇。有次野外科考遇到了呈攻击状态的眼镜蛇，曾孝濂没躲，反而拿出相机拍下了那一瞬间。"事后同伴说，离那里最近的医院足足有两个小时，要是被咬了，后果不堪设想……"

"我想用画笔讴歌自然，让更多人来关注自然"

如今，植物科学画可以用电脑合成，但曾孝濂依然认为手绘不可替代。"用电脑做出来的画，终究是呆板生硬了一些。"现在，曾孝濂越来越多地从单纯地画生物转为画"生态"。"我想用画笔讴歌自然，让更多人来关注自然。"他说，"人类不是自然界的主宰，也不是旁观者，而是其中的一部分。"

曾孝濂说："科学画的最高境界就是：在那儿，它就能迸发出生命的力量。我不期盼人人都喜欢这些画，但希望看画的人能关爱这些大自然里的生命。"他很喜欢陶行知的那首自勉诗："人生天地间，各自有禀赋。为一大事来，做一大事去。"心怀对大自然最纯真最原始的关爱，画植物画、推广植物画，是曾孝濂这辈子唯一的"大事"。

除了创作，曾孝濂也会时不时地当评委、做讲座。"随着《中国植物志》编纂完成，我们这个行当的人，退休的退休，转行的转行，我想让更多的人认识和接触科学画这个画种。"这几年，不少参加比赛的画作让他耳目一新，年轻人的涌现让他仿佛看到了植物画的春天。"当下的年轻人有了更多审美诉求，能唤起更多人对大自然的认同感和亲切感。"

不过，曾孝濂有个信念："不必要的社会活动，能少参加就少参加。""画画的人，还是要靠画说话。"曾孝濂喜欢孤独，"孤独时能从大自然中学到更多。"

年逾八十，曾孝濂又开始了自己一项新的创作计划：100 幅以西双版纳热带雨林为题材的景观图。粗略估算了一下，一幅景观图最快也要半个月，即便按最快速度，也要花费 5 年时间。他还在期待自己的第十套邮票。"一息尚存，折腾不止，但愿能给我这么多时间！"

人民日报记者　杨文明

记者手记

科学画的未来，值得期待

采访中科院昆明植物研究所教授级画师曾孝濂，计划被一拖再拖。早已退休的他，仍有很多工作安排。画画不易，但跟曾孝濂接触下来，记者却感受不到"难"。因为他的爱好恰恰是他的工作——热爱绘画，也热爱自然。

曾孝濂最初从事植物科学画，是因为编写《中国植物志》的需要。"莫道桑榆晚，为霞尚满天。"并不高调的曾孝濂，这两年除了投身热爱的科学画创作，同时致力于科学画的推广。他希望有更多年轻人参与进来。这既是因为科学画之美，也是因为曾孝濂期待更多人来了解自然、热爱自然。值得欣慰的是，越来越多的人因为科学画的美而爱上科学画，还有越来越多的年轻人专注于创作科学画。

中国科学画的未来，值得期待。

（原载《人民日报》2019 年 12 月 24 日）

王绶琯：“让科学之树枝繁叶茂”

人物小传

王绶琯，1923年生，福建福州人，国家天文台名誉台长、中科院院士；我国现代天体物理学、射电天文学的开创者之一，上世纪90年代与苏定强等共创“大天区面积多目标光纤光谱望远镜（LAMOST）”方案；1999年，倡议并联合60位科学家创立北京青少年科技俱乐部，被会员们称为“科学启明星”。

一位96岁的老人躺在北京医院的病床上，“眼睛、耳朵都开始罢工”，却依然有操不完的心⋯⋯

病床前上门来的人络绎不绝，除了看望老先生的，还有请教当下北京青少年科技俱乐部日后发展的，以至于医生都下了“逐客令”⋯⋯

这位老人便是国家天文台名誉台长王绶琯院士。今年 1 月，王绶琯当选为 2018 年十大科学传播人物，颇令人意外，毕竟，他已是望百之年。"我总是忘记自己年纪已经这么大了，时间不多，要干的事却还有很多！"

"学成之后报效祖国，抵御外侮"

天上有一颗国际编号为 3171 号的小行星，名叫"王绶琯星"，标志着他在天文领域的杰出贡献。然而，年少时的王绶琯，最初的专业却与天文相差甚远。

王绶琯在家中查阅资料

那是 1936 年，经在海军任职的叔父推荐，13 岁的王绶琯考入福州马尾海军学校。初学航海，他本想做个海员，驰骋海疆，保家卫国。后因眼睛近视便改学造船。当时的中国内忧外患，王绶琯暗下决心："学成之后报效祖国，抵御外侮！"

时光匆匆，造船一学就是 9 年。22 岁的王绶琯考取公费留学，到英国格林尼治皇家海军学院进修。机缘巧合,学院与格林尼治天文台为邻,激发了他对天文学的向往:"浓浓的兴趣之火,在心中燃烧,坐立难安……"不久后,王绶琯给时任伦敦大学天文台台长格里高利写了一封求职信。

信顺利到了格里高利手里,1950 年,格里高利接受王绶琯进入伦敦大学天文台工作……从此,一双天文学家的"大手"和一双未经专业训练的"小手"握到了一起……

"刚接触新的学科,一切都从头做起。"当时,王绶琯主要担任晚上 8 点到早上 4 点的夜间实测。漫漫长夜,举目看着满天的繁星,王绶琯思绪万千……多年之后,他曾在《小记伦敦郊外的一个夜晚》一文中追忆往昔:"那时我在伦敦大学天文台,地处伦敦西北郊,四周的田野很平很阔,一条公路从伦敦伸过来,很宽很直……黄昏后,夜色罩下来,朦朦胧胧,路就像是一条笔直的运河,把岸两旁脉脉的思绪送往天的另一边……"

"虽然人生总会遇到烦恼,但做起事来,就都忘掉了"

有人说,王绶琯是个"观测星星的人"。

在国际天文界,我国自主设计、多项技术处于国际领先水平的大型光学望远镜 LAMOST,倍受瞩目。它便是由王绶琯和伙伴苏定强共同提出设计的。

说起回国参与天文学研究,时间还要追溯到 1952 年。当时,万里之遥的祖国发生了翻天覆地的变化,海外学子纷纷回国效力,王绶琯在收到时任紫金山天文台台长张钰哲邀请后,没有丝毫犹豫,决定立即回国。

回国后,王绶琯参与创建我国天体物理学科。1955 年,他受命

上世纪 60 年代王绶琯访问澳大利亚，与澳大利亚射电天文学家克里斯琴森合影

到上海承担"提高时间信号精确度"的任务。"其中之苦，甘之如饴。"王绶琯说，和同事们用一年多时间改进了测时、授时、播时的技术，经过艰苦努力，将中国的授时精度提高到百分之一秒。自此，"北京时间"响彻祖国大地。

1958 年，海南岛发生日环食，苏联天文学家带着射电望远镜来观测。时任中国科学院副院长吴有训抓住机会，组织一批人学习射电天文，王绶琯便是其中一员。此后王绶琯调往新建的北京天文台（国家天文台前身），筹建并展开射电望远镜研究。

在当代天文学进入"多波段—大样本—巨信息量"阶段后，天文光谱的实测能力成为学科发展中的关键因素。由此，在上世纪 80 年代后期，王绶琯和苏定强共同提出了"大天区面积多目标光纤光谱望远镜（LAMOST）"的攻关项目，力求在这一领域实现突破。

王绶琯把攻关的过程比作一场"双打"比赛：选手由天体物理学家和天文仪器专家组成，从苏定强"主动反射板"这画龙点睛的一着妙笔，到最终 LAMOST 方案的形成，这场别开生面、龙腾虎跃的"双打"比赛历时数年，参与者接近 20 人。而作为主题论证的负责人，王绶琯和他的"双打"伙伴苏定强付出了大量心血。1994 年 7 月，当两位青年科学家褚耀泉、崔向群在一次国际会议上报告这一方案时，会场内引起强烈反响……

"我这一生最大的满足就是遇到了志同道合的人共同做事，虽然人生总会遇到烦恼，但做起事来，就都忘掉了。"回首往事，王绶琯无限感慨。

"为保住这些'可能的科学苗子'，我们没有理由不尽力"

"浮沉科海勉相随"。也许浩瀚的星空能激发无限的遐思，王绶琯还写得一手好诗，他曾是中关村诗社的创立者并担任社长很多年。

"人一生要走很长的路，一路上就常常要有人拉一把。我自己年轻时候的路就走得很艰难，是遇到了几双'大手'才有幸'走进科学'。"回忆过往，王绶琯感慨，"如今自己成了'大手'，也想拉起奋斗的'小手'。"

1997 年，王绶琯致信北京市科协青少年部部长周琳，称他在科普活动中接触过的许多优秀学生，后来无声无息了。"那些当年被寄予厚望的少年，有多少走上了科学的道路？作为前辈的我们这一代人，反躬自问，是否也有失职之处？"

于是，1999 年 6 月 12 日，王绶琯倡议并联合 60 位著名科学家发起成立了北京青少年科技俱乐部（以下简称俱乐部）。俱乐部组织学有余力、有志于科学的优秀高中学生，利用课余和假期走进科学社会，求师交友，体验处于学科前沿的团队的科研实践活动。2006 年，俱乐部开始面向初中生开展"校园科普活动"。

"如果每年平均能有 100 名'可能的科学苗子'参加科研实践，其中有 2%—3% 日后会成为顶尖人才，那么积年累月，效果还是可观的。为保住这些'可能的科学苗子'，我们没有理由不尽力。"王绶琯说。

"不能把俱乐部的活动当成考试竞赛的'敲门砖'。"从俱乐部成立时起，王绶琯就坚决反对掺杂任何应试教育、应赛教育的思想和做法。第一次活动，时任北京四中副校长的刘长铭跟学生约法三章：参加俱乐部完全自愿，如果觉得占用很多时间，对高考和升学没有帮助，现在就可以退出。

20 年间，先后有 700 多位导师和 5 万多名中学生参加了俱乐部的活动，其中约 2300 人走进 178 个科研团队及国家重点实验室参加"科研实践"进所活动。俱乐部早期会员洪伟哲、臧充之等已成为国际科学前沿领军人物，钱文锋、丛欢等入选"青年千人计划"，在中科院开展独当一面的工作。

"科学普及了，才能让更多孩子受益，"王绶琯坦陈心迹，"我们尽力根植一片深厚的土壤，让科学之树枝繁叶茂。"

人民日报记者　施　芳

记者手记

百年树人　念兹在兹

少年时学习造船，志在抵御外侮；青年时投身天文，以期科学报国；中年时攻坚克难，为了科技强国；老年时倾情校园，意在培育新人。王绶琯一辈子都在为科学理想而奔走，而这理想始终与祖国的命运紧紧联系在一起。

从更长远的意义看，王绶琯最大的贡献，不仅在于天文学领域，还在于孜孜不倦培养后备人才，虽望百之年仍念兹在兹。

科学是一项寂寞的事业，欲行稳致远，既需要参与者仰望星空，树立远大的理想，更需要脚踏实地，付出艰苦努力。王绶琯不仅身体力行，还把这份情怀传达给了有志科学研究的年轻人。

夜晚的天空因为无数星星的闪耀而熠熠生辉，中国的科学事业因为更多王绶琯们的努力而薪火相传，生生不息……

（原载《人民日报》2019 年 7 月 8 日）

叶连平："我只想追赶时间……"

人物小传

叶连平，1928年生，祖籍河北沧州，安徽省马鞍山市和县乌江镇卜陈学校退休教师。叶连平在平凡的岗位上兢兢业业，努力用知识改变农村孩子的命运，先后获得"全国德育教育先进个人""中国好人""省优秀共产党员"和"省'五一'劳动奖章"等荣誉。2000年，叶连平义务办起和县关工系统第一个校外家庭教育辅导站，19年来天天到岗，分文不取。

清早还透着微凉，薄雾散溢在田野间，安徽马鞍山市和县乌江镇卜陈村，一位耄耋老人早早来到一间普通小屋忙碌起来……收拾妥当后，孩子们背着书包，三三两两地来了。老人微笑着招呼他们坐下，不一会儿，屋里就传出琅琅读书声……

叶连平在批改作业

这是普通的一天。这样的日子，老人已坚持 19 年。屋子在当地远近闻名，叫"留守未成年人之家"；老人叫叶连平，现已 92 岁，曾从事教育工作 40 年，退休后仍坚持为学生义务补课。

"有很多想做的事情没做成，我不甘心啊"

第一次见到叶连平，他正在上课。20 多平方米的房间充满了岁月的印记：城里早已见不到的老式桌椅、没有锁的旧门窗、写满英语单词的破旧黑板……

叶连平佝偻着身子，一手背在身后，一手拿着教鞭指向黑板，在讲台上来回踱步。他精神很好，脸上挂着笑容，连皱纹都舒展开来……"Where color is my T-shirt？这句话错在哪里呀……"叶连平声音洪亮，抑扬顿挫。

"我喜欢读书，但只可惜辍学太早。"叶连平感叹道，"年轻时我四处漂泊，蹉跎20多年。在人生最黄金的岁月，有很多想做的事情没做成，我不甘心啊。"

叶连平的前半生十分曲折：出生在青岛，读初中在上海，18岁在南京当时的美国大使馆做勤杂工，3年时间里接触到很多公众人物，练就了一口流利的英语；新中国成立后在南京当老师，之后在安徽和县做过工、养过牲畜……直到1978年，卜陈学校的一个毕业班连续一个月没老师来教课，有人推荐当时已50多岁的叶连平，让他重新回到热爱的讲台。

1990年，延迟两年退休的叶连平还是离开了讲台。在很多人看来，辛苦大半辈子，总算可以歇歇了；但叶连平说，那是他人生中最难过的一天……

退休后，附近学校但凡有老师生病了、离职了，他不问待遇、不讲条件，第一时间出现在学生们面前，短则几个月，长则几年。就这样代课，一晃又是10年。2000年，叶连平正式创办"留守未成年人之家"，节假日免费给孩子们补课。19年来，1000多个孩子从这里走出；现在还在上课的，仍有156个。

"让学生亲眼看看，比上课讲多少次印象都深"

这天，叶连平特别高兴，他的学生江明月来看他了。"我不叫他老师，叫他爷爷。"江明月笑着说。2005年，江明月还是卜陈学校初一的学生，因为语文老师临时有事，她遇到了来代课的叶连平。家访中，叶连平发现江明月的家离学校太远了，觉得江明月每天把大量时间花在路上，影响学习，就和她父母商量，让孩子住到自己在学校附近的屋子去。

从此，江明月在叶连平家，一住就是两年。"叶老师辅导我的学习、照顾我的生活，还联系不同科目的老师来帮忙。"江明月说，"一次家访改变了我的人生。"如今在南京工作的她，每当有空就回来探望爷爷。

像江明月这样的学生，还有很多。

1993 年，叶连平到县办中学代课。"48个人登记在册，教室

叶连平早年照片

里只有 22 个人，这怎么上课？" 45 天，他骑自行车跑遍了 48 个学生的家，劝家长、劝学生，硬是把学生凑齐了。毕业那年，这个班有11 个学生考上中专，而另一个平行班只有 3 人。"不家访，怎么能完全了解学生的情况、怎么能把他们教好啊！"叶连平说。

将近 20 年，他就这样骑着自行车，奔波在去学生家的路上，直到几年前不慎被撞伤，查出脑溢血加脑膜炎……"现在腰有些直不起来，出不了远门，骑不了自行车，累的时候只能坐在板凳上给孩子们讲课、批作业了。"叶连平有些遗憾。

"老师的工作，绝不止在三尺讲台上。"这是叶连平坚持的理念。他还有个规矩：每年带孩子们外出游学两次，参观科技馆、博物馆、

烈士陵园，花的都是自己微薄的退休金。

"有一次在南京大屠杀遇难同胞纪念馆，很多孩子都哭了。"叶连平说，"让学生亲眼看看，比上课讲多少次印象都深。"

"我没有那么亮，能做的微乎其微"

"曹冬雾，家庭困难，600元；王妹，父病母离异，600元……"一张鲜艳的红纸贴在墙上，这是2018年叶连平奖学金的发放公告。

2012年，叶连平同乌江镇政府、卜陈学校三方筹款6万元，成立了和县乌江爱心助教协会暨叶连平奖学金。目前，奖学金的规模已达30多万元，发放了7届，惠及132名学生。

"原想等我'走了'以后把积蓄捐出来做点事，但现在就实现了，我很高兴。"叶连平说，随着自己的事迹被传扬开，不少学校邀请他去讲课，不少人来捐款捐物，他把钱都投入到奖学金里。

叶连平也和很多高校建立了联系，每年寒暑假都有大学生来。"之前有香港大学的学生来代课，他们的宗旨是快乐英语，寓教于乐，给我很大启发。"叶连平说着，翻开了自己破旧的笔记本，查看着记录。

王简是合肥市一所幼儿园的老师，2014年暑假，作为巢湖学院的一名学生，她来这儿支教过。"我以叶老师为榜样，努力地工作。"王简说。

"留守未成年人之家"的墙上挂满了锦旗和奖状，其中一个写着："乡村永不熄灭的烛光"。叶连平摇摇头说："我哪是什么烛光，我没有那么亮，能做的微乎其微。我充其量是只萤火虫，因为失去的时间太多了，怎么也补不回来，我只想追赶时间……"

一天上课结束，叶连平倚在门口，微笑着望着孩子们蹦蹦跳跳远去的背影，眼神里，满是欣慰和期许……

人民日报记者　徐　靖

记者手记

因为热爱　所以奉献

坐在叶连平老人的教室里，看着他佝偻的身躯在讲台上缓慢而艰难地移动，脸上却呈现幸福的微笑。那个场景，令人动容。

叶老真正热爱着三尺讲台。也许，孩子们扬起的微笑、求知的眼神，就会占据他的整个世界，能够让他忘记从前那些艰难的岁月。总有一些人，虽历尽坎坷，却矢志不渝。他们心地坦然，心里始终拥有热爱，并因此心无旁骛。

因为热爱，所以奉献，不求索取，这是辛苦，也是幸福，更是这个时代所需要的。

（原载《人民日报》2019 年 5 月 14 日）

林群：让更多人了解微积分

人物小传

　　林群，1935 年生，福建连江人，中国科学院数学与系统科学研究院研究员、中国科学院院士，在计算数学，特别是微分方程的高性能解法方面，进行了长期深入研究。他热爱科普和教育事业，著有《画中漫游微积分》《微分方程与三角测量》《微积分快餐》等科普读物，被评为 2019 年十大科学传播人物。

　　北京的冬天，空气中夹杂着些许寒意。一个下午，身着深灰色夹克，头戴白色帽子的林群缓缓向记者走来……因为前一阵子身体不适，他的身形比往日更显瘦削。

　　"怎么让普通人学会微积分？就得用他熟悉的知识来讲。"到了办公室还没坐稳当，林群便从表面斑驳的黑色挎包里掏出一大摞资料，带记者走进微积分的世界……

"学习也好，研究也好，一定要有刨根问底的决心"

从 1952 年考入厦门大学数学系算起，林群已经在数学的海洋里摸爬滚打了 69 年。数学，在普通人看来，晦涩难懂、推理复杂，林群却说，"数学领域十分奇妙，你能从一行行公式和一串串数字中，找到乐趣与挑战"。

读高中时，林群的数学老师常常用一节课中一半的时间讲公式定理，另一半时间讲数学家的故事。牛顿、柯西、黎曼……这些数学家的故事，让林群陷入了对数学的向往与着迷，"好老师，就是把书越讲越薄，而不是越讲越厚。"

林群在与学生交流

林群（右一）和吴文俊夫妇（右二、右三）合影

"我对数学的热爱，就是那个时候培养起来的。"1956年，厦门大学毕业的林群走入了中国科学院数学研究所的大门，进入了泛函分析和计算数学的研究领域。

那时的数学所，聚集了华罗庚、关肇直、陈景润、吴文俊等一批著名的数学家。林群师从关肇直。那时，关肇直工作繁忙，林群就在快下班时，到老师办公室门口静静等候。"我曾经计算过，老先生从办公室走回家，大约有20分钟路程，和老先生这20分钟的交流，让我收获很多。"刚接触泛函分析，林群觉得十分抽象，他问关先生怎么办，关肇直回答得简单利落："你试着按照平面几何的思路去想。"

"在科学家身边，总能学到一些做学问的秘诀，这些秘诀书本上没有，课堂上也没有。"按照关老提示的思路，林群把泛函分析重新梳理了一遍，豁然开朗，"学习也好，研究也好，一定要有刨根问底的决心。"

"每取得一个阶段性成功，就会化作下一次奋斗的动力"

林群总说，自己所做的工作，与前辈相比不值一提，实际上，林群取得的研究成果，也解决了不少实际应用的难题。

泛函分析中的相关算法，因为计算量大、操作难度大，一直以来都是数学界难啃的硬骨头之一。在老师关肇直的提示下，林群开始将有限元方法结合起来深入研究。"那段时间，就把自己关在一个小屋子里面，桌面上摆着厚厚的稿纸，用掉的钢笔墨水一瓶又一瓶，不分日夜、埋头计算。"林群回忆，有时候沿着一种计算方法不断前进，但是算到后来结果不对，这时候就会自我怀疑、自我否定……

探索的过程，虽然艰辛、孤独，但林群最终得出结果，其间也收获了很多快乐。通过努力，林群最终找到了有限元的加速方法，即迭代伽辽金方法。同样的计算量，普通算法需要8个小时，采用迭代伽辽金方法只需1个小时。这一算法被广泛运用到核电站和堆石坝等项目的计算中，使计算速度大大提高。

刚解完一个难题，另一个又摆在林群面前：有限元解能否通过外推，提高计算精度？经过日夜攻坚，林群联合四川大学吕涛、苏州大学沈树民，共同提出了有限元外推法，大幅提高了计算精度。"解100个未知数方程，计算量仅是不使用有限元外推法的百分之九。解1万个未知数方程，计算量是不使用有限元外推法的万分之九。"吕涛说，"有限元外推技术"1989年获得中国科学院自然科学奖一等奖。

"这便是数学的魅力，刚翻过一座高峰，就会看到下一座；每取得一个阶段性成功，就会化作下一次奋斗的动力。"林群说，研究数学，有时候要试着"和自己较劲"，得出一种相对简便的算法后，要再问问自己"能不能算得更快一些、更准一些，还有没有别的算法"。

"为青少年的成长出一分力，是我们义不容辞的责任"

画漫画、开慕课、做直播、写博客……林群年逾八旬，新潮的玩意儿却样样精通。林群说，自己还有一个愿望，就是把晦涩难懂的微积分，通过科普等生动形象的方式，讲给更多中小学生听。1993年，林群当选为中科院院士；此后，他一头"扎"进了科普的世界里。

"微积分向大众宣传，就得用大家懂的语言体系来做比喻。"林群说。上世纪90年代，林群随团旅游时参观一棵古树。导游说，古树年年都在长高，怎么测量树高？有人说把树砍倒了量，有人说爬到树上量。林群立刻想到了可由斜率求树高，而不必砍树或爬树。这不就是微积分的基本公式吗？回到房间，林群马上将这个故事写下来，并配上图画，在媒体上发表后，有好几本教科书用了这幅画。此后，林群就开始用图配文的方式来讲授数学知识。

1999年，得知天文学家王绶琯倡议成立北京青少年科技俱乐部，林群第一时间在倡议书上签字。此后无论多忙，只要俱乐部有活动，他总会尽力腾出时间，赶来和孩子们见面。次数多了，孩子们亲切地叫他"微积分爷爷"。"为青少年的成长出一分力，是我们义不容辞的责任。"林群总是这么说。

"这么大岁数了，搞科普没有名也没有利，干吗还坚持？"有人不解。"是不是科研搞不下去了才去搞科普？"有人误解。林群不为所动：

"虽然我做的是很普通的科普工作，但是我实在放不下……"

中科院成都计算所研究员张景中很是理解林群的坚持。早在1996年6月，张景中到北京参加会议。一天，他在吃早餐时恰好与林群同桌，"微积分的教学必须改革，要用简单明了的方式让它变得更容易理解，而不是让人心生畏惧……"两人越聊越投机，一南一北两位数学家由此开始了长达20多年的科普合作。近期他们正酝酿写一本名叫《微积分新讲》的教材，"这本书会出不同版本，供给不同年龄段的读者看。"张景中说，"我们平常都是通过邮件沟通，即便林群生病也没有中断。"

"他呀，除了数学，其他事都不上心。"说起老伴林群，妻子冯荣书很无奈，"整天坐在那儿写写画画，难得看一会儿电视，不大一会儿眼睛闭上了，但手还在腿上比画不停……"

"一定要把孩子们的兴趣搞起来。"林群说，"要做的事太多，我们只是做了一点点努力而已。"他希望，到90岁的时候，能让微积分普及到中小学生和家长，普及到各行各业。

人民日报记者　　施　芳

记者手记

始于热爱　成于坚守

林群是温和的：每当与孩子们在一起时，他总是露出孩童般的笑容；他又是坚定的：面对别人的不解甚至误解，他执着地前行在科普的路上。让初学者能理解和运用微积分，这是林群的初心与坚守。为了这个朴素的愿望，他不断探寻微积分的本源，不断优化科普传播方式，虽耄耋之年仍不断创新、奋斗不止。其心也诚，其志也坚，令人动容。

树高叶茂，系于根深。科学素质的提升关系每个人的成长，也关乎国家民族的未来。期待有越来越多的同仁为科普事业的繁荣发展尽一分心力，共同创造新时代科学的春天。

（原载《人民日报》2021 年 1 月 14 日）

李天来：一路向北的"棚菜人生"

人物小传

　　李天来，1955年生，1978年考入沈阳农学院蔬菜专业，2015年当选中国工程院院士。李天来是我国最早研究日光温室蔬菜设施的专家之一。为解决北方"冬季吃新鲜蔬菜难"问题，他首创日光温室合理采光、蓄热和保温设计理论与方法，实现了在北方零下30摄氏度以上地区冬春季不加温生产果菜，并将果菜冬季不加温生产区域向北推移了300公里。

　　盛夏之时，李天来和他的助手仍穿梭于教学楼和温室基地之间。在沈阳农业大学园艺学院教学楼三楼，各种功能实验室里设备齐全，过道上指示灯不停闪烁，一字排满了培养着各种试验材料的人工气候箱；温室基地的机械加工实验室里，现代数控机床飞转，加工着试验温室所需的各种构件……为了能实现节能日光温室蔬菜生产的轻简化、规范化和现代化,李天来和他的团队争分夺秒,严谨地进行着第一代现代节能日光温室的研发工作。

他,被人亲切地称为"棚菜"院士;他,40年来扎根黑土地,并取得累累硕果。"每一次蔬果冬季种植向北推进,我都感到无比幸福和欣慰。"向北,向北,再向北,李天来和他的日光温室技术不断挑战着蔬菜冬季种植的纬度和温度极限,把冬季蔬菜种植的"生命线"向北不断推移。

"除了教书只有两个念头:科研,争取科研;学习,不断学习"

"苦不算什么,跟过去在农村吃的苦比起来,现在的任何苦都不算苦。"这是李天来常挂在嘴边的一句话。

李天来在观察番茄遗传转化过程、愈伤组织的发育情况和转化苗的生长情况

出生在辽宁绥中农村的李天来，十二三岁就开始下地干活。"跟着家里的大人们，扛着和自己几乎一样高的锄头下地"，李天来回忆道，"那时候，干活总比别人慢，但我干得认真、仔细。"

1977 年恢复高考，考不考，家境困难的李天来十分犹豫。"报吧报吧！"报考最后一天，公社教育组组长找到李天来，帮他在表格上填了两个志愿，并勾选了服从分配，赶上了末班车。

李天来甚至不知道那两个志愿填的是什么。1978 年春天，他来到了沈阳农学院（现沈阳农业大学），学习蔬菜专业。真学了蔬菜专业，李天来心里又开始犯嘀咕，"种了这么多年地，以后还得跟土地打交道？"在经过一段时间的专业学习后，李天来觉得："农业是越学越有意思，这其中包含着遗传育种、栽培生理、土壤营养等多个学科的知识。"

虽说是在上学，但李天来每天还是在田地里摸爬滚打，这也让他认识到实践与钻研的重要性。毕业时，他本想直接进入社会，干点实际工作，可偏偏被选中留校。李天来去找老师沟通，老师思来想去，还是觉得他更适合搞学问。

"既然留在学校，除了教书只有两个念头：科研，争取科研；学习，不断学习。"教学之余，李天来不忘家乡的父老乡亲，他经常到田里做实验、向农民学经验，想方设法解决农民在种地过程中遇到的各种难题。

1985 年，作为助教的李天来赴日本山形大学研究生院学习园艺。开学第一天，导师斋藤教授送给他一套蔬菜专著，扉页上写的话令他至今难忘："蔬菜是不会说话的，你要学到能和蔬菜说话。"

"所有的努力，就为了让父老乡亲冬天也能吃上新鲜蔬菜"

1988 年，在日本学习的李天来接到学校让他回国的通知，他没

李天来在国外攻读硕士学位期间，查阅文献资料

有丝毫犹豫立即回国。"当时我国北方冬季百姓吃菜难的问题亟待解决"，李天来一回国，就投身科研攻关，把"解决蔬菜周年均衡供应问题"作为研究目标。

当时，这个研究有两个思路，一个是单纯从科学技术角度考虑，不计成本用最好的材料，研究出成果后，再想办法降成本、扩大生产；另一个是直接从产业角度出发，考虑产投比，出成果后可快速大面积推广。李天来选择了后者，"得先把吃菜问题解决了，再研究最优问题。"

科研过程并非一帆风顺。"按照原有的园艺设施保温比理论，设施越高保温性能越差，但要获得合理采光屋面角度，设施又必须达到一定高度。我们通过研究，解决了这个矛盾，实现了园艺设施保温比理论的创新。"李天来回忆，因为当时资金很紧张，要借助农民自身投入开展示范推广工作，一旦失败，就很难再唤起农民尝试的热情。为此，项目组成员频繁地举办培训班、现场指导，最终获得了初步成功。"没有农民的支持参与，做成整个产业是很难的。"李天来回忆说。

1988 年，他跟随张振武教授，参与设计建造第一代节能日光温室，开创了零下 20 摄氏度地区冬季不加温生产喜温果菜类蔬菜的先例，获得了国家星火科技奖二等奖。

此后，李天来在钻研新技术的路上越走越远。1996 年，李天来主持设计建造出第二代节能日光温室，将冬季不加温生产果菜的地域向北推进 100 公里，到达沈阳；2007 年，第三代节能日光温室诞生，冬季生产地域再次向北推移 100 公里，到达辽宁康平、阜新；2010 年，第四代节能日光温室研究成功，冬季生产地域又向北推进 100 公里，到达内蒙古通辽。至此，果蔬种植由北纬 40.5 度北移到 43.5 度……

"所有的努力，就为了让父老乡亲冬天也能吃上新鲜蔬菜。"几十年如一日，李天来带领团队成员不断完善日光温室的采光、保温、蓄热三要素，推移冬季蔬菜种植"生命线"向北，再向北……

"做课题，不是发几篇文章、完成几项指标就行，而是要真正解决问题"

"如果把现代节能日光温室做出来，我这一辈子的理想就实现了。"这是李天来跟自己的约定。

李天来觉得，现代化的标准至少有两个：环境控制自动化，生产环节机械化。"10 年前我们就开始研制第一代现代节能日光温室，但标准一直达不到，所以直到现在，我们还在一直努力。"

对此，他心里有个时间表，到 2025 年，我国设施园艺产业总体达到"设施有标准、栽培有规范"，到 2035 年实现产业现代化，再用一段时间，达到产业智能化。他一直强调，"搞科研的人，要抢时间，但也要一步一步脚踏实地，要先实现自动化，再提升智能化。"

李天来不仅这样要求自己，也把这种科学严谨和较真的劲头传递给学生。担任副校长后，事务再多，他也坚持每天到基地走一圈。"对待研究，我还是有些脾气的。"李天来回忆，有一次他看到基地里一名博士生正在做调查测定，再一看苗，长得太细。"拔了吧"，扔下这句话，李天来转身就走。

"多年后听另一个学生说，'因为老师您说的一句话，她哭了很久。但重新种植后，她发现长势更好'。所以，严师出高徒，人的潜力是很大的。"李天来说。对于研究，他更是要求团队在试验设计和管理时，"只能成功，不能失败"。在他看来，研究失败，损失的不仅是经费，更是时间，"做课题，不是发几篇文章、完成几项指标就行，而是要真正解决问题"。

如今，李天来的团队有6位教授，200余名研究生。在李天来的办公室里，挂着一幅字，写着"厚德博爱、勤学笃行、团结奉献、传承开拓"16个字，这是李天来团队的"团训"。

"教授和研究员最大的区别在于：不光在专业领域厉害，还要为人师表，要终身学习，终身施教。"李天来说。

人民日报记者　胡婧怡　辛　阳

记者手记

科学家的睿智　农民般的质朴

采访中，记者多次问起李院士科研中的艰辛，得到的回答总是："苦不算什么，跟过去在农村吃的苦比起来，现在的任何苦都不算苦。"六十五载，李天来把自己的人生、事业牢牢地和农业农村绑在了一起。他的身上有科学家的睿智，更有普通农民般的质朴。

在李天来的科研项目中，农民的分量占得最重。选择科研路线，他首先考虑的是产投比，农民用不用得起；科研出了成果，他说"没有农民的支持参与，做成整个产业是很难的。"因为心中装着农民，李天来对团队科研的要求非常严格。严谨的科研态度，浓浓的奉献情怀，正是一代一代像李天来这样的农业科学家，推动着中国农业技术不断进步。

（原载《人民日报》2020 年 7 月 30 日）

谢华安："我的毕生目标是让大家吃得好"

人物小传

谢华安，1941年生，福建省龙岩市新罗区人，博士生导师，中国科学院院士。1972年起，他长期从事三系杂交稻和超级杂交稻育种，研创育种新技术，育成"明恢63"等系列恢复系和"汕优63"等杂交稻品种，对继续保持我国杂交水稻在世界的领先地位发挥了重要作用。他曾获国家科技进步奖一等奖、二等奖，"全国杰出专业技术人才""国家有突出贡献的中青年专家""全国首届优秀科技工作者"等荣誉称号。

几场春雨过后，八闽大地生机勃勃，早稻育秧工作正如火如荼，在福建省三明市尤溪县再生稻基地大棚里，一位老者头戴草帽、双脚踩泥、俯身察看，双手轻抚着稻苗进行观测和比对……

2020 年，谢华安在实验室做实验

他，就是扎根稻田一辈子的谢华安院士。

"老师，一个多小时啦！您上来歇会儿，我们来干吧！"田埂上，正在记录观测数据的福建省农业科学院水稻研究所所长张建福博士，眼见老师大汗淋漓，衬衣也染成了"花地图"，朝着田里喊了一嗓子。"不行，这会儿正是观测的好时机，趁我还能干得动，就得多干点。"谢华安应了一声。

青青的稻苗中，年过八旬的谢华安弯着腰，如同一张拉满了的弓。脸黑、手粗、身瘦，曾有稻农对他说："科学家的手，怎么比我们还黑？比耕田的还要粗呢？"

"当年入行的想法很简单，就是想解决人们的吃饭问题"

如今，谢华安已在杂交水稻育种研究领域摸爬滚打近 50 年……

从青葱少年到久负盛名，谢华安身上的荣誉越来越多；但一见面，一股泥土气扑面而来，让人倍感亲切。

"当年入行的想法很简单，就是想解决人们的吃饭问题。"谢华安出生时，国家正处于抗战时期，吃不饱穿不暖是生活常态……

1964年，从福建省龙岩农业学校毕业，谢华安被抽调到永安农业职业中学负责生物课教学，空闲时间里，他经常跑到试验农场，种植、研究各种农作物，打下了农业技术研究的基础；1972年底，他被调到三明市农业科学研究所工作……此时，全国正掀起杂交水稻协作攻关的浪潮，作为福建省三明地区（现三明市）南繁领导小组组长，谢华安被选派到海南，从事水稻育种工作。

"很兴奋，也很忐忑，水稻育种在当时是全新领域；在那里全国同行相互交流，可以快速学到最前沿的知识。"一年四季都能种水稻的海南，生活却令人意想不到的艰苦。初到海南，谢华安借住在一个仅有十几平方米的集体仓库里；陪伴他的，是化肥、农药、柴油等各种刺鼻的味道和难以驱除的害虫。

一去就是半年，谢华安收获前沿知识的同时也带回了一双粗糙的手。原来，一到水稻杂交授粉时，稻叶的齿就像锯子一样，会在裸露的手和手臂上锯开一道道口子；天长日久，双手伤痕累累，皮开肉绽，受伤结痂，造就了一双粗糙的手。

"科研之路不会一帆风顺，总要历经风雨"

踏入育种门槛后，谢华安总想比别人多学一点，因此经常奔波在各个育种基地之间。交通落后，谢华安就用双脚跑遍了几乎所有兄弟单位的育种基地，锲而不舍地拜师取经。

来自江西的水稻育种专家邬孝忠，非常欣赏这位同行后辈的钻研

上世纪 90 年代，谢华安夫妇在田里察看秧苗长势

精神；他取出自己选育多年的 15 粒母本不育系种子相赠。谢华安视若珍宝，1975 年，谢华安和同事们利用这 15 粒种子，培育出"矮优2 号"杂交组合。本想着育成丰产优质的良种，可现实却给谢华安当头一击：还没来得及大规模推广，一场毁灭性的稻瘟病扑面而来，枯黄的稻株整片整片地倒下……谢华安看到几年的心血付诸东流，忍不住泪流满面。

怎么办？谢华安没有泄气，反而鼓励同事："科研之路不会一帆风顺，总要历经风雨。"他和同事们总结经验得出结论：育种不仅要高产、优质，还要能抗病、抗虫。他的育种生涯由此刷新：育种目标除了丰产性、适应性、米质好等优良性状外，还要具备抗病、抗虫、抗逆等。

1980 年冬，经过无数次杂交试验，谢华安从数以千计的优良株系中，选定了一个具有抗瘟性强、恢复力强、配合力高的株系"明恢 63"。"明恢 63"配成的杂交稻组合，迄今累计推广面积超过 20 亿亩，占全国杂交水稻推广面积的 49.4%，是应用最广、持续应用时间最长、效益最显著的恢复系。

第二年，谢华安又利用"明恢 63"和不育系"珍汕 97A"，成功育成了良种——"汕优 63"。1986 年，"汕优 63"在全国大面积推广种植，累计增产稻谷 700 多亿公斤。东南亚一些国家推广种植后，对"汕优 63"大为称赞。

"不得不说，培育出'汕优 63'这个集'高产、优质、抗病和广适应性'的水稻品种，让大家伙儿吃饱饭，是我一生最大的安慰。"谢华安说。

"要多给年轻人锻炼机会，为我国的种业发展、粮食安全提供更加坚实的保障"

"水稻育种又苦又累，如果再给您一次年轻的机会，还会选择这个工作吗?"记者问。

"如果重来一次，我还要在这个工作岗位上做更多的研究!"谢华安语气坚定，他不仅自己坚守岗位，也不断激励着身边的年轻人……

"谢老当时就一辆自行车，前筐里放着稻作工具，后座上坐着我，一骑就走，去地头给稻农解决难题，经常在山路上摔跤。"回忆起 40 年前和谢华安共事时的工作状态，如今已经年过六旬的福建省农业科学院水稻研究所原所长郑家团对老师充满感激，"正因为谢老愿意让学生大胆尝试，才能培养出一批做出成绩的学生。"

注重培育新人、发挥青年学者的创造力，是谢华安从业近 50 年来的原则。在他的团队中，有一个不成文的规定：谁带头，谁署名。上世纪 80 年代初，谢华安带领郑家团着手培育"威优 63"籼型三系杂交水稻，"谢老只管大方向，具体研究部分都放手让我发挥，连最后的成果也让我来发布。"

最终，"威优63"获得成功，1983年以来累计推广1190万亩。郑家团也在研究中快速成长，主持或参加育成20多个大面积推广的品种。

"我的毕生目标是让大家吃得好。"直到现在，谢华安还经常扎在田间地头。"我国人多地少，让人民能吃饱饭、吃好饭，始终是我们育种工作者的奋斗目标。老一辈育种人要多给年轻人锻炼机会，为我国的种业发展、粮食安全提供更加坚实的保障。"谢华安说。

当下，在全国各地，由谢华安指导培养出的博士、硕士有20多位，他们正接过前辈手中的接力棒，为祖国水稻育种事业发挥着光和热……

人民日报记者　刘晓宇

记者手记

向着大地　守望稻田

在下乡同行的车上，谢华安院士还在与福建南平市浦城县农业农村局的负责同志打电话，沟通优质、抗病常规稻最新品种"福香占"的种植推广；50分钟的车程，原本可以小憩的谢院士，却在抓紧每一分钟解决水稻难题。

年过八旬，还有着"满满的日程表"；面对各界赞誉，却像一株沉甸甸的稻穗向着大地，质朴而谦逊。谢华安坦陈："我不敢有一点点骄傲，我是站在巨人的肩膀上，取得了一点点成绩。我们要永远敬重那些奠基人、先行者。"

　　如今的福建省农业科学院水稻研究所，"70后"已成为研究骨干，"80后"正在成长，"90后"的身影也逐渐显现，但作为一名"40后"，谢华安始终是这支团队的重要人物，也一直守望在稻田里……

　　　　　　　　　　　　　　　　（原载《人民日报》2021年4月6日）

执着坚守篇

"千磨万击还坚劲，任尔东西南北风"

——【清】郑燮《竹石》

　　站定青山之上，扎根岩石之中，不管风吹雨打，总是坚劲挺直。竹子的品格，也是他们的品格。

胡彬彬："每个村落都是正在续写的文明史"

人物小传

胡彬彬，1959年生，中南大学中国村落文化研究中心主任、教授，国家社科基金重大项目首席专家，曾寻访我国5000多个传统村落，致力于推动中国传统村落文化的保护，入选中宣部文化名家暨"四个一批"人才，第二批国家"万人计划"哲学社会科学领军人才等。

岳麓山下，一座老建筑的顶楼，记者见到了刚结束田野调查回来的胡彬彬教授。

年过花甲，胡彬彬还是喜欢经常带着学生去做田野调查；一年中，至少200多天待在村里。从20世纪80年代初至今，胡彬彬的工作始终处于满负荷的状态，他以平均每年不少于140个村落的节奏，累计寻访了5000多个中国传统村落。

"绝大多数关于传统文化的记叙，都能在村落里找到具象的传承"

"传统村落承载了无数历史文化信息……"胡彬彬甫一张口，便是老本行。

他的办公室立着一根挑柴的纤担：高约 2 米，中间似扁担，两头像弯月，木头制成，两头扁担与弯月处的连接处用竹鞭编成的图案十分精美。这是他从湖南城步苗族自治县的侗寨里带回来的，是明代侗族男性的劳动工具。

胡彬彬给记者讲述了来由。山里的侗寨建筑别具一格，屋门只有闩，没有锁。家中男主人如果出门打猎、砍柴，就会将纤担斜放在门前；女主人如果不在家，门前放置的可能就换成竹篮，或挂上一根纱线。

胡彬彬（右一）在西藏墨竹工卡县一户农民家中访谈

"路不拾遗、夜不闭户，古人对劳动生活的态度，这个纤担里都有答案！"胡彬彬说，"绝大多数关于传统文化的记叙，都能在村落里找到具象的传承，但文字记载非常有限，村落的天地广阔无边。"

坚持近 40 年的田野调查，胡彬彬"白天找实例，晚上找文献"，不断有新发现。

2016 年，胡彬彬和

同事刘灿姣在湖南江永县发现了长江以南地面建筑中历史最久、规模最大的壁画作品之一——水龙祠壁画。壁画面积达到 380 平方米，比此前《中国美术史》中记载的 77 平方米最大壁画大了几倍，对瑶族文化研究有极大帮助；在对湖南靖州发现的"群村永赖碑"进行考证后，他又用一年半时间，走访调研了碑文中提及分布于湖南、广西、贵州三省区五县的 24 个苗寨，最终写出《靖州"群村永赖"碑考》，确证此碑为目前我国古代较早的、具有完整立法构成要素与意义的、有关少数民族婚姻制度的地方立法。

几十年来，寻找"活"着的文化，在传统村落中"寻根"，是胡彬彬不变的信念。当胡彬彬眼触手摸这些奇迹般幸存于村寨中的古代民居，走入厅堂，摩挲着家居实用器物，那些濒临倒塌、破败废弃的牌楼、族氏宗祠的梁柱、门扉、窗棂，成为他一次又一次创新性研究的灵感来源。

北至黑龙江省黑河四嘉子满族乡东、西四嘉子村，西至新疆乌恰县吉根镇托阔依巴什村，南至海南陵水黎族自治县黎安镇南湾村，都曾留下他的足迹。

"书中对古代乡村的描述，在下乡途中感受越来越清晰"

世代居于湖南双峰县的胡家人，基本上只从事两种职业：郎中或私塾先生。

一个典型的中国传统小知识分子家庭——胡彬彬这样定义他的成长环境。小时候，他接触的是家族里藏的几万卷古籍、书画；再大些，他跟着行医的叔爷爷走村串户治病救人。叔爷爷治病不收钱，作为报答，那些村民会偷偷塞个鸡蛋、一块红薯给年幼的胡彬彬。"温良恭俭让，这些传统美德，就这样植入幼年的我心中。"

1978 年，胡彬彬进入邵阳师范专科学校（现邵阳学院）学习。毕业后，胡彬彬进入邵阳市政府，当了一名公务员；他的上级是个"泥腿子干部"，常带着他下乡。"鸡栖于埘，柴门犬吠，书中对古代乡村的描述，在下乡途中感受越来越清晰……"胡彬彬说。

那时，胡彬彬开始大量撰写与村落、文物、工艺有关的论文。2001 年申报文博与工艺美术系列高级职称，胡彬彬是唯一一位以公务员身份、破格获得此系列正高职称的获评人。他后来也被南京博物院聘为研究员。

胡彬彬说："从参加工作起，传统村落就是我魂牵梦绕的领域，这个广阔的天地并不比任何书斋逊色。"

"传统村落的文化保护、研究与振兴，正面临新的机遇"

2003 年，胡彬彬来到中南大学创建了"中国村落文化研究中心"。

"终于不再是一个人战斗了。"在中心，胡彬彬对学生的要求是"三在"，即在课堂、在书斋、在文化现场。在课堂或书斋，需要签到、打卡；去文化现场，要进行长达几个月的拉网式考察；或者是时间不定的主题任务，发现新情况就即刻开展深度调查。

那时候，胡彬彬发现自己的研究正面临一些挑战：不断加速的城镇化，使得传统村落在不断消失……

"每个村落都是正在续写的文明史。"胡彬彬说，亲临现场，才能获得一手信息，他和团队的研究从实物资料和亲临现场实地调查着手，完全靠双脚"走"出了研究成果。

近 40 年来，他考察的足迹遍及全国各地，时常青灯伴孤影伏案劳作……胡彬彬写下 300 多万字的考察札记，拍下近 20 万张数码照片，手绘近千张传统村落建筑式样图，撰写研究专著十余部，在海内

胡彬彬旧照   吴灿 摄

外核心学术期刊上发表各类研究论文 80 余万字。

"胡教授在家排行老三。我们就叫他'拼命三郎'。他几乎全年无休，在农村一待就是几个月。"刘灿姣说，胡彬彬进行田野考察时，在农民家里搭餐或野地里泡面充饥，寄宿无门时就风餐露宿。由于长期在外奔波，他曾经一年磨穿 11 双鞋底；由于经常野外考察，他左腿 3 次、右腿 4 次骨折……

"胡教授田野考察归来，就一头扎进办公室整理材料做研究。"研究中心博士吴灿说，因为常年坚持田野调查，胡彬彬的腿出了问题。"一到下雨天腿就痛，但还是不休息，没人劝得了……"吴灿有些无奈。

"对中国传统村落文化进行有效保护和全面深入研究，是当前我国文化传承、繁荣和发展的迫切需求。"胡彬彬认为，作为"抢救者"和"守护者"，必须时时和时间赛跑。

167

现阶段，胡彬彬仍然干劲十足："从脱贫攻坚到乡村振兴，传统村落的文化保护、研究与振兴，正面临新的机遇！"

人民日报记者　何　勇

编辑手记

脚沾泥土　手撷芬芳

刘涓溪

站在水龙祠壁画旁，胡彬彬倾听瑶族文化的声声诉说；在对"群村永赖碑"考证中，胡彬彬探索我国少数民族古代法律制度的雏形……在他的人生坐标系里，寻找"活"着的文化、在传统村落中"寻根"，似乎成为所有工作生活的"原点"。他奔波在田野上，其心也坚，奋斗不止，用脚底板"走"出了一项项研究成果。

在胡彬彬看来，文化研究不能脱离实地考察，只有脚沾泥土，才能手撷芬芳。胡彬彬要求学生到文化现场去，进行长达几个月的拉网式考察；他以身作则，一年至少200多天待在村里。

胡彬彬觉得，对传统村落的保护，对优秀文化的传承与保护必须和时间赛跑。正是这种紧迫感和责任感暨对事业的崇敬、对人生目标的敬畏，推动着他不断前进。当下，全面推进乡村振兴战略给传统村落保护带来了新机遇，胡彬彬带着他的团队着眼国家所需，扎扎实实做好田野调查和研究，必将助力乡村振兴战略的实施。

（原载《人民日报》2021 年 1 月 15 日）

赵光怀：一句承诺，二十三年坚守

人物小传

赵光怀，1956 年生，安徽省宿州市泗县屏山镇老山村秦集圩庄村民；自 1997 年起，义务担任基层文物保护员，守护洼张山汉墓群 23 年；2020 年，荣获安徽省"最美基层文物保护员"称号。

一大早，雨淅淅沥沥下起来。赵光怀不敢耽搁，他要出门巡查……

盛夏时节，雨连下好几天，山路泥泞，深一脚浅一脚，一路走下来，赵光怀的鞋上沾满了泥。这条对外人而言难走的路，他却驾轻就熟。这条路，天气好的时候，来回一趟需要两个小时，赵光怀已坚持走了 23 年。

"'交给你了'短短 4 个字，但分量很重很重"

赵光怀是泗县屏山镇老山村秦集圩庄土生土长的本地人。秦集圩庄依山傍水，地势平坦，这里的人们祖祖辈辈以种田为生。但赵光怀有个响亮的名号：文物保护员。他脚下方圆 150 多亩的土地，埋着洼张山汉墓群。从发现到今天，赵光怀已经守护了 23 年。

洼张山汉墓群在屏山镇老山村秦集圩庄洼张山的西南坡。1997年，赵光怀在山上劳作，因为干旱，地表出现大面积龟裂。无意中，他发现山坡上有一处裸露在外的石梁，上面雕刻着纹饰，还有花草图、车马出行和狩猎等场景，人物、动物姿态栩栩如生。小时候听村里老人讲，地下埋着"东西"。赵光怀心里琢磨："该不会就是这个吧？"

带着疑虑，他第一时间报告当时的泗县文化局的同志。经勘察，

赵光怀在研究文物

张俊 摄

这里被判断为一处汉代墓葬群。安徽省文物考古研究所随即来到现场实施抢救性挖掘，前后共出土 62 块汉画像石，经鉴定全部为国家一级文物。1999 年 11 月 12 日，汉墓群被县政府列为县级文物重点保护单位。

原以为这个事情就此告一段落了，没想到后来发生的事却改变了赵光怀一生。

考古挖掘期间，赵光怀和村里几个青壮年，白天义务协助考古队挖掘清理，晚上牵着狗，睡在工地上，和考古队员一起守夜。同时，他们还负责出土文物管护运输。

时间久了，和考古队员熟了，大家一起聊天，一边感叹汉墓群文物珍贵，一边担忧考古队离开后如何保护这些文物。"总得有个人管吧。"赵光怀想把巡查守护的任务担下来。与此同时，泗县文物保护部门也正在为此事发愁。经过研究商讨，1997 年 11 月 20 日，泗县文化局特聘赵光怀为文物保护员。

"这里就交给你了。"文化局相关负责人的话，赵光怀至今记忆犹新："'交给你了'短短 4 个字，但分量很重很重。"这一守，便是 23 个春秋冬夏。

"这既是国家的东西，也是我们的骄傲，丢掉就没有了"

赵光怀的家现有 3 间平房，前厅和卧室陈设简单，没什么新家具；走到后厅，却是另一番景象。这里是一间陈列室，几个大玻璃柜，被他擦得一尘不染。有时候夕阳西斜照进屋里，柜子上反射出点点光晕，点连成线，仿佛串联起他这 23 年与文物相处的日子。

柜子里琳琅满目，石器、砖头、瓦片、陶片……这些零散破碎的残片，是赵光怀拾拣回来的，它们穿越历史的时空，带着岁月的痕

赵光怀年轻时照片

迹，安安静静地躺在柜子里，干干净净，很有条理。

因为赵光怀总喜欢捡碎片残瓦，村里人一旦发现了什么，就给他打招呼，叫他赶紧过去看一看。久而久之，收集的残片越来越多。赵光怀小心翼翼地拿起其中一个残片说，这是去年6月发现的。当时，村里给圩沟清淤，发现一个瓶子，但不小心打碎了。听到这个消息，赵光怀坐不住了，前前后后去了3次，淘回来20多块残片。

赵光怀说："这是老祖宗留下来的宝贝，是家乡的文化根脉。这既是国家的东西，也是我们的骄傲，丢掉就没有了。"

2003年，洼张山附近办起了石子厂。挖掘机轰轰隆隆驶进村里，开山采石。赵光怀就跑去看着，遇到挖出的碎片，他就带回来悉心保管；如果村民捡到什么，他就去商量着要过来。这些年来，赵光怀凭着执着和韧劲，不仅守住了古墓，还带动了周边群众一起保护文物。这些零零碎碎收集起来的器物残片，虽然文物价值不高，但对洼张山而言，却是历史的留存。

"我干不动了，儿子就替我接着干"

守着古墓群，赵光怀一辈子没外出打工。家里有10亩地，靠种小麦和大豆过活。随着父母年龄渐大，身体有了毛病，一双儿女上学都要花钱，日子一天天拮据起来。2014 年，赵光怀成了村里的建档立卡贫困户。

这么多年，赵光怀始终没有向有关部门开口要过钱。"国家的经费也紧张，我也没做什么大事。"赵光怀说，"不能提钱的事。"

眼见赵光怀忙活这么多年，家里的境况却没什么改变，妻子有了怨言。"她总说，人人都想挣钱，就只有我整天看着那片地，有个啥子用嘛！"赵光怀说。家里的亲戚朋友也没少劝，赵光怀始终没有动摇。

"说实话，家里老人小孩确实需要人照顾，但我也真喜欢看守文物这个事。"赵光怀说。

赵光怀打开自己的书柜，很难想象，他竟然有一柜子书。各种期刊，全跟考古收藏有关。"人要勤快点，还要有知识。哪些东西值得保护，怎么保护，里面学问大着哩。"赵光怀说。

赵光怀养成了看书的习惯，20 多年来一直没有中断。后来，村里人都知道赵光怀专门看护文物，家里人实在拗不过，也就不劝了。

做文物保护员这些年，赵光怀觉得很充实。"学习了很多文化知识，而且古墓群也没出什么问题，很欣慰。虽然家里不宽裕，但日子还过得去。"

成为贫困户后，赵光怀一家享受了低保。有关部门为他家安装了光伏设施，根据健康扶贫政策，还提升了医疗报销比例，赵光怀父母看病的费用大为减少。2018 年，赵光怀享受到就业扶贫政策，作为文保员每月领 1000 元。2019 年，子女外出务工，赵光怀脱贫了。

赵光怀的儿子在苏州打工，从小耳濡目染，也对文物保护有了兴趣，答应他以后回来接班。"我干不动了，儿子就替我接着干。"赵光怀说，"现在，儿子起码有了一些文物保护意识，也算是我的一点功劳。"

近年来，泗县围绕隋唐大运河泗县段及县域文物资源，持续推进文物保护传承利用。泗县大运河考古勘探有了新发现，文庙大成殿、戚夫人庙、山西会馆的修缮和陈列布展也进展迅速，免费对外开放。重点文物保护单位，专门聘请文物保护员，实现常态化管护全覆盖。泗县博物馆、泗县中国古鞋博物馆等公共文化场馆更新布展，常年对外开放。

在赵光怀心里，这片土地是自己时时刻刻的惦念与牵挂，他隔三岔五就会来看看。农忙时隔几天来一次，农闲时每天都来。尤其在下雨天，更马虎不得。"雨下大了，可能会造成地表水土流失。要是有陌生人瞎转悠，更要小心，可能是来盗墓的咧。"赵光怀一脸严肃地说。

人民日报记者　徐　靖

记者手记

这份坚持值得尊敬

村里一次偶然的文物发掘，改变了赵光怀的一生。家乡的文化根脉像磁石一般，吸引了他所有的关注。从那一刻起，他忘我地投入文物保护工作。他二十三年如一日，默默巡查，穿坏了衣，踏烂了鞋，磨破了嘴，只为守护好洼张山古墓群。他放弃了外出务工的机会，从未离乡。生活的贫困、家人的反对以及各种困难，都没有改变他的初衷，没有动摇他的坚守。正是有了赵光怀的努力，村子里文化味儿才更浓，乡亲们的凝聚力才更强。

就保护文物的专业性而言，赵光怀还有很多不足。但他以勤补拙，靠不断学习改变自我。说千事不如干一事，人生漫漫，有人关心一时得失，有人坚持默默付出。赵光怀就是这样一个默默无闻却值得大家尊敬的人。

（原载《人民日报》2020 年 8 月 25 日）

董学书："我要干到干不动为止"

人物小传

董学书，1935 年 2 月生，云南省寄生虫病防治所原研究员，从事蚊虫分类、生态研究和人才培养工作 60 余年。他编纂的《云南按蚊检索图》《中国按蚊分类检索》《中国媒介蚊种图谱及其分类》《中国覆蚊属》等学术专著，成为中国及亚太地区蚊虫分类生态研究的教科书，为中国及亚太地区蚊虫分类研究和蚊媒传染病防治作出了突出贡献。

在云南寄生虫病防治所见到董学书时，他正坐在显微镜前，一边研看标本，一边细细地刻画蚊虫标本；实验室里非常安静，只听得见铅笔落在纸上沙沙作响……

70 年前，董学书外出求学，临走时父亲叮嘱："你读了书，就要

董学书（右二）向同事讲解蚊虫分类

为社会做点事。"60 多年前，从贵阳医学院毕业后的董学书回到云南，投身疟疾防治第一线时，他才刚满 20 岁。今年 6 月，云南刚刚通过了国家消除疟疾的终审评估。此时，董学书 85 岁。

从灭蚊防疟、蚊种调查，到绘制蚊子形态、整理著作，董学书一直在坚持蚊虫分类生态研究。他说："把一生奉献给热爱的事业，是一种幸福。"

"哪里有蚊子，哪里需要防治蚊虫疾病，我就到哪里去"

"防治蚊虫就是防控疟疾的关键。"董学书说。时间的指针拨回 60 多年前，在当时的云南，仅高度和超高度疟区就多达 40 多个，防控和消除疟疾的任务十分艰巨，"自然界的蚊子种类不少，首先要找到哪一种蚊子是传播媒介"。

"要到一线去。哪里有蚊子，哪里需要防治蚊虫疾病，我就到哪里去。"董学书说，疟疾肆虐最严重的那几年，他来到了西双版纳勐海县。傣族人所居住的传统竹楼，夏天蚊虫很多。在蚊子最多的牲畜圈棚里，董学书常常来"卧底"……

董学书拿老式传统的吸蚊管，先用漏斗罩住蚊子，嘴巴对着另一端的细口猛地一吸，将蚊子困在管子里，然后小心翼翼地将蚊子收集起来，装在玻璃瓶里，以便带回去研究。棚里卫生条件差，董学书常常吸入不少灰尘，慢慢落下了慢性咽炎的毛病。

即便后来有了电动诱蚊灯，董学书还是坚持使用最传统的办法。"电动器械容易对蚊子的样态造成破坏，不利于做标本采集和分类鉴定。"董学书说。

在解剖了上千只蚊子后，董学书和同事们终于确定了微小按蚊就是当地传播疟疾的媒介蚊种。在充分掌握其生态习性后，他再次回到一线，开展防治工作。"找到它们生长的水塘、经常活动的区域，喷洒药水，同时用焚烧野蒿等方法，大面积灭蚊。"董学书说，仅仅一年时间，当地感染疟疾的人口比例就大幅下降了。

"吃不了苦，就做不成事。在原始森林里，总能有新发现"

在董学书的实验室里，一层层垒起来的木盒，成为他最宝贝的东西；他小心翼翼地打开盒子，一根根细针上，都是采集回来的蚊子标本。

"通过蚊类传播的疾病很多，疟疾、乙型脑炎、登革热……每一种疾病的防治都很棘手，所以蚊虫的研究工作不能止步。"从上个世纪 70 年代后期，董学书就开始着手对云南全省蚊类进行系统调研，延续至今。

每逢春季，蚊虫刚有了点动静，董学书就背起行囊出发了。3月出发，11月返回，大半年时间，董学书都在跟各式各样的蚊子打交道。地方越偏远，董学书就越兴奋，"吃不了苦，就做不成事。在原始森林里，总能有新发现，找到一些特殊的种类"。

记者问起采集标本有什么秘诀，董学书笑着说："要会吃苦，还得会跑。"有一次，在野外采集标本时，突然从草丛里蹿出一条眼镜王蛇。当时的他身材瘦小，眼镜王蛇身子立起来，比他还高。董学书吓出一身冷汗，看准机会飞速逃离……

从河谷地带，到海拔4000米的雪山，不同海拔、不同植被，董学书的足迹遍布各地。直到年纪大了些，董学书的野外作业次数才逐渐减少。他的学生每次外出调研带回的"礼物"，依然是董学书最爱的蚊虫标本。

经过董学书等几代人持续不断的努力，云南寄生虫病防治所收集

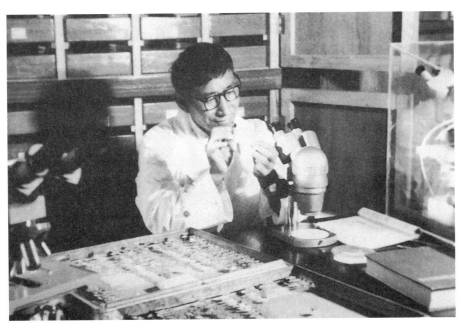

年轻时候的董学书进行蚊虫鉴定

了几万套蚊子标本，共发现云南蚊类 304 种，包括 1980 年以来发现的 53 个新种、29 个中国新记录种，为云南蚊种的地理分布、种群数量、季节消长等特性提供了大量学术材料，也为科研、教学、疾病控制发挥着积极的推动作用。

"再精微的仪器，都不能代替手工生物画图"

翻开厚厚的《云南蚊类志》，2400 余幅关于蚊虫各个部位构造的绘图，每一幅都栩栩如生，细致入微——这是董学书的得意之作，里面的插图全部出自他一人之手。

"我觉得画得还可以。"提起《云南蚊类志》，董学书说，虽然是"半路出家"，但凭着坚强的毅力和"阅蚊无数"的经验，他将蚊子身上的纹理脉络刻画得清清楚楚。

画图是蚊虫分类生态研究工作的一个基础性环节。董学书解释，要想完整地呈现蚊子形态，需要 20 多张图，头、足、雄蚊尾器、斑点……很多部位肉眼无法看清，董学书会在显微镜下仔细审查后，反复对比确认，再落笔成画，力求每一笔清清楚楚、丝毫不差。

画功如何体现？在于清晰地区分不同蚊子的形态。董学书说，雄蚊尾器是鉴别蚊种的一个重要依据。只有画得精准，才能将其内部形态的每一层都还原下来。"再精微的仪器，都不能代替手工生物画图。"

1996 年，董学书正式退休；但第二天，同事们又见他出现在实验室里。"跟蚊子打了几十年交道，一天不做相关工作，我都不习惯……"现在，董学书依然保持每天工作的状态，每年都要写一两篇关于新蚊种的研究报告。他的新书《云南蚊类名录》，前不久刚刚抵达办公室。

"虽然我已 85 岁了，但我还可以做一些工作。"董学书给自己排出了一份满满的工作日程，除了国内研究外，他还打算编写周边国家的蚊类志。"给周边国家的蚊虫研究、疾病预防提供参考资料，可以跟我们的防治同步进行，以进一步巩固防疫成果。"他说，"我要干到干不动为止。"

人民日报记者　李茂颖

记者手记

毕生坚守最动人

采访完董学书，记者深深感动于他的毕生坚守。85 岁的他，退休 20 多年了，直到今天依然风雨无阻地去实验室"打卡"上班，家里人都说，他"待在实验室的时间比在家里还多"。

编撰《中国按蚊分类检索》《中国覆蚊属》等学术专著数百万字，仅《云南蚊类志》中，由他绘制的蚊子细节图就多达 2400 余幅。60 多年的倾心研究，他为中国的蚊虫分类研究和蚊媒传染病防治作出了突出贡献。面对这些成就，董老却说："我没有做多少轰轰烈烈的事，只是尽可能做好自己的专业工作。"

为学科培养后继人才、继续编著相关学术著作，现在的董学书依然有满满的工作日程表。"未到终身，就一定要继续工作。"董学书用一生践行，生命不息，耕耘不止。

（原载《人民日报》2020 年 7 月 23 日）

何光荣:"我每天工作8小时不觉得累"

人物小传

何光荣,1923年生于江西。15岁开始接受新式学校教育,1946年考入北京大学哲学系(先修班),次年转入教育学系,后参加南下工作团,投身新中国建设事业;1956年回到北京深造,大学毕业后任教于北京市长辛店中学;59岁时调入中央教育行政学院(现为国家教育行政学院)教育原理教研室,研究中国教育史;离休后,精心治学中华哲学,小楷撰成《中华大道》《中国古代教育哲学》等著作。

狭小局促的客厅内,一张老式长方矮茶几、一张旧沙发、几把椅子和可以折叠的小凳,就成为老人与众多青年问学求道的"宝地"。退休30多年,何光荣一以贯之地从未停止对中华优秀传统文化的钻

何光荣（右）在与青年学生研讨论文

研，除了撰写九卷本的《中华大道》等巨著外，还在一些书院教授中华优秀传统文化。何光荣说："做中华优秀传统文化的学习与研究，就是从事自己挚爱的事业。"

"中华优秀传统文化如源泉活水般滋养着我年少的心灵，在懵懂中向往探索其大美"

何光荣在中华优秀传统文化研究领域躬耕不辍、坚守一生，最初得益于家庭的文化熏陶。

祖父与外祖父都是秀才，饱读诗书、耕读传家。何光荣就在长辈们影响下，一边劳动一边念书。"每天放牛时，我都喜欢诵读古诗"，

"暖暖远人村，依依墟里烟"……在山村郊野里，何光荣的诵读与大自然融为一体，在诵读声中，"中华优秀传统文化如源泉活水般滋养着我年少的心灵，在懵懂中向往探索其大美"。

1946 年，何光荣考上北京大学哲学系（先修班），接触到西方哲学思想。"那时候，不同文明、不同哲学思想的辩驳交锋时刻都在进行。"何光荣说，在涉猎全球哲学思想著作之后，他更清晰地捕捉感知到了中华优秀传统文化的魅力：几千年连绵不断的文明史，博大精深、光辉灿烂，为人类文明进步作出过不可磨灭的贡献……真理越辩越明，在交锋中，何光荣坚定了自己的想法：要把中华传统文化的优秀基因，保护好、弘扬好、传承好。

但研究之路没有坦途。新中国成立前夕，还没毕业的何光荣怀着一腔报国热血，到江西进行革命宣传。新中国成立之后，他在江西做过公安干部、中学班主任、中学文科教员。1956 年，何光荣带

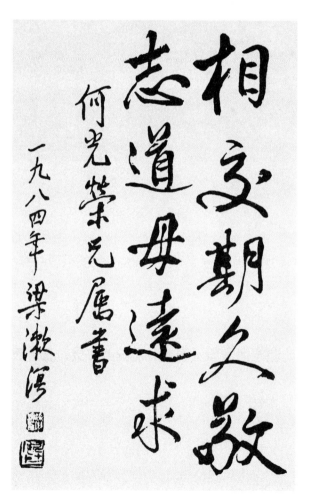

1984 年，梁漱溟先生赠书何光荣

着妻子和三个孩子，通过调干学习方式回到北京，进入北师大学习教育学。"那时候我是班里年纪最大的，还拖家带口，比最小的同学大15 岁。"

毕业后，何光荣到北京市长辛店中学当英语老师，专心教学之余，始终没有放下对中华优秀传统文化的学习与研究。"任教期间，我对中华传统教育理论的实践有了深刻理解，产生了对教育思想研究的浓烈兴趣。"那时候的何光荣，做学问只是"埋头苦干"，直到将自己撰写的论文《论朱熹的教育思想》投给一个学术会议，事业才有了转机。

这篇论文被与会学者们纷纷赞赏，59 岁的何光荣因此被调入国家教育行政学院工作。院长于北辰先生对何光荣的经历感慨不已，握着他的手说："治学之路这么艰难，你还没有被压垮呐？""我只是被压弯了一点。"何光荣笑着说。

躬耕教学一生，何光荣离休前后，写成《中国古代教育哲学》一书，1997 年由北京师范大学出版社出版；何光荣在书中写出前半生的肺腑之言："检讨人类文化的历史，就愈觉我中华文化与全人类的思想感情，息息相通，脉脉相应，积极相求，冥冥相融……"

"用符合传统的形式，来保存和传播中华优秀传统文化"

翻开《中国古代教育哲学》一书，映入眼帘的是工整漂亮的小楷，笔酣墨饱，骨力遒劲，更像一本书法集。

何光荣所出版的著作，均有一个独特之处，那就是全部用毛笔手写：在宣纸上，先用铅笔打上细框，从右往左竖排行文，单看一个个字，起笔敦重典雅，运笔从容不迫，收笔一丝不苟，手书绝不凌乱，让读者在感受文化陶冶的同时，充分领略中国书法之美。

何老说他不是书法家，但读经典、用书法写作坚持了 90 年。何老的书法崇美，只是写好一个字需要花费一两分钟。如今，学习经典国学愈来愈热，但很多人并无阅读毛笔书写、竖排版、正体字的习惯，无形中，他的读者范围颇为受限。

选择用书法著书，何光荣说，这是"反其道而行之"，因为"毛笔字是中华优秀传统文化的一部分。我就是想用符合传统的形式，来保存和传播中华优秀传统文化。我从不考虑书的发行数量，即使只能发几百本，只要能为人类保存中华文化的经史精华，我便知足了"。

"用毛笔书写，另一个想法是弘扬中国的传统书法艺术。"何光荣的儿子何少英说，在撰写著作之外，父亲还有一个爱好，就是抄写经典。早些年，父亲曾经试图解读庄子的思想，但遇到了瓶颈，他说"我写不下去，说明还没有研究透"。于是回过头来，一笔一画地抄录《庄子》，一边抄一边思考，一边领悟……"就在父亲书写的一撇一捺之间，中华优秀文化的气息弥漫了整个书房，也影响着越来越多的人……"

钻研、弘扬传统文化的一代鸿儒梁漱溟，与何光荣惺惺相惜。梁漱溟先生曾特意题字鼓励他："相交期久敬，志道毋远求。"

"若真想做学问，需吃得了苦、耐得住孤、守得了穷"

早年蹉跎漂泊，何光荣说，自己在 65 岁办理离休之后，才真正进入了深入研究的时空。"我研究了一辈子中华优秀文化，有很多体悟和心得，如果能将其传播出去，让大家了解、学习甚至加以运用，该有多好！"何光荣说，"我要把自己的思考写下来，也要把自己的想法讲出去。若真想做学问，需吃得了苦、耐得住孤、守得了穷。"

在著书立说之余，他不顾高龄，坚持在小客厅开讲座为学生们讲课，也不时赴各地为一些教育单位讲课。为保证每一次讲学都能言之有据，何光荣在平时做足了准备，下足了功夫。北京四海孔子书院院长冯哲说："何老坚持给书院上了十多年的课，每次都是兴致勃勃、热情洋溢；年事虽高，讲课则总是站着讲，连讲三四个小时不休息，精气神令人叹服……去年他欢喜地联系我说，已撰成《中华大道》。我拜读了这部著作，为之动容，感慨何老治学，滴水穿石、美成在久。"

如今，97 岁的何光荣还如年轻人一般，坚持着高强度工作，他说，"我每天工作 8 小时不觉得累，乐在其中……"在讲课时，依然可以持续 4 个小时不休息。

"每天早上 5 点起床，洗把脸就去公园遛弯，回来后便开始工作。"说起早起，何老有套说法，"每天早起 1 小时，就等于每天的时间多了 1 小时，一年就能多 365 个小时，10 年就是 3650 个小时……能吃苦又肯付出，积少成多，总会见些成绩。"

如今，何光荣已将自己的工作日程安排到了 120 岁，"我还是要接着写、接着讲，要写的东西太多了，想讲的东西也很多……"

人民日报记者　葛亮亮　翁宇菲

记者手记

滴水穿石　美成在久

翁宇菲

起起落落，多次靠近理想事业，却总距一步之遥；专一从容，情系中华优秀传统文化，无论身在何处初心无变。在采访时，何光荣先生最让我们感动的是，他每时每刻都在为下一次机会悉心准备着，业余时间撰写论文、上台就能脱稿演讲；年近百岁的他还在忙碌着，传道授业、解惑育人、著书立说……

何光荣先生前半生的漂泊，炼就了他坚毅的品格和笑看风云的人生态度。何老说："若真想做学问，需吃得了苦、耐得住孤、守得了穷。"当下，有诸多像何老一样的学者，在各自领域默默坚守、奋力耕耘，甘坐冷板凳、肯下苦功夫，在各行各业取得不俗成就，为实现中华民族伟大复兴的中国梦添光加彩……他们，令人敬佩，值得学习！

（原载《人民日报》2020 年 7 月 17 日）

杨林：广涉海陆空　探源古文明

人物小传

杨林，1957年生，中国国家博物馆综合考古部原主任、中国国家博物馆终身研究馆员。他主持科技部、国家文物局国家科技支撑计划"遥感技术在中华文明探源中的应用研究"等多项国家和省部级项目课题，为填补我国在水下考古和遥感与航空摄影考古方面的空白，作出了贡献。

6月初，受国家文物局、中国文物交流中心委托，中国国家博物馆研究馆员、综合考古部原主任杨林，以专家组组长身份，到浙江、安徽、江西、云南和湖南等地调研。一路走过，杨林关注了国家考古遗址公园、文化线路遗产以及文旅融合、革命文物保护传承等课题……忙碌的行程，对于已然退休的杨林而言，早已习惯。

　　一辈子钟情考古，涉足田野考古、水下考古、遥感与航空摄影考古，闲不住的杨林被同行称为"海陆空"三栖队员。"在考古国家队里，我潜过水、上过天，可能是走过地方最多的人。"杨林笑着说。

"考古只有去到现场、亲身参与，才能知道其中奥妙"

　　一路大步流星，杨林从国家博物馆大门走进他的办公室。书柜、书桌、小推车甚至地上，室内目之所及都是书。

　　"这些是我们在南海水下考古调查、元上都航空摄影考古的成果，还有在新疆遥感考古勘探的资料！"杨林一边说，一边转身从书柜里抽出书和资料。这些在外人看来杂乱无章的资料，在杨林心里却井井有条，信手拈来。"所有的古代遗迹都和现代社会有着密

杨林（右一）带队到贵州平塘县考古调查

切联系，科学地把历史遗迹与它当时所处的地理人文环境、社会形态、古代文献等联系起来观察，就会发现许多有意思的东西。"杨林说。

在不少人眼中，考古学要么深不可测，要么枯燥无趣，可杨林却怀有特殊的热爱。杨林解释，这与他的成长环境密不可分。"我祖籍是河北行唐平山一带。小时候，大人们就告诉我，中山靖王的中山国就是我们那儿。"

1968 年，当时的科研工作者在河北满城发现了中山靖王刘胜的墓葬。这一发现，让在读小学的杨林对考古有了初步印象：原来，文学著作上描写的人物和事件，现实中真的存在并正在不断被后人发现……

几年后，一个比满城汉墓还早几百年的墓葬——战国中山国王厝墓在河北灵寿被发现。"墓中出土的青铜大鼎、方壶、圆壶被称为中山三器，那些山字形铜器、错金银瑞兽和独特的中山国文字给我留下了深刻印象。"谈起考古发现，杨林如数家珍。他回忆道："那时候我上初中，和几个同学一起去故宫看出土文物展。看了之后很有感触，原来考古是一门妙不可言的学问。"

1978 年，杨林考入北京大学历史系考古专业。在这里，他遇到了他追随一生的导师——著名考古学家俞伟超。此后，从田野考古到科技考古，从水下考古到遥感考古，杨林跟随俞伟超先生一起，与中国考古事业一路前行。

黔桂古驿道考察、古都上空航拍、闽东小镇潜水勘探……"即便现在退休了，一年中还是有将近一半时间在考古现场。"杨林说，"考古只有去到现场、亲身参与，才能知道其中奥妙。现在科技水平越来越发达，许多重大科研成果问世，我想趁身体还跑得动，尽量多去实地考察。"

"现在条件好多了，科技发展为考古插上了翅膀"

1986 年，佳士得拍卖行，大量中国瓷器公开拍卖。当时在国家文物局负责涉外考古的杨林受命处理此事。

调查发现，这批文物来自明清时期沉没的一艘古代商船，由英国人哈彻打捞并拍卖。"当务之急是维权。"杨林回忆当时情景，"国际海洋公约规定，国际海域发现的无主文物，文物的产地国有权追索。"

这次维权之路让人们认识到水下考古的重要性，水下考古工作随即开展。1987 年 6 月，杨林与同事受命赶赴荷兰，系统接受了潜水、水下文物保护、水下考古发掘等基本技能训练，成为中国第一批水下考古专业人员。

1991 年，为探寻"南海 1 号"沉船遗址，杨林第一次下海实战。"刚

上世纪 90 年代，北京大学考古专业部分学生在中国历史博物馆西门合影，其中前排右一为杨林

开始几天，海上风特别大，很多人晕船呕吐。"等海面稍稍平静下来，杨林就抓住机会潜下水。在 20 多米深的远海，洋流力量很强，能见度几乎为零，杨林只能凭感觉、靠手摸……

"说实话，有点紧张，也有点兴奋。"杨林表示。在水下考古工作逐步走上正轨并取得阶段性进展时，另一项任务摆在杨林面前。1996 年，时任中国历史博物馆馆长的俞伟超亲点杨林，请他参与创建遥感与航空摄影考古中心。

"当你从空中俯瞰地面上的古代遗迹，那种感受非常奇特。平时在地面上看来毫无章法或根本看不出来的遗迹，高空中居然能看得那样真切。"杨林介绍：遥感探测仪器能搜集到许多肉眼看不到的高光谱、激光雷达、热红外、微波等射线信息，大大提高考古人员识别地物特性的能力。

1997 年元上都的航空摄影勘察，是杨林第一次，也是中国考古界第一次独立开展的航空摄影考古。

"那时候设备简陋，飞机窗口很小，只能打开舱门拍摄。冷风不断灌进来，人只能靠在栏杆边系着安全带，探出身子拍照。"杨林说，"现在条件好多了，有自动航拍仪、卫星图片、激光扫描等设备和技术帮助。在热带雨林，利用激光可以将植被下的遗迹一览无余地记录下来；在沙漠，利用雷达可以让埋在沙子底下的遗迹显露出来。科技发展为考古插上了翅膀。"

"让更多的考古成果成为公众喜闻乐见的文化资源"

"在大约 5000 年前，中国大地上存在着许多原始部落，满天星斗一般；在 5000 年后，出现的则是一派花团锦簇的景象。"在一次讲座上，杨林向大家讲述。

杨林的演讲内容展现了"中华文明探源工程"的部分研究结果。"我们希望建立有确切历史证据和考古证据的中国考古学编年史，来补充我们文献记载的不足。研究成果表明，中华文明确实在 5000 年前就已产生。"

如今，考古被赋予了更多使命：既为发掘复原历史，也为更好保护传承历史。"拉近公众与考古的距离，让更多的考古成果成为公众喜闻乐见的文化资源，这项工作还需要更多人努力。"作为中国考古学会公共考古专业指导委员会的一员，杨林这样想，也这样做。退休后，他每年都会主讲几场公益讲座，用平实的语言和生动的故事，向大众传播考古知识。他还将讲座录制成科普音频，放在公共平台上与网友共享。

此外，杨林近年来还在文化线路遗产保护研究、考古探险等领域开展工作。"这几年，我把关注点更多地放在了文化线路方面，因为这是文化遗产保护研究中的重要部分，是人类文明互通互鉴的产物。比如，丝绸之路、京杭大运河、蜀道、秦直道、万里茶道等等。"

说到这，杨林有些兴奋："文化线路不仅具有考古价值，还具有遗产价值。一旦列入遗产名录，就可以保护大量的沿线遗址文物，为文化旅游产业发展积累更多资源。"

"用一生时间来做一件事，这是我的追求。"谈及将来的打算，杨林只有一个简单的想法，"但愿能和广大文物考古工作者一起，尽自己的能力，多为考古事业做一些有意义的工作。"

人民日报记者　丁雅诵

（胡希钰参与采写）

编辑手记

上天下海　发光发热

吴　凯

　　崇山峻岭中考察黔桂古驿道，古都上空拍摄珍贵影像资料，闽东小镇里开拓水下考古新路……一次次上天下海，杨林从不满足，也从不止步。他不断将前沿科技成果、先进理念与自己的考古研究相结合，为中国考古事业的发展贡献力量。

　　有人问他，始终专注考古会觉得枯燥吗？他回答说自己乐在其中：“考古是一件有意义的工作。新时代，考古工作使命更多，任务更重。”

　　如今，迈入花甲之年的杨林依旧在为考古事业奔走。这一切都源于他心中的朴素信念：要用一生的时间，为保护和传承中华文明做更多的努力，发光发热，用考古成果讲述中华文明。

　　　　　　　　　　　　　　　（原载《人民日报》2020 年 6 月 22 日）

胡昇："我愿做润物无声的那滴水"

人物小传

　　胡昇，1947 年生，中国第一冶金建设公司退休职工，现为湖北省博物馆 001 号志愿讲解员。他 1978 年开始在湖北省博物馆进行义务讲解，2007 年正式受聘为湖北省博物馆志愿讲解员。40 多年来，他进社区、进校园、进军营、进场馆，致力于传播中华优秀传统文化，曾获"中国好人""中国博物馆志愿者之星""荆楚楷模""文化部优秀文化志愿者""武汉市时代楷模"等荣誉称号。

　　6 月 14 日，在暂时关闭 143 天之后，湖北省博物馆恢复开放。曾侯乙编钟、越王勾践剑、元青花四爱图梅瓶……这些深藏馆中的国宝和文物重现世人面前。

　　当天上午，在一楼的曾侯乙展厅内，一位老者久久驻足在曾侯乙

胡昇在湖北省博物馆给游客讲解

编钟展柜前，对着身边的人，娓娓道来："这里面有一口与众不同的铸钟，是公元前506年，楚昭王被曾侯救下，之后，为了表达救国救父之恩，楚昭王的儿子楚惠王专门送给曾国后代国君曾侯乙的一口铸钟。滴水之恩当涌泉相报，这便是中华民族的传统美德……"

讲话的这位老者，便是湖北省博物馆001号志愿讲解员胡昇。尽管，目前博物馆暂不提供人工讲解，但胡昇仍悄悄地以一名普通观众的身份预约进馆，来看看这些阔别许久的"老伙计"……

"要让游客喜欢看文物，讲解就要引人入胜"

今年73岁的胡昇，家住武汉市青山区，是中国第一冶金建设公司退休职工。在湖北省博物馆从事义务讲解，至今已有42个年头。

但胡昇最大的魅力，源自他深厚的文化积淀、生动的解说和对文物的独特思考。

"指着展柜里的文物，告诉观众叫什么，什么年代出土，用什么材料做的，用途是什么……仅靠这样讲解，很难引起观众的兴趣。"胡昇认为，"要让游客喜欢看文物，讲解就要引人入胜"。

从此以后，胡昇在讲解上不断钻研。他认真研究博物馆里的每一件文物，广泛翻阅权威书籍和史料，深入了解背后的故事，再用自己生动的语言讲出来。"讲解词要准确，连一个措辞都不能含糊，即具备'说明文'的特性；同时用文学的语言进行描绘，即'散文'，展现镜头感、画面感；最后用哲学的思辨性，将讲解内容上升到精神层面，谈人生哲理。结合当下，阐发对文物的理解和思考。"胡昇说。

站在曾侯乙编钟旁边，胡昇会告诉你，编钟代表周代的礼乐制度，是中华文化开放包容、和而不同的集中体现。介绍云梦睡虎地秦简时，他会用通俗的语言讲解竹简上记载的秦律："《田律》就是

上世纪 80 年代，胡昇在工厂给工人们讲授知识

一部生态环境保护法，春天不许捕鸟捕兽、乱砍滥伐，不得堵塞河道……"

郧县人头骨化石、越王勾践剑、曾侯乙编钟、元青花四爱图梅瓶被誉为湖北省博物馆四大"镇馆之宝"，而知识渊博，擅长用深入浅出的方式讲述文物历史故事的胡昇，则被游客热情地称作"第五大镇馆之宝"。

"我不是在博物馆，就是在去博物馆的路上"

冶金工人为何与文物讲解结缘？这要从一件镇馆之宝的发现说起。

1978 年，考古人员在湖北随县偶然发现了曾侯乙编钟。不久，这套来自 2400 多年前的宏大编钟运抵湖北省博物馆。

得知这一消息后，酷爱历史和荆楚文化的胡昇，按捺不住自己激动的心情，第一时间来到博物馆参观。"从看到编钟的第一眼起，我就深受震撼。"胡昇说，"那时，我主要从事金属铸造、锻造等工作。看到编钟精美的外观形制和花纹，听到它优美的演奏声音，不禁感慨 2000 多年前我国古人已经拥有如此高超的铸造技术。"参观结束后，意犹未尽的他找来各种资料，探寻编钟背后的奥秘。后来遇到朋友或客户来访，胡昇总会带着他们走进湖北省博物馆，为他们讲解灿烂的荆楚文化。

"当时正逢改革开放之初，公司对员工的文化素养提出了更高的要求。我接受过系统的文化教育。在公司的安排下，我开始给工人们上语文课。"胡昇说，他一边讲课，一边"补课"。上世纪 80 年代初，他又报名参加了电大汉语言文学专业学习，白天讲课，晚上上学。

三年时间里，胡昇系统学习了中国古典文学，积累了大量历史知识和典故；给工人们上课，也锻炼了表达能力。胡昇说，那是一段难忘的经历，为他的志愿者生涯打下了坚实的基础。

2007 年，湖北省博物馆开始正式组建志愿者团队。博物馆社教部负责人早就听说，有一位神秘的老先生经常在馆里为大家义务讲解，口才好，故事动听。后来，负责人见到胡昇，他甫一张口，便妙趣横生，发人深省，负责人当即决定：直接上岗！

如今虽然已年过古稀，胡昇仍坚持每周到博物馆义务讲解两到三次。不少游客慕名而来，听他讲解。为了让更多游客了解每件文物背后的故事，胡昇常常中午来不及吃饭，从早上一直讲到下午，一口气讲 6 个小时，他每年要讲近千个小时。"在讲解的那一刻，我便会沉浸其中，甚至忘记自己的年龄。我不是在博物馆，就是在去博物馆的路上。"胡昇说。

"学好、讲好，在传播文明的事业中尽心尽力"

胡昇 8 岁随父辈来到武汉，参与建设新中国第一座大型钢铁企业——武钢。他见证了这片被誉为"青山绿水红钢城"的土地周边环境的变迁。因此，他时常被当地邀请来介绍青山区的发展历史。

"发电厂产生的大量粉煤灰，直接排向了戴家湖。湖被煤灰填平，逐渐堆积成山，附近的居民苦不堪言。幸运的是，今天，我们又看见'戴家山'变回了戴家湖……"胡昇居住的社区附近，有一座由工业废弃地改造的戴家湖公园，经历了人与自然从"相互伤害"到和谐共处的沧桑巨变。每当在这里解说，胡昇都会以其特有的语调和嗓音，声情并茂地讲述湖与山的变迁，从而阐释人与生态的关系。

如今，本应安享晚年的胡昇，却越来越忙碌。他在黄鹤楼公园、戴家湖公园等景点担任文化志愿者，多次进社区、校园、军营……宣讲中华优秀传统文化和党史知识。前不久，他还多次在直播平台为湖北"带货"……

为何能一直保持这种热情？胡昇说，十多年前，有一次他为游客讲解荆楚文化和青铜器，人群中有两位"背包客"听得十分认真，其中一位还在给另一位翻译。讲完后，对方主动递上名片，胡昇一看，原来是北京大学的韩国访问学者、汉学专家。这两位韩国朋友表示，胡昇讲的内容很吸引人，听后意犹未尽。

"这件事情让我感触很深，我们的优秀传统文化有如此深远的影响力，自己深感自豪。"胡昇说，这件事让他坚定了当好文化志愿者的信念，"许许多多游客的肯定和感谢，更激励着我学好、讲好，在传播文明的事业中尽心尽力。人类的文明需要浇灌，文化讲解志愿者就是滋润文明的一滴水。文明如水，润物无声，我愿做润物无声的那滴水。"

人民日报记者　范昊天

记者手记

热爱是坚持的源泉

只要他一开口，就立马会有一群人围过来……在湖北省博物馆，胡昇是位"自带光环的男子"。面对素不相识的游客，他总能以特有的磁性嗓音和娓娓道来的话语，带人们走入文物的世界、触摸历史的脉搏；冷冰冰的宝剑，埋藏千年的青铜器，在他的口中，不只是一件件器物，而变成了一段段生动的过往……

语言来自积累，热爱是坚持的源泉。胡昇曾当过工人，非常热爱中华优秀传统文化，为此他痴迷其中、不断钻研：一段段深沉而富有诗意的解说词背后，是无数个日夜的钻研和苦读；一本本大部头的典籍，早已被他烂熟于心。

如今，湖北省博物馆志愿讲解员的名单还在不断更新，但胡昇的名字一直在列。文化的传承，源自无数像胡昇一样的讲解员们心中朴素的信念：文明如水，润物无声，恰如滴水持续滋润一方土地、滋养人们心灵。

（原载《人民日报》2020 年 6 月 18 日）

张淑珍：上山下田　商南茶香

人物小传

　　张淑珍，1937年生，陕西商洛人，商南县茶叶站原站长。她大学毕业后，扎根商南贫困地区，近60年来克服重重困难，创造了"商南自古不产茶，如今茶青漫山坡"的奇迹，是广大茶农脱贫致富的领路人，为商南经济发展作出了重大贡献。她的事迹曾被改编成电影《北纬三十三度》，她曾获全国五一劳动奖章，被评为全国劳动模范，曾任中共十三大、十四大代表。

一袭红棉缎，一双锦织鞋。83岁的张淑珍鬓染霜发，举手投足间，难掩书卷气。

清晨薄雾里，汽车缓缓驶过山间茶园。张淑珍听闻路边茶树花开，忙让司机停下车。她挽起裤腿，拨开身边的蒿草，手脚并用爬上

张淑珍旧照

田埂，察看茶园里草木长势，动作利落又干练。

"书卷气"也能如此"接地气"。秦岭深山里，这位耄耋之年的"茶叶奶奶"，上山下田与"茶"结缘，已有近六十载。

"要用今生所学，造福商南百姓"

"没有张淑珍，就没有商南茶。"走进陕西商南县，听到最多的就是茶农口里这句话。

1961 年，20 多岁的张淑珍从西北农学院毕业，与爱人焦永才一道，放弃了省里的工作，主动要求派往"祖国最需要的艰苦地区"。

坐上拖拉机，两人在秦岭里颠簸了一天半，辗转抵达山大沟深的商南县林业站。初来乍到，下乡调研，百姓日子过得苦，看得张淑珍直掉眼泪。

"住进茅草房，穿的破衣裳。晚上溜光炕，白天没有粮。"村里大娘自己吃发酸的浆巴糊汤，却拿出攒下的鸡蛋给了这位"城里来的姑娘"。老乡质朴又热情，让张淑珍心里非常感动，她决定"要用今生所学，造福商南百姓"。

学林业出身的张淑珍，开始尝试栽植经济树种。她先后引种桉树、油茶，种桑养蚕，但效果都不理想。有一次，县上领导、老红军梅光华来调研，问张淑珍："我在安康打游击时，看到山坡有很多茶树，老百姓年年采茶卖。咱商南，能种茶吗？"

在我国种茶历史上，茶叶适生区大都在北纬30°以南。商南，地处北纬33°44′，从无种茶先例。"茶树栽培临界线，真的不能逾越吗？"张淑珍决心试一试，"科学规律，基于以往的成功经验。但既往经验，更要不断地求索、创新。"

开春，张淑珍将10公斤茶籽种在苗圃里，买来的305株茶苗栽在西岗。不料赶上大旱，无一成活。1964年，又移栽700余株茶苗到捉马沟，后来相继死去。

"照书移栽，咋都活不了？"张淑珍整日苦闷，却也不甘心。丈夫建议她换个思路，"为啥不直接播种呢？"

一语惊醒梦中人。1967年，张淑珍再次点种茶籽，3年后从苗圃采茶，经手工炒青，收获茶叶3斤8两。这3斤8两茶叶背后，凝结着200多万字的数据支撑：土壤、水分、伏旱分析，与江南茶区差异性指标研究……为采集一手资料，张淑珍披星戴月、翻山越岭。

而深山小城里，"南茶北移"的大幕，正徐徐开启。

"不能总是坐享其成，要敢于蹚出新路子"

茶坊，一个以"茶"命名的村庄，离县城不远。千百年来，茶坊村却既不产茶，也不卖茶，徒有其名。1971 年，经过勘察规划，商南县第一个茶园在此开建，"茶坊无茶"随即成为历史。

"那是个冬天，茶坊的荒草坡里，核桃幼苗稀稀拉拉。"张淑珍清晰地记得，村里的动员会上，老乡们听得认认真真。"明天起，咱都来垦荒，开茶园！"

第二天天蒙蒙亮，刚打开门，漫天鹅毛大雪。张淑珍心里一凉："开茶园，怕是要黄了吧。"冒雪走到村头，却见上百人挥锄舞锨，在凛冽的寒风里热火朝天地工作。

"张老师，你有文化，咱们跟着你干！"当时，村民赵诗荣正带着大伙儿铲割枯黄的鹅观草。大伙儿兴致高，个个头上冒着汗。张淑珍

张淑珍在茶园里   高炳 摄

心生感慨："商南百姓的毅力与坚韧，值得我学习一辈子！"

辟茶园，种茶籽。转眼 3 年，茶坊村采茶 500 斤，为"商南无茶"的历史画上句号。张淑珍和百姓一道，在北纬 33°创造奇迹，将种茶地向北推进了数百公里！

栽植推广，技术先行。在县里支持下，张淑珍开设学习班，点种、采摘、杀青、炒干，手把手教导每个环节。"茶园高产，农民才有收益。"张淑珍扎进茶园，试验出"松土保墒，疏花疏果"等丰产措施，让茶叶亩产提高了 5 倍。短短几年，商南建成茶场 36 个，开荒种茶 2 万余亩。

茶树丰产了，可卖得咋样？ 1984 年底，商洛地区供销社茶叶严重滞销。一听销售渠道堵了，全县的茶农都急了。

"茶叶，卖出去是宝，卖不出去就是草。"已担任商南县茶叶站站长的张淑珍思来想去，召集 36 家茶场经营者，提出成立国企"茶叶联营公司"，集产、供、销于一体，自主经营、自负盈亏。

"有头脑，有魄力！"这个石破天惊的想法，得到大家一致赞同。翌年春，销售茶叶 1 万公斤，营业额 11 万元；不到 10 年，茶叶产量翻了 40 倍，产值超过 2000 万元。

"不能总是坐享其成，要敢于蹚出新路子。"谈及商南茶叶的"转型路"，张淑珍的话语里满是果敢和坚毅。

"从拖拉机驶入秦岭那天起，就已决定在这里扎根一辈子"

清明过后，再访茶园，绿意盎然。站在山坡回望，茶坊村里白墙黛瓦，像一颗星星镶嵌在秦岭深处。如今，村里有 1200 亩茶园，几乎每户都种茶。昔日旧茶坊，已成为远近闻名的小康村。

"自从茶坊村有了'茶'，完全变了个模样。"走进茶园里，村支书赵力本感慨。这个当年跟在爷爷赵诗荣后面、雪地垦荒的小孩子，转眼已过知天命的年纪。

时光荏苒，不仅茶坊在变，"茶叶姑娘"也变成了"茶叶奶奶"。继任者刘保柱深情感慨，"老站长奉献一生，给我们后辈留下了宝贵的财富！"

"前些年，老站长患了癌症。她在西安刚化疗完，回到商南第二天，就让人搀着去了茶园。"刘保柱仍记得，茶农们看到张淑珍头戴圆帽，头发、眉毛都脱光了，止不住哽咽。"现在，我们扛起了接力棒，要用实际行动向老站长致敬！"刘保柱说。

如今，商南已成为我国西部最北端的新兴茶区。截至2018年底，全县共建茶园25万亩，年产茶叶5600吨，产值达9亿元；发展茶叶大户4200多户，带动贫困户2.4万人；试制出六大系列30多个茶品种……

"茶圣九天应回首，茶经补写商南茶。"奋斗一生的张淑珍，感动了无数人，其事迹被改编成电影《北纬三十三度》。

退休后的张淑珍，并没有闲着。上茶山、进茶场，研究茶叶新技术。"回想过去，从拖拉机驶入秦岭那天起，就已决定在这里扎根一辈子。"云淡风轻的张淑珍，向记者讲起了她和丈夫百年之后的心愿。

"我俩有个约定：骨灰要撒在商南的林场里，给树木做肥料。不起坟头、不留痕迹，只愿清风拂山岗。"张淑珍动情地说，"林业人，最怕有火灾。我俩没坟头，就可以不烧纸。春雷阵阵，与我为伴；风吹松涛，就是最美的歌……"

人民日报记者　高　炳

记者手记

张淑珍，值得我们敬佩

在秦岭深处，一扎一辈子。是怎样的精神信念，让张淑珍坚守一生？临近采访结束时，这位 82 岁的老人讲述了她的童年往事。

张淑珍幼年丧父，自打记事起，就跟母亲学织衣染布，补贴家用。她做梦都想和两位哥哥一样，进学堂念书，但在旧社会里，这无异于天方夜谭。1949 年，12 岁的张淑珍终于圆梦：在新社会里，她背起书包，用自己的天赋与努力，改写了人生之路，也改变了商南百姓的日常生活。

"我这一辈子，都感念共产党。"采访中，张淑珍多次提及这句话。长大后，她也光荣入党，把自己的热血与青春，奉献给了"祖国最需要的地方"。如今耄耋之年，"只愿清风拂山岗"，回首处，初心所寄，秦岭深处闻茶香。

（原载《人民日报》2020 年 6 月 11 日）

白春兰: 沙区里种活 10 万棵树

人物小传

　　白春兰, 1953 年生于毛乌素沙漠南端的宁夏回族自治区吴忠市盐池县沙边子村。1980 年, 白春兰和丈夫联合本村 10 户人家来到名为"一棵树"的沙地治沙种树垦地, 累计种树 10 万多棵, 治理沙漠 3400 亩, 探索出"以草挡沙、以柳固沙、栽树防沙"的综合治沙法。

　　宁夏吴忠市盐池县花马池镇有一个名叫"一棵树"的自然村, 听当地一位七旬老人说, 在他幼年时这里确有一棵树, 在沙漠之中独自成活, 周边无任何植物遮蔽。不过到了上世纪 80 年代, 连这棵树也消失了, 只剩下光秃秃的沙漠……

　　近一个世纪光阴流转, "一棵树"变成"没有树"; 又从 80 年代开始, 从"没有树"到"十棵树""百棵树", 再到如今"十万棵树"。

1980 年，花马池镇沙边子村的一名普通农村妇女白春兰，和丈夫冒贤联合本村 10 户人家，进驻不毛之地治沙种树；前后也有不少人到过这里，受不了苦，纷纷离开，而白春兰和丈夫却留了下来。这一留，便是 40 年，抚育绿树成荫……

"第一次来时，看不到绿色，只有望不到头的黄沙"

夏日里，驱车驶过"一棵树"村，满眼都是绿。

"白春兰在盐池县家喻户晓。种了大半辈子树，你看到的这些绿色，离不开像她这样的治沙英雄。"同行的盐池县政府工作人员沉吟片刻，接着说，"她真的很坚强。"

上世纪七八十年代，盐池县 75% 的人口和耕地处在沙区，生态环境十分脆弱。黄沙漫卷，风沙肆虐，沙丘包围中的村子无地耕作、

年轻时的白春兰带着两个女儿去种树，车上拉着树苗

生态环境不适宜生存。

"那会儿真的吃不饱，土壤里不管种啥，都长不出来。县里号召大家去植树造林，当时觉得，只要能解决温饱，多苦我也干。"白春兰回忆，1980年，27岁的她和丈夫拉着木板车，载着年幼的孩子和一些树苗，向8公里外的"一棵树"村前进。

"大家都管这里叫'一棵树'，但我们第一次来时，看不到绿色，只有望不到头的黄沙。"当时，白春兰每天要步行往返16公里，丈夫则会在毫无遮蔽的沙漠中过夜，照看白天栽种下来的小树苗。"刚栽下的树苗很娇嫩，成活率很低。为了照看树苗，一家人每天带着玉米饼子过来，水需要来这里挖，铁锹一锹一锹，直到挖出水来。"

平日里风沙大得出奇，一次，放在沙坡上的小女儿竟被风沙吹跑了。而专注于种树苗的白春兰竟没有察觉，等到发现时，孩子已经昏迷。万幸的是，经过抢救孩子没有大碍。

时至今日，白春兰依旧懊悔不已，觉得自己差点犯下无法弥补的错误。

"树能成活，比什么都高兴"

尽管如此，白春兰说起关于"一棵树"村的记忆，还是"甜多一些"。

1984年，白春兰种下了3亩小麦，来年打了4麻袋麦子，"有白面吃了！"白春兰欣喜的不仅是第一次的收成，更证明了在"一棵树"村能种树，能农垦，饿不死，有活路。"得有好的心态，苦痛总会过去，要记下那些令人欣喜的事。"白春兰说。

虽然只有小学文化，但白春兰喜欢钻研土地。40年与土地打交道，白春兰成了一名"土专家"。

治理沙漠，不仅要实干，还要有科学技术做支撑。一开始，白春兰和丈夫没有经验。1984 年初春，盐池县科委给白春兰家奖励了一捆优良品种的葡萄苗。白春兰分外珍惜，将其一棵棵植在沙地上。不多久，葡萄苗还是死了。白春兰请教专家后才知道，地的黏度不够，存不住水。盐池地处中部干旱带，蒸发量大，葡萄幼苗是活活旱死的。

从那以后，白春兰总是到处寻找技术培训的机会，听说离"一棵树"不远的地方有兰州沙漠研究所设立的试验站，白春兰就请专家来教他们草格固沙的方法，帮助他们选择适应沙地生长的沙柳、杨柴、花棒等耐旱沙生植物苗种。这一年，白春兰和丈夫种植的树苗成活率达到 70% 以上。

"树能成活，比什么都高兴。"白春兰说，"不断反思、学习，才

白春兰在察看树木长势

能优化自己的种植方法，才能积累适合宁夏本土沙地属性的治沙经验。"经过多年摸索，白春兰发明了以草挡沙、以柳固沙、栽树防沙的"三行制治沙法"，在荒漠中开发水浇地40亩，利用三条带子井采取立体复合种植法，在沙漠中创造出了"吨粮田"的奇迹。

2005年起，白春兰又着手开发旅游产业，"白春兰绿色家园"成为全县知名的沙漠旅游景点。她将种植、养殖、旅游结合起来，成为本村的致富带头人。

"树都长起来了，我觉得那是它们在跟我说话哩"

在"一棵树"村里的"治沙英雄白春兰冒贤业绩园"，竖立着丈夫冒贤的雕像。园内摆放着各式各样的奖状、奖章等，但白春兰总是以一颗平常心对待。在她看来，就是因为自己有一颗朴素的初心，才能有今日的绿洲千亩。

"刚来的时候，传说中的那棵树已经没有了，我和丈夫便在屋前种下了一棵小榆树。你看，如今这么粗了，得两个人才抱得住。"白春兰说，门前小小榆树苗，如今已是参天高，然而一同种下这棵树的丈夫冒贤，却因患上肝硬化，47岁便离开了人世，没能看到眼前这一幕。

"我俩都是冒傻气的人，那会儿我们白天种树，晚上我能回家给娃娃们做饭。他呢？垒砌土墙抵挡风沙、保护幼苗，人就直接睡在荒地上……他呀，更傻！"白春兰回忆过往。

夜里，窗外树影摇曳，白春兰一个人静静地坐在窗边。"树都长起来了，我觉得那是它们在跟我说话哩。"

如今67岁的白春兰，身体很健康，依旧忙着年年植树造林。

她的同伴也越来越多，不少人都主动加入进来。"这是我的快乐所在，我这一生，选择了我喜爱的事业，让我能安心充实地走下去……"

人民日报记者　禹丽敏

记者手记

与沙漠抗争的柠条劲头

柠条，又叫毛条、白柠条，根系极为发达，主根入土深达几米，耐旱耐寒耐高温，受得住虫叮鸟啄鼠啃，具有顽强的生命力。

白春兰身上就有一股"柠条劲头"，兼具女性的柔美与力量。漫天黄沙中，白春兰的坚韧，就像最粗壮的那株柠条，而面对亲人的离去，她又会在深夜独自对着窗外树影，静静流露出最真实的感情。

说起缘何将大半生岁月倾注在与沙漠的抗争上，白春兰并没有给出明确的答案。最初来到"一棵树"村时，27 岁的白春兰没有宏大的蓝图，没有激昂的情感，只因生于贫瘠而别无选择。经年累月，这些树渐渐栽满了沙海，也栽满了她的心田，她便再不舍得离开。这也正是让人肃然起敬的地方。

（原载《人民日报》2020 年 6 月 9 日）

韦本辉：这个教授像农民

人物小传

韦本辉，1954 年生，广西北流人，广西农业科学院研究员。他常年钻研深耕深松不乱土层全层耕、底层耕（遁耕）技术和淮山药等农产品培育，曾获国家科技进步奖和省部级科技奖十余项，发明专利授权 13 项，审定新品种 26 个，出版专著 10 部。

"好消息，粉垄机械、耕作效率已经获得重大突破，耕作深度 50 厘米左右而不乱土层，粉垄推广应当可以很快推开了！"广西农业科学院研究员韦本辉又在微信朋友圈"报喜"了。

类似的消息，几乎每隔一段时间就在韦本辉的微信朋友圈出现。作为广西农业科学院经济作物研究所的研究员，1954 年出生的他已深耕农业科研 40 多年。"每当粉垄研究取得新进展，我都很开心，哪怕一丁点成果都忍不住想跟大家分享。"韦本辉笑着说。

"一点点动手做对照实验，我几乎挖遍了全国的土啊"

"玉米鲜重亩产 810 公斤、增产 73.0％，其玉米籽粒盐（钠）含量减少 20.81％；高粱生物总量平均每亩 8220 公斤、增产 287.9％。"2018 年 9 月 17 日，由中国农科院、中国科学院等单位专家现场验收宣布，粉垄物理改造盐碱地研究取得了重大突破。

"粉垄耕作与栽培技术，简单说就是用钻头代替犁头，垂直入土深旋耕，把土打碎。一般用犁头翻地翻得不深，但用钻头就可以深到三四十厘米，松松土、透透气，活化土壤资源。"韦本辉说，目前，粉垄技术已在 25 个省份的 35 种作物上得到了应用。在不增加化肥、农药和灌溉用水量的条件下，农作物可增产 10％—30％。

韦本辉在察看水稻长势

"盐碱地、砂姜黑土中低产田、退化低产草原……土质不同，技术就要变化。一点点动手做对照实验，我几乎挖遍了全国的土啊。"韦本辉说，自 2009 年开始粉垄研究，10 年来他几乎日夜不停，倾注了全部心血。

为了让粉垄技术得到更广泛的应用，他走遍全国进行调研，有时一周走 5 个省份，"累得好几天缓不过劲来"。"土壤剖面基本上是我自己挖，我做农活可不比年轻人差。"韦本辉回忆说。

有一次，他一大早赶到广西隆安县的实验基地挖土壤剖面，但土质很硬，即便挖一米多深也很费劲。等挖好土壤剖面并完成调查后，已是下午两点多，这时他才想起来，自己忘了吃饭……

"每次出差回来，衣服、鞋子上都沾满泥，老伴说我一把年纪还老往田里钻，不像教授，倒像个农民。"韦本辉笑道。

"小时候的经历，让我特别担忧粮食安全，所以这一做就是 40 年"

韦本辉自小与土结缘。"小时候家里穷，村里常常靠救济粮度荒。"韦本辉说，"我从小就想研究农业、多打粮食。可以说，小时候的经历，让我特别担忧粮食安全，所以这一做就是 40 年。"

韦本辉是村里的第二个高中生，高中毕业后，他回家继续干农活。"我发现别的村水稻长得比我们好；同样的地，人家就能自给自足，为啥我们得靠救济粮？"他暗自观察、试验，最终发现，村里种地，把秧苗插到地里就不管了，然而，合理排水、让稻田干湿交替和冬季改土，才能使水稻增产。

韦本辉兴奋地走家串户，劝大家按他的方法种田，结果吃了不少闭门羹。"有人说，我们种了一辈子田，还要一个小年轻来教？"他只好带着一些愿意尝试的人一起种，当年就大幅增产，"后来大家都改了种田方法，村里粮食实现了自给自足，彻底变了样"。

韦本辉说，这次经历给了他学习农业的信心和兴趣。1975年，他考上了广西农学院。1978年，韦本辉大学毕业，第一份工作是《广西农业科学》期刊编辑，"刚开始很不习惯。以

韦本辉旧照

前都是在农场拉牛耙地，天天下田观察，突然离了土地、进了办公室，感觉不踏实。"韦本辉说，办公室一坐就是10年，但他很感激，"没有这10年的科学素养积累，不可能有后面的成果。"1990年，他主持承担《广西农业科学技术发展战略研究》项目，获得了广西科技进步奖三等奖。

"再之后我就到了广西农科院经济作物研究所工作，回归了土地，主要开展薯类研究。心里很舒坦！"近年来，韦本辉获国家科技进步奖和省部级科技奖十余项，发明专利授权13项，审定淮山药等新品种26个，出版专著10部。

"与泥土打交道，我才觉得安心"

"这些年我几乎没有双休，周末也会来办公室上班，但我乐在其中。"韦本辉说，他习惯了利用刚睡醒、洗漱、走路等零碎时间思考问题，有想法立马记下来。"我的专著和论文，大多是靠这些时间完成的。"

"也不是没有动摇和迷茫过。"韦本辉说，遭遇过困难，也面临过诱惑……

2000年，韦本辉到处收集淮山药种质资源，但走了许多地方都找不到理想的种质。"在广西容县杨梅镇的大片淮山地前，我忽然心灰意冷，觉得可能再也找不到了。"正要下山，韦本辉突然发现了一株株型和叶片都与众不同的淮山。"我太高兴了！立刻掏出工具来挖！"韦本辉说，这株淮山的根茎肉质鲜白、薯条粗大，后来经过单株系统选育、田间试验等，被定名为"桂淮6号"，最后通过了广西农作物新品种审定。目前，已在广西、江西、浙江等长江以南地区推广应用。

"20年前，家乡看中我的农业技术，想请我去当主管农业的官员。"虽然纠结过，但韦本辉最终还是选择"回到泥里打滚"。"与泥土打交道，我才觉得安心。还是要坚持！"韦本辉说，经此一事，他更坚定了对土壤研究的信念，"我这辈子就希望做出更多造福农民的成果，大家对我研究成果的肯定就是对我人生的肯定。"

"我虽然年纪不小了，但觉得身体还行，作为一个农民出身的科研人员，我想继续做下去，一辈子都要站在田地里。"韦本辉说。

人民日报记者　李　纵

编辑手记

他的智慧在泥土中

宋　宇

从农家子弟到农业专家，从坐办公室到走进田野，韦本辉的一生都在和农业科技打交道……作为一个在泥里摸爬滚打的教授、奔走在田间地头的科学家，他把汗水挥洒在田垄间，把智慧播撒在泥土中，把理想寄托在丰收里。用他自己的话说，离开了泥地心里就不踏实。

"务农重本，国之大纲。"2019 年中央一号文件指出，今明两年是全面建成小康社会的决胜期，必须坚持把解决好"三农"问题作为全党工作重中之重不动摇。保障粮食安全，始终是国计民生的头等大事，推动藏粮于地、藏粮于技的落实落地，正需要千千万万像韦本辉这样的农业科学家，他们有了沉下去、扎下去的热忱，善于解决农业技术改良的小问题，才能攻破农业发展的大难题。

（原载《人民日报》2019 年 6 月 24 日）

郭进考：让老百姓吃得饱，更要吃得好

人物小传

　　郭进考，1951年生，1973年进入石家庄市农科所工作，现为石家庄市农林科学研究院名誉院长。郭进考是全国小麦专家组顾问、河北省小麦育种首席专家，曾获国家科技进步奖二等奖3项、三等奖1项，2005年被评为全国优秀科技工作者、全国先进工作者。他培育出的小麦品种推广到8个省份，累计种植面积4.2亿亩，增产小麦上百亿公斤，节水超过130亿立方米。

　　又黑又瘦、穿着朴素，活脱脱的北方农民模样……眼前的这位"老农民"，就是石家庄市农林科学研究院名誉院长、小麦育种专家郭进考。他从一把木尺一杆秤干起，近五十年如一日，坚守在田间地头，先后培育出冀麦26号、石4185等高产型、节水高产型品种小麦达 26 种，培育品种累计推广 4 亿亩，为维护粮食安全和缓解水资源匮乏作出了突出贡献。"中国人的饭碗任何时候都要牢牢端在自己手上。"郭进考把一辈子献给了农田，将论文写在了祖国大地上。

"有信心、有决心，就能闯出一片天地"

1951 年，郭进考出生在河北省新乐市一户贫困的农民家庭。"平日吃的是野菜混合着粗粮，只有过年时才能吃上白面馒头。"郭进考回忆，自己童年时还因肚子饿误食了曼陀罗果，昏迷了两天。

小时候的经历，使一个"让老百姓天天吃上白面馒头"的梦想在郭进考的心里萌芽。1973 年初，石家庄地区农科所(现石家庄农科院)成立，刚走出校门的郭进考被分配到这里工作。

然而，当他背着铺盖卷走进农科所大门时，映入眼帘的是简陋的

郭进考（右）和助手在研究种子质地指标 张腾扬 摄

农场和破旧的平房。"农科所"的招牌，歪歪斜斜地挂在一个砖垛上；单位无生活用水、取暖设施，没有像样的办公室，大伙就找几块砖垒起来，搭上一块木板当办公桌；所谓的试验田，是滹沱河边的沙荒地……

"虽然农科所条件差，但这才刚成立，只要我们有信心、有决心，就能闯出一片天地。"年轻的郭进考心里这样想着。

在领导的鼓励和同事的支持下，郭进考承担起小麦育种任务：理论知识不足，他就白天田间劳作，晚上挑灯学习，啃完了《育种学》《遗传学》《统计学》《栽培学》等十几部著作；没有育种材料，他便和同事们多次前往北京、山东、河南、山西等地的院校求学求教，两年时间收集了 500 多份宝贵的育种材料，为后续小麦育种研究奠定了坚实基础；没有试验田，他找到辛集市马兰村，村里无偿提供土地、劳动力帮农科所搞实验。他在马兰农场一干就是 40 多年……

"越是条件艰苦，越需要'逆行'精神"

上世纪 80 年代，华北地区缺乏早熟丰产的小麦品种。为此，郭进考确定了"抽穗早灌浆快实现早熟性，增加穗数提高丰产性，增强耐旱性提高广适性"的育种理念。

从开始育种到成品推广，整个过程需要 10 年甚至更长时间。其中每年只能做一个周期试验，整地、施肥、播种、管理、收割、脱粒、考种……只要一个环节出了问题，数年心血就有可能付之东流。

为了选出抗干抗热的品种，郭进考顶着炎炎烈日，一个品系一个品系地观察；为了选出抗寒的品种，他又冒着严寒，挑选、研究和记录。"越是条件艰苦，越需要'逆行'精神。"面对困难，郭进考始终保持着积极的态度。

郭进考（右）在田间研究小麦长势 康会敏 摄

一个麦收前的傍晚，大风和闪电突如其来，很多村民都慌慌张张往家跑。而此时，郭进考却急忙带着课题组的年轻人奔向地里，回收多年苦心培育的新品种。当大伙浑身湿透地回到宿舍，年过七旬的马兰村老支书眼里泛着泪花，心疼不已。

功夫不负有心人。最终，郭进考培育的新品种 26 号在 80 年代中后期试验成功，并被命名为"冀麦 26 号"。当时小麦一般亩产 200 公斤左右，而"冀麦 26 号"在大面积种植条件下，亩产达到 300 多公斤，迅速被推广到北方多个地区。随后，郭进考又带领科研人员育成早熟高产品种——冀麦 38 号，于 1996 年实现亩产 631.34 公斤。

"生活水平提高了，需要培育高品质、绿色健康的品种"

"高产之外，还得省水，才能在老百姓那里普及。"上世纪 90 年代开始，郭进考确立了节水高产育种研究新思路，创造性地提出小麦节水高产新品种选育方法和生理指标体系等，对我国小麦研究起到了重要的推动作用。

多年来，郭进考不断挑战难题。如今，他依托现代工程技术，致力于高品质、专业化小麦品种培育。他主持育成石4185、石家庄8号、石麦15号等系列节水高产品种，实现了节水、抗倒、高产、广适等优异性状的高度结合，被列入国家重点推广计划。

这些品种极大地降低了河北省小麦主产区亩用水量，由上世纪80年代亩用水量300多立方米，下降到如今亩用水量150立方米左右，极大地减少了地下水超采。

在石家庄市农科院，记者见到郭进考时，他正取出一批种子，放到二极管阵列近红外光谱仪上检测"有关指标"。"种子的内在品质，需要通过先进设备检测种子中的水分、蛋白质、面筋等含量情况。"郭进考说，"面包、面条等食品对于小麦的质地指标要求不一样。生活水平提高了，需要培育高品质、绿色健康的品种。"

"让老百姓吃得饱，更要吃得好、吃得健康"，郭进考说，他选择了小麦育种事业，一生无怨无悔。

人民日报记者　张腾扬

记者手记

为着心中所爱　一生扎根农田

身材消瘦、皮肤黝黑、不爱多说话，平时待在屋里时仍习惯性地卷起裤腿……如果不经人介绍，很难让人把郭进考跟"专家"一词联系起来，而他自己却以像个"老农民"为荣。

可当他拾起麦穗、捧起种子，却变得目光深邃、浑然忘我，语气也严肃起来。虽已古稀之年，他仍然喜欢下农田搞研究，因为郭进考打心底里热爱着小麦育种事业。

一个人做好一件事容易，可贵的是，能一辈子做下去。民以食为天，因心中常念着百姓，所以郭进考才为育种事业穿过风风雨雨，走过日日夜夜。

（原载《人民日报》2021 年 3 月 18 日）

探索创新篇

"苟日新，日日新，又日新"

——【西汉】《礼记·大学》

他们不断更新自己、主动适应时代、积极推动行业发展和社会进步，彰显着"创新"这一中华民族鲜明的禀赋、中华文化深沉的内涵。

屠呦呦:"青蒿素——中医药献给世界的一份礼物"

人物小传

屠呦呦,1930年12月生,浙江省宁波市人,中国中医科学院终身研究员、青蒿素研究中心主任。50多年来,带领团队攻坚克难,让青蒿举世闻名;2015年,荣获诺贝尔生理学或医学奖;2017年,荣获2016年度国家最高科学技术奖;2019年,荣获"共和国勋章"。

2020年12月30日,是屠呦呦90岁生日。她收到一份特别的生日礼物:屠呦呦研究员工作室在中国中医科学院中药研究所揭牌。她毕生只致力于一件事——青蒿素及其衍生物的研发,如今依然潜心于此……

2015 年 10 月，诺贝尔奖得主屠呦呦在北京家中接受采访 　　　　李贺 摄

"我学了医，不仅可以远离病痛，还能救治更多人"

"呦呦鹿鸣，食野之蒿。"屠呦呦的名字，注定她与青蒿一生结缘。

1930 年 12 月，屠呦呦出生于浙江宁波。"女诗经，男楚辞"是中国人古已有之的取名习惯，屠呦呦父亲从《诗经·小雅》中撷取"呦呦"二字。父亲又对了一句"蒿草青青，报之春晖"。他未曾料到，这株"小草"，改变了她的命运。

屠呦呦的求学之路曾被一次疾病中断。16 岁时，她不幸染上肺结核，经过两年多的治疗调理才康复。这次经历，让她对医药学产生了兴趣。"我学了医，不仅可以远离病痛，还能救治更多人，何乐而不为呢？"从此，屠呦呦决定向医而行……

1951 年，屠呦呦考入北京大学医学院药学系（现北京大学医学部药学院），选择了冷门专业——生药学。多年以后，屠呦呦说，这是她最明智的选择。

1955 年大学毕业后，屠呦呦被分配至原卫生部中医研究院（现中国中医科学院）中药研究所，工作至今。参加工作 4 年后，屠呦呦成为原卫生部组织的"中医研究院西医离职学习中医班第三期"学员，系统学习中医药知识，发现青蒿素的灵感也由此孕育。

培训之余，她常到药材公司去，向老药工学习中药鉴别和炮制技术。药材真伪、质量鉴别、炮制方法等，她都认真学、跟着做。这些平日的积累，为她日后从事抗疟项目打下了扎实基础。

"我是组长，我有责任第一个试药"

1972 年 7 月，北京东直门医院住进了一批特殊的"病人"，包括屠呦呦在内的科研人员，要当"小白鼠"试药。屠呦呦毫不犹豫地说，"我是组长，我有责任第一个试药！"这个故事，还要从"523"项目说起。

1969 年 1 月，39 岁的屠呦呦突然接到紧急任务：以课题组组长的身份，与全国 60 家科研单位 500 余名科研人员一起，研发抗疟新药。项目就以 1967 年 5 月 23 日开会日期命名，遂为"523"项目。

最初阶段，研究院安排屠呦呦一个人工作。她仅用了 3 个月时间，就收集整理了 2000 多个方药，并以此为基础编撰了包含 640 种药物的《疟疾单秘验方集》，送交"523"办公室。经过两年时间，她的团队逐渐壮大，历经数百次失败，屠呦呦的目光锁定中药青蒿：他们发现青蒿对小鼠疟疾的抑制率曾达到 68%，但效果不稳定……

说起研究的艰辛，屠呦呦老伴李廷钊记忆犹新：为了寻找效果不稳定的原因，屠呦呦再次重温古代医书。东晋葛洪的《肘后备急方》中几句话引起她注意："青蒿一握，以水二升渍，绞取汁，尽服之。"

"其一是青蒿有品种问题。中药有很多品种，青蒿到底是蒿属中的哪一种？其二，青蒿的药用部分，《肘后备急方》提到的绞汁到底绞的是哪部分？其三，青蒿采收季节对药效有什么影响？其四，最有效的提取方法是什么？"屠呦呦说。

屠呦呦反复考虑这些问题，最终选取了低沸点的乙醚提取。经历多次失败后，终于在1971年10月4日，编号191号的乙醚中性提取样品，对鼠疟和猴疟的抑制率都达到了100%。

尽管有了乙醚中性提取物，但在个别动物的病理切片中，却发现疑似的副作用。只有确证安全后才能用于临床。疟疾有季节性，一旦错过当年的临床观察期，就要再等一年。于是，屠呦呦向领导提交了志愿试药报告，也带动同事参与。

上世纪50年代，屠呦呦（左二）与老师楼之岑副教授一起做研究

"虽然发现青蒿素快半个世纪了，但其深层机制还需要继续研究"

然而，青蒿素的首次临床观察出师不利。

1973 年 9 月，在海南的第一次青蒿素片剂临床观察中，首批实验的 5 例恶性疟疾只有 1 例有效，2 例有一些效果，但是疟原虫并没有被完全杀灭，另 2 例无效。

一连串疑问困扰着屠呦呦：不是青蒿素纯度的问题，也不是动物实验和数据的问题，难道是剂型？海南临床试验人员把片剂寄回北京，大家感觉片剂太硬，用乳钵都难以碾碎，显然崩解度问题会影响药物的吸收。于是，屠呦呦决定将青蒿素药物单体原粉直接装入胶囊，再一次临床试验。这次，患者在用药后平均 31 个小时内体温恢复正常，表明青蒿素胶囊疗效与实验室疗效是一致的。

从化学物质到药物的转变，青蒿素研究永无止境。1982 年，屠呦呦以抗疟新药——青蒿素第一发明单位第一发明人身份，在全国科学技术奖励大会上领取了发明证书及奖章。青蒿素的研制成功，为全世界饱受疟疾困扰的患者带来福音。据世界卫生组织统计，现在全球每年有 2 亿多疟疾患者受益于青蒿素联合疗法，疟疾死亡人数从 2000 年的 73.6 万人稳步下降到 2019 年的 40.9 万人。青蒿素的发现挽救了全球数百万人的生命。

2015 年，屠呦呦获得诺贝尔生理学或医学奖。在瑞典卡罗林斯卡医学院的诺奖演讲台上，第一次响起清正柔婉的中国声音；屠呦呦的学术报告的标题是"青蒿素——中医药献给世界的一份礼物"。

面对荣誉，屠呦呦一如既往地淡定。"共和国勋章"颁发人选公示前，评选组曾经联系过屠呦呦。当时，她一遍遍确认着一系列问题：这么重要的荣誉，我够格吗？组织上有没有征求大家的意见？……直到对方一再确认保证，她才同意接受。

居住在北京市朝阳区一栋普通居民楼里，屠呦呦依然没有习惯成为一位"明星"科学家，她的精力依然在科研。在屠呦呦的不断努力下，2019年8月，中国中医科学院在北京大兴举行了青蒿素研究中心奠基仪式；愿景中的研究中心白色的主楼就像一棵生机勃勃的青蒿。

"虽然发现青蒿素快半个世纪了，但其深层机制还需要继续研究。"屠呦呦盼望后辈有所突破。

2019年4月25日是第十二个世界疟疾日，中国中医科学院青蒿素研究中心和中药研究所的科学家在《新英格兰医学杂志》上提出了"青蒿素抗药性"的合理应对方案。由特聘专家王继刚研究员为第一作者，屠呦呦指导团队完成。未来青蒿素的抗疟机理将是她和科研团队的攻关重点。

一株济世草，一颗报国心。应对新冠肺炎疫情，屠呦呦呼吁：全球科研和医务工作者，要以开放态度和合作精神，投入到重大传染病防治中去……

人民日报记者　王君平

记者手记

源于内心平静的力量

屠呦呦的人生分为两个阶段：一是为研究青蒿素做准备；一是研究青蒿素。分界点就在1969年1月她被任命为"523"项目"抗疟中草药研究"课题组组长。之后，她从未停步。屠呦呦的"成功秘方"，源于科学大家的"品格配方"：内心平静的力量、淡泊名利的境界、追求真理的执着、孜孜不倦的坚持。

耄耋之年，屠呦呦依然矢志研究青蒿素的深层机制。没有传承，创新就失去根基；没有创新，传承就失去价值。在传承中创新，在创新中传承，古老的中医药方能历久弥新。

面对新冠肺炎疫情，中西医结合、中西药并用，是我国疫情防控的特点，也是中医药传承精华、守正创新的生动实践。从抗疟到抗疫，应对传染病，中医药彰显出独特优势。有识之士希望继屠呦呦之后，中医药人才能薪火相传，群峰竞起，发掘出更多的"青蒿素"，挽救更多人的生命。

（原载《人民日报》2021 年 2 月 4 日）

叶培建：向着璀璨星空不断前行

人物小传

叶培建，1945 年生于江苏泰兴，空间飞行器总体、信息处理专家，中国空间技术研究院研究员，中科院院士。他 1989 年以来先后担任中国空间技术研究院计算机应用副总师、总师；1993 年之后，先后任中国资源二号卫星副总设计师、总设计师兼总指挥，太阳同步轨道卫星平台首席专家，月球探测卫星技术负责人，在卫星研制方面作出了系统性、创造性的重大贡献。

"在困难的时候，我们航天人要做一点事情，去振奋人心、鼓舞士气。""疫情防控期间，航天人并没有停工停产。""面对只争朝夕的使命，航天人奋发而为，正紧锣密鼓地推进工作进度。"……这些振奋人心的讲话，出现在南京航空航天大学航天学院的一次"云上"微

叶培建在察看仪器设备　　　　　　　　　　　中国空间技术研究院　供图

党课中，讲者名叫叶培建。

从我国第一代传输型侦察卫星、第一代长寿命实时传输对地观测卫星，到我国第一颗月球探测卫星，甚至包括取代"红马甲"的深圳股票交易卫星 VSAT 网……作为多个具有开创意义的空间探测器的总师、首席科学家，叶培建在航天领域摸爬滚打了 50 多年，亲历我国航天事业从无到有、由弱变强，亲身参与我国卫星研制、遥感观测、月球与深空探测的发展。

"如果有机会，我会选择到更艰苦的地方去"

叶培建从小立志航空报国，在高考填报志愿时，一口气填了好几个航空专业。"第一志愿报北航，第二志愿报南航，可最后却被浙江大学无线电系录取了。"叶培建回忆。

毕业后，叶培建同无线电系的 16 名同学一起，被分配到原航天

叶培建（中）与学生交谈　　　　　　　　　　　陈秋明　摄

部的卫星总装厂，从杭州来到北京，叶培建当时不太满意。"如果有机会，我会选择到更艰苦的地方去。"

如果说前两次都是阴差阳错的安排，那么几年后，他迎来了一次自己选择的机会。1980年，叶培建远赴瑞士纳沙泰尔大学留学。其间，叶培建和同学相处很融洽，他经常用每天15分钟的"咖啡时间"，向外国同学介绍中国的历史文化，大家都亲切地称呼他为"叶"。那段日子里，他鲜少娱乐，几乎把所有的闲余时间都拿来看书和工作。

瑞士风光秀丽、环境宜人，叶培建刚出国时，就有人议论"小叶不会回来了"，后来他的爱人也到了瑞士，议论越来越多；国外的老师同学们也纷纷劝说他留下来做研究。那时，叶培建对爱人说："咱们现在不需要解释，等将来学成归国，站在单位同事面前时，别人的疑虑就会烟消云散。"

五年后的1985年8月，叶培建刚一完成学业，就立刻踏上了回国之路。

"科学就是要走别人没走过的路。走，到月球背面去！"

多年来，叶培建一直从事控制系统、机器人视觉及计算机应用工作，他主持了航天科技五院（中国空间技术研究院）计算机工程和设计"上水平"的工作，推动普及了计算机在卫星、飞船设计及制造中的应用。

而他更为人们所熟知的，则是卫星研制领域的工作。1993 年，叶培建任中国资源二号卫星副总设计师；1996 年，他又担任了我国第一代长寿命实时传输对地观测卫星中国资源二号的总设计师、总指挥。

卫星研制容不得半点马虎。作为总师，叶培建常说"只要卫星没有加注、没有点火，就要将问题复查进行到底"……在这种近乎苛刻的工作要求下，中国资源二号成功发射并按时在轨移交，被誉为"精品卫星"。

2007 年，在团队一起努力下，嫦娥一号成功绕月，迈出了我国深空探测的第一步。任务成功后，作为其备份星的嫦娥二号该怎么办？团队内一度出现分歧：有人认为，既然已经成功，就没必要再发射备份星；但叶培建果断站到了"反方"——"既然研制了这颗卫星，为什么不利用它走得更远？"后来的事实证明，嫦娥二号不仅在探月成果上更进一步，还为后续落月任务奠定了基础。

2013 年，当嫦娥三号探测器完成落月任务后，关于其备份嫦娥四号的任务规划问题也曾出现过争论。有人认为，嫦娥四号落到月球正面比较稳妥，背面的风险太大，还涉及中继通信的问题，这时叶培建又一次提出了不同看法："中国的探月事业总要向前走，只做别人做过的事情，怎么能创新，科学就是要走别人没走过的路。走，到月球背面去！"

有人觉得他"犟"，也有人认为正是这股子"犟"劲头，才推动了我国航天事业的快速发展。叶培建说："不害怕困难，要让困难怕你。认准的事情，就一定坚持下去。"

"年轻人还是要作息规律，用较高的效率把工作做完、做好"

叶培建 75 岁了，但语速很快、思维敏捷，只要谈起跟航天相关的话题，参数、术语甚至一些小行星的序号，他都能脱口而出……

如今，他仍肩负着嫦娥系列各型号的总设计师、总指挥顾问的重任；不少活跃于一线的科学家都曾是他的学生。"人家跟我说，中国航天发展速度这么快，老爷子您肯定休息不了。"每每讲到这里，叶培建的脸上总透着一股说不出的自豪劲儿。

走进他的办公室，一个摆满书籍的大书柜十分抢眼：除了航天类书籍，还有许多其他学科的专业书。叶培建说，自己最大的爱好就是看书，并且书读得很杂。"这两年眼睛不好了，有些书便改成了'听'。"叶培建说，自己的生活很规律，即便遇到天气不好，也会在办公楼里走上一万步。"年轻人还是要作息规律，用较高的效率把工作做完、做好。"

2018 年 5 月，叶培建被聘为南京航空航天大学航天学院院长。除了讲课，他有时还会去宿舍跟学生们聊聊天。他说，除了传授知识，自己更希望学生们把航天人的精神传承下去。"我们航天人跟大家一样，生活在社会当中，也有收入、职称问题，家庭、生活问题，但是有一点不同，就是当自己的利益和国家利益冲突的时候，航天人总能把国家利益放在前面。"

为了表彰叶培建在卫星遥感、月球与深空探测及空间科学等领域的突出贡献，2017 年 1 月 12 日，国际小行星命名委员会批准，将国际编号为 456677 的小行星命名为"叶培建星"。自此，"叶培建星"与以钱学森、杨振宁等科学家命名的小行星一样，将中国人的探索精神铭刻在广袤星空中……

人民日报记者　谷业凯　蒋建科

编辑手记

为"自律"与"坚守"点赞

吴　凯

留学瑞士，心无旁骛，刻苦学习只为报效祖国；带领团队，以身示范，工作参会严格守时细致入微；扎根航天，不图名利，创新开拓解决前沿性难题……作为中国航天事业的见证者参与者，叶培建深耕航天领域五十余年。从他的身上，我们看到了"自律"与"坚守"。

有人说航天是门苦差事，发射任务重、"白加黑""6 加 1"……但叶培建不畏艰难笃定前行。

"认准的事情，就一定坚持下去。"75 岁的叶培建追逐星辰的脚步仍未停歇。他给自己定下了新目标——月壤采样返回、小行星工程立项、做好探火卫星发射……他身上这股向着璀璨星空不断前行的劲头，便是我国航天人执着坚守的真实写照。

（原载《人民日报》2020 年 6 月 17 日）

刘红：把科幻做成科学

人物小传

刘红，1964 年生，北京航空航天大学生物与医学工程学院教授，"月宫一号"总设计师，国际宇航科学院院士，荣获 2019 年"全国五一巾帼奖章"。刘红 30 多年从事环境保护和生命保障系统研究，所主持研究的"月宫一号"生物再生生命保障系统，曾完成世界上时间最长、闭合度最高的生物再生生命保障系统实验。

北京航空航天大学校园内，一座名为"月宫一号"的白色圆顶建筑，引人关注。

走进这座神秘的建筑，透过植物舱舷窗望去，一排排架子排列井然；在 LED 灯的照射下，架子上的植物绿意盎然，间或点缀着红色或黄色的果实……这是"月宫一号"生物再生生命保障系统，一个由

刘红在"月宫一号"内察看植物生长情况

一个综合舱、两个植物舱组成的密闭空间，总面积 160 平方米、总体积 500 立方米，可以提供多人所需的全部氧气和水，大部分食物可循环再生。北京航空航天大学生物与医学工程学院教授刘红，正带着学生在里面紧张地忙碌着……

去年 5 月 15 日，在这个系统内，刘红团队完成了世界上时间最长、闭合度最高的生物再生生命保障系统实验：为期 370 天，系统闭合度高达 98%，只有 2% 的外部供给，其余均为系统内自给自足、循环再生，这为极端条件下人类的生命补给提供了可能，也标志着我国在生物再生生命保障技术领域达到世界尖端。

涵养 30 年，历时近 20 年，终一朝梦圆。

"我的最大梦想，就是让人类无论是在荒漠、极地，还是外太空，都能很好地生存"

百年来，人类对地外星体的探索热情，从未熄灭过。刘红说她"时刻准备着，为进入外太空的人类提供足够的生命补给"。

2003年，"神舟五号"载人飞船成功发射并返回，一个问题摆在科学家面前：在近地轨道，宇航员赖以生存的物资可全部携带；如果人类进行更长时间、更远距离的太空探索，靠携带供给，或由地面补给，费用昂贵且技术上难实现。这一难题该如何解决？

一个新的研究方向在刘红脑海中跳出："地外生命保障系统"。

"在当时看来，这是一个遥远的梦。很多人不理解，觉得还只是科幻。"刘红说，科学家就是要关注10年、20年乃至百年后的技术需求。放眼国际，一些国家已陆续开展相关研究，"中国人要在这个领域作出更多贡献，甚至成为国际领先。"刘红暗想。

凭着这股劲儿，在苏联"人—植物"的"两生物链环"地外生命保障系统的基础上，刘红打造了"人—植物—动物—微生物"的"四生物链环"。从"两"提升到"四"，绝不只是数字的变化。要解决的，有供人食用的"动物蛋白"问题，还有负责废物处理的"微生物"问题——这是业内公认的两个技术难题。

经过反复研究、实验，刘红团队在1000多种可食用昆虫中，精选出富含蛋白质的黄粉虫；在种类众多的微生物中，找到生存在寒冷山洞或极热高温地带、在人体体温条件下无法生存的微生物。技术难点由此突破。

从一个人到一支队伍，从一间办公室到一个实验空间，从一个梦想到一次伟大的胜利……"那些打不倒我的，终将使我强大。"刘红团队始终秉持这样的信念。"我的最大梦想，就是让人类无论是在荒

刘红 1994 年在莫斯科大学进行博士论文答辩

漠、极地，还是外太空，都能很好地生存。"刘红说。

"走过的每一步，都是对未来的积淀"

虽然儿时就喜欢抬头看月亮、数星星，但刘红并未想到，自己一辈子会从事和星空有关的研究。

1983 年，刘红不顾家人反对，选择就读环境保护专业，"当时是想要改变家乡垃圾随意堆、污水遍地泼的状况"。

上世纪 80 年代末，刘红被公派到莫斯科大学攻读环境保护和自然资源合理运用方向。她在一个咸水湖做了调研。受人类活动的影响，这个原本的淡水湖水源越来越少，加上半沙漠地区蒸发量高、降水量少，最终变成了接近海水的咸水湖。刮起风来，"盐沙尘暴"肆虐，很多良田变成盐碱地。

调研结束后，刘红坚定了将研究生命保障系统作为志业的决心，"地球生物圈就是人类的生命保障系统；尽管它很庞大，但如果不爱护，也可能会消亡。研究保护地球生命保障系统，十分必要"。

从莫斯科回国后，刘红先后在中国农业大学和北京师范大学工作，研究范围包括农业生态系统和城市污染处理技术，直到最终落脚北京航空航天大学，她正式推开了地外生命保障系统研究的大门……

"世上没有白走的路，只要踏踏实实地做，终会有收获。"刘红说，"以环境保护为出发点，以构建人类生命保障系统为落脚点——我30多年的科研历程，如同安排好了一般。回首凝望，走过的每一步，都是对未来的积淀。"刘红心怀敬畏，心存感激……

"做科研，要有科学家的精神与追梦人的情怀"

"这个生命保障系统，究竟有什么用？"这是刘红最常被问到的问题。

目前，实验虽取得巨大突破，但仍停留于地面试验。让生命保障系统真正适应地外环境，还需进一步研究在空间环境下，如月球、火星表面以及微重力条件下的相关表现，通过对比来获得矫正参数和矫正模型。

刘红团队一边等待可以将生命保障系统带到地外环境测试的合适机会，一边拓展系统在地面极端条件下的应用性。"比如，在高原、极地、岛礁、深海、深地等具有重要国防或科研价值的极端环境，或者应用于现代农业、环境保护与生态科学研究当中。目前，青海无人区的一个在建科考站，正委托我们为其配备生命保障系统。"刘红说。

"每天一睁开眼，发现有这么多重要的事情要去做，就会精神抖擞、信心满满。"刘红眼里闪耀着光芒，"每个人心底都有梦想，每天通过奋斗向着梦想的实现更近一步，是人生最幸福的事。"

如今的刘红已是业内领军人物，今年 2 月还荣获"全国五一巾帼奖章"。但她说，自己只是"一个实实在在的科学家与一个心怀梦想的追梦人"。

"做科研，要有科学家的精神与追梦人的情怀。"这是她对学生最常说起的一句话。

在刘红看来，科研与科幻有类似之处，想人之不敢想，想人之未曾想。但相比于科幻的惊心动魄，科研更像是一个细水长流的过程。一辈子把科幻做成科学，她躬耕不辍……

人民日报记者　葛亮亮　赵婀娜
（贾麟参与采写）

记者手记

追梦人的担当与坚持

赵婀娜

人总是要有些梦想的，做事如此，科研更是如此。从立志改变家乡的环境污染到专注于自然资源的合理利用，再到探索地球以外的生命保障系统……从观照地球上到瞩目地球外，支撑刘红一路前行的，正是一个美好而坚定的梦想——为人类提供最适宜的生存环境。

有了梦想的支撑，才能做到条件艰苦却不觉得疲累；有了梦想的支撑，才能做到受到质疑却不轻言放弃。从这个角度说，科学研究最怕的不是苦与累，而是心中没了梦想、没了坚持、没了方向。

穷尽一生，只为一件大事：有朝一日，为人类在温暖美丽的地球家园之外，再创造一个或更多个可供栖居的家——这是刘红，一位女科学家、一位追梦人的担当与坚持……

（原载《人民日报》2019 年 4 月 12 日）

欧阳自远：跟月亮"打交道"的人

人物小传

欧阳自远，1935年生于江西吉安，中国探月工程首任首席科学家，中国陨石学和天体化学领域的开创者，曾推动我国第一颗探月卫星嫦娥一号发射升空，指导制定了中国月球探测的近期目标和长远规划。

走进欧阳自远的办公室，仿佛置身于美妙的外太空：墙上挂着嫦娥一号拍回的月球表面高清图，桌面、地板上放满了大大小小的地球仪、月球仪，书柜边放着画满星空的木版画……年逾80岁的欧阳自远，身处其中，这些物件如同月球绕着地球一般，围绕在欧阳自远的周围。

前不久，"嫦娥四号"探测器实现了人类探测器首次月背软着陆，拍回了全球首张月球背面高清图。欧阳自远没有因此"歇下来"，马

1978 年，欧阳自远（前右一）在研究月球岩石样品

上投入到向公众科普活动中。在接受记者采访的前一天，他出差结束刚回到北京，第二天，又要赶去下一个城市开展讲座……

"一个人最好学两门专业，在专业边缘结合处，恰恰会有新的发现"

"嫦娥四号，为什么要去月球背面？"卫星成功发射的第二天，欧阳自远就在西昌中国探月科普营里，向听众讲解着穿越千年的探月征途。

"月球背面南极-艾特肯盆地内的冯·卡门撞击坑，是 40 亿年前被陨石砸出来的。在这个坑里，能探寻到月球完整的历史。"每次讲到关键之处，欧阳自远都会激动地站起来。

"月球究竟是什么样子？月球背面有没有外星人？"这些问题，正随着科技发展被一一破解。但几十年前的这几个简单问题，让这个一腔热血的青年成长为一位德高望重的科学家。

"我的探月梦，其实是从地面开始的。"1952 年，欧阳自远即将参加高考。"当时，国家号召'年轻的学子要去唤醒沉睡的高山，让它们献出无尽的宝藏'。"这句话深深打动了欧阳自远，他立志要"为国家找矿"。

于是，欧阳自远毫不犹豫地报考了刚成立的北京地质学院，学习矿产勘探。

为国家找矿，他孤身一人跑遍了各种矿井，深入矿坑，观察矿脉，采集样品。"每次地质勘探回来，都拉回十几箱石头，家里、办公室里都堆满了。"

本以为，欧阳自远的人生轨迹会沿着"找矿"一直进行下去。1960 年，他有幸成为时任中科院地质研究所所长侯德封的助手，开始接触核子地质学。

一次，欧阳自远所做的一项研究显示，在 18 亿到 20 亿年前，自然界的铀矿区或铀元素富集的铀矿床，可能形成天然核反应堆。这个结论，与之前的一些研究推定不同。侯德封教授说："科学要敢于标新立异，要有毅力沿着新方向，坚持下去。"后来，欧阳自远的结论，被法国原子能委员会专家发现并证实。

正是这段学习、研究经历，为欧阳自远后来的研究生涯打下了坚实的基础。说到这里，他顿了顿说："一个人最好学两门专业，在专业边缘结合处，恰恰会有新的发现。"

"科学精神需要专注，只有专注，才会去发现、去质疑、去探索"

1957 年，苏联发射第一颗人造卫星；1958 年，美、苏开始探测

欧阳自远在开展科普讲座

月球；1961 年，美、苏开启火星与金星探测……人类的空间时代，悄然而至。

"听到这些消息，我吓了一跳。"欧阳自远说，这时候认识到，除了地球，广袤的宇宙还有更多宝藏。"我国也得加紧进入空间时代。"

但对那时候的中国来说，发射卫星还是件很遥远的事情。"为了探月梦，我们准备了 35 年，又论证了 10 年，家都很少回。"欧阳自远回忆。

1958 年，全国大炼钢铁，很多铁陨石被当作铁矿石投入小高炉，却怎么也熔不掉。欧阳自远发现，这些石头其实是铁陨石，非常惊喜，像找到了进入外太空的"金钥匙"。

"科学精神需要专注，只有专注，才会去发现、去质疑、去探索。"上雪山、进荒漠、闯南极、考察陨石雨……欧阳自远拼命地收集来自外太空的陨石。对此，他还找来国外文献、自学语言、翻译著作，在中国创立了陨石学。

1978 年，美国时任总统卡特，派美国国家安全事务助理布热津斯基访问中国，送给中国一小块月球上采回的石头。"1 克重，只有黄豆大小。"欧阳自远幸运地得到了研究它的机会。"我们截取了 0.5 克做研究，花了 4 个月进行全面解剖，搞清楚了它的化学成分、矿物组成、结构构造、演化历史等，为此发表了 14 篇论文。美国人都说，中国科学家，了不起！"

也正是这块石头，坚定了欧阳自远的探月信念。15 年后，他正式提出了月球探测的初步设想。

"人这一辈子，就是要把一件事做好，这样很值得"

目标有了，要真把卫星送到月球上去，要跨的坎儿还很多。"那时候，制约发展的不是科学设想，而是连最基本的技术都没有突破。"为此，又是 10 年的奔波。"当时，我找到一家元器件的厂商，提出要求说，我要的元器件，要耐得了 100 度的高温，又受得了零下 100 度的低温，之后还能正常运转。"厂商老板感到吃惊，以当时的技术水平，这种要求基本不可能满足。

欧阳自远鼓励他去试一试。几个月后，厂商老板联系欧阳自远，激动地说这种元器件被研发出来了，问他是否需要量产，要多少？欧阳自远答："我只要 16 个。"

"这就是科学最大的魅力。"欧阳自远说，推动人类进步，是科学家应该有的职责和担当。到现在，欧阳自远还在为我国深空探测建言献策，似乎年纪越大，他反而越忙。

"要做的事还很多，得加紧'赶路'。"随着年纪增长，欧阳自远也开始有一些身体上的不适，但他仍然保持每天早上 5 点半起床、晚上 11 点睡觉、工作一整天的生活节奏。"人这一辈子，就是要把一件事做好，这样很值得。"

对此，他夫人邓筱兰评价他说："一回家就钻进书房，家里什么事都不管，衣服恨不得天天穿同一件。"她在家里，把洗脸毛巾和洗脚毛巾分得很清楚，欧阳自远却一直分不清，每次他洗脸，妻子就赶紧去看着，生怕他弄错。

如今，四处奔波，仍是欧阳自远生活的常态。当被问及如何保持良好的精神状态时，欧阳自远说，"不考虑闲事，一心只牵挂探月的梦想"。

人民日报记者　吴月辉

记者手记

紧盯目标　心无杂念

仰望星空，三十五年积累研究；四处奔波，十年论证坚定前行；建言献策，为探月工程披星戴月；寓教于乐，为探月科普费尽心力……欧阳自远几乎将毕生都奉献给了"中国探月"。

道固远，笃行可至。一辈子，一件事，背后是对信仰目标的执着与坚守。欧阳自远便是如此。一路走来，尽管条件有限，但仍勇敢让梦想生根发芽；尽管备受质疑，但仍坚持不懈付诸实践。

但凡成功者，无不是紧盯目标、心无杂念，不畏难、不动摇、不轻弃，最终将梦想变为现实的人。

近年来，我国科技创新捷报频传，重大成果不断涌现，这背后，有许多像欧阳自远院士一样，不为名、不为利的科学家，以忘我的热忱专注于一件事，创造出一个个科学奇迹！

（原载《人民日报》2019 年 1 月 29 日）

郭三堆：破译棉花的基因密码

人物小传

　　郭三堆，1950 年出生，山西泽州人，研究员、博士生导师，中国农科院生物技术研究所分子育种中心原主任。他设计合成了具有我国自主知识产权的苏云金芽孢杆菌单价、双价、融合抗虫基因，并在国际上首次建立了适合产业化应用的转基因三系杂交抗虫棉分子育种技术体系，引领我国棉花育种领域不断突破。他被评为全国先进工作者，享受国务院特殊津贴。

　　前段时间，我国北方产棉区迎来了丰收季，一朵朵洁白的棉铃结满枝头。"海南基地的棉花长势不错，过段时间就要准备授粉、选种了。"安排完下个阶段的工作，郭三堆才安下心来。2017 年，他带领团队研制的抗除草剂转基因棉花品种获国家发明专利，前不久正式获批进入生产试验阶段。

古稀之年，郭三堆依然忙得闲不下来。大部分时间，他不是在棉田里忙碌，就是坐在试验台前。从事棉花分子育种三十余载，突破多项关键技术、设计合成具有我国自主知识产权抗虫基因的他，至今仍在孜孜不倦地破译棉花的基因密码。

"搞农业科研，就是要用实绩说话"

2020 年春节，郭三堆一如既往，在海南南繁育种基地里度过。一年四季，寒暑交替，他就像候鸟一样南来北往——

去年 9 月，赴新疆察看杂交棉长势；10 月初，马不停蹄赶往海南播种；今年春节，南繁的棉花进入盛花期，别人忙着过年，他忙着取样、鉴定；4、5 月，又在河北指导播下新一季种子……

"搞农业的人哪有休息日？作物要生长，总不能叫它停下来等我

郭三堆在田里做试验

们呀。"郭三堆笑着说，从几十年前和农业结缘开始，这样的生活节奏就没变过。

与农业基因研究结缘，郭三堆有一段曲折的经历。1975 年，从北大生物系毕业后，他进入中科院微生物研究所工作。那时候，基因工程还处于发展初期，多用于医学领域。和许多同学一样，郭三堆打算一边工作，一边继续考研。但一次意外，他与研究生考试失之交臂。

"当时挺失落的，想着可能没有继续读书的机会了。"让郭三堆没想到的是，1983 年，著名分子生物学家范云六，创建了中国农科院生物技术研究中心（中国农科院生物技术研究所前身），30 岁出头的郭三堆被调入农科院，做起了农业相关的分子生物学研究。生物学搭上农业，让自小在农村长大的郭三堆越学越有了兴趣。

"搞农业科研，就是要用实绩说话。"三年后，他被推荐留学深造。在留学的两年里，郭三堆埋头做研究，天天待在实验室，非常珍惜这来之不易的学习机会，以至于连当地的著名景点都没去过。

功夫不负有心人，留学期间，郭三堆就在"杀虫基因的结构与功能研究"中取得重要进展。就在此时，国家启动了"863 计划"，急需组建专业人才队伍。1988 年初，他结束留学生涯踏上回国之路。回国后他全身心投入到抗虫棉研究之中。

"要想重振棉花产业，得靠自有的知识产权"

很多人说，抗虫棉拯救了中国棉业。"当时团队压力很大，不仅来自课题本身，更来自现实的紧迫。"郭三堆坦言。

上世纪 90 年代初，我国曾暴发虫灾，全国棉花总产量受到很大影响。"原本一年喷 3 次药就能防住棉铃虫，到后来喷 20 多次都无济

郭三堆旧照

于事。摇一摇棉花植株，哗啦啦掉下来的全是棉铃虫。"郭三堆对当时的棉花产业前景感到担忧。

"要想重振棉花产业，得靠自有的知识产权。"郭三堆马上投入研究工作。当时选取的抗虫基因，来自生物杀虫剂苏云金芽孢杆菌。郭三堆团队的任务就是将其改造后导入棉花，使植株具有抗虫性。然而，细菌是原核生物，棉花是真核生物，"这相当于在旱地里划船，难度很大"，郭三堆说。

先在烟草上做试验。"烟草生长周期短、基因组小，转化相对容易。长成植株后，模拟田野环境，观察虫子的反应，可以初步判断抗虫基因的载体构建是否有效。"郭三堆说。

和烟草相比，抗虫基因的表达载体导入棉花要复杂得多：有的品种无法培育出再生植株；有的品种能再生植株，但遗传不稳定，表达不出抗虫性……这意味着同一环节的试验要重复很多次。通常，抗虫遗传稳定的小苗刚长出一两片叶子，郭三堆和同事就马上取样鉴定，争取在疏苗前淘汰掉不合适的植株，节省时间和空间……

为了早日研究成功，郭三堆和同事们铆足了劲日夜钻研……无数次失败后，团队终于筛选出合适的抗虫种质资源。1994年，单价抗虫棉研制成功，第二年获得国家专利。

初步成功后，郭三堆并没有停下研究的脚步。他提出，单基因不够，要在一个载体上挂两个基因。"这相当于给棉花上了'双保险'，提升抗虫效果。"郭三堆解释道。5年后，双价抗虫棉通过安全评价并获准生产。

"最大的理想，就是培育出高产、优质、广适的棉花品种"

在郭三堆的办公室里，除了堆积如山的书籍和研究资料，书架边还摆了一袋袋棉花。"看这棉铃，个头大，絮又长。"他拿出一朵棉铃，扯出一缕棉絮轻轻摩挲，又仔细捻了捻。

郭三堆手里的棉铃，来自转抗虫基因三系杂交棉，这是郭三堆团队前些年的研究成果，在国际上处于领先地位。它不仅保持了抗虫棉的特点，而且能提高产量和品质，降低成本，增产幅度达25%以上。

现在的郭三堆，一年有大半时间扎在棉田里："垄内杂草很难除尽""机采效果不太理想"……去各地调研时，他总会把棉农的反馈记下来以备研究。

跟过去相比，如今的科研条件大大改善。设备一应俱全，工人的操作也都轻车熟路，很多人劝郭三堆不用总到田地里去了。"不能光听别人说，实际情况如何还得靠自己观察。"郭三堆觉得，铃大铃小，吐絮畅不畅，都要到田里看一看、摸一摸，心里才有数。

"他呀，棉花上的事情清楚得很。自己的衣服和鞋子，却从来不知道穿多大码。"郭三堆的爱人徐琼芳说，夫妻俩是同行，一个研究棉花抗虫高产，一个研究小麦抗蚜虫，"没想到啊，我俩这辈子都和田里的虫子较上劲了。"

在郭三堆心里，"最大的理想，就是培育出高产、优质、广适的棉花品种"。为此，郭三堆又开始忙碌：通过分子标记育种，将绒长、拉力、细度等指标好的海岛棉与产量高的陆地棉结合起来，培育出更加理想的品种。

目前，海陆三系杂交棉花已经开始在新疆试验，同时科企合作也在步步推进。未来，理想的棉花植株是什么样的？"果枝再短一些，内围铃集中。茎秆很硬，能避免倒伏。吐絮要畅，方便机收，但又不能太畅，否则风一吹就掉了。叶子表面光滑，防止与棉絮粘黏……"为实现这般图景，郭三堆说，自己要做的事情还很多……

人民日报记者　郁静娴

记者手记

无悔选择　贵在坚守

从郭老口中得知，棉花的花朵很特别，始为白色，后渐渐泛红；花期也格外长，在新疆，甚至可达 40 天之久。事实上，他对待自己珍视的棉花育种事业，亦是如此：时间愈久，感情弥深；激情一直在，实干一辈子。

和大多数人一样，郭三堆在求学、工作、深造之路上，屡次面临选择。选择并不难做，难的是选择之后持之以恒地坚守。因为郭老的坚守与努力，加上满腔的热情和才华，才绽放出了绚丽的花朵。

从单价、双价抗虫棉，到转抗虫基因三系杂交棉，再到抗除草剂、高产优质品种……当下，郭三堆的棉花育种坐标系还在不断延展，没有终点。棉农生产和产业发展的需求，就是他几十年如一日奋战在研发、生产一线的动力。

（原载《人民日报》2020 年 12 月 29 日）

吴梅筠：严谨为学七十载

人物小传

　　吴梅筠，1926年生于浙江黄岩，曾任原华西医科大学法医学助教、讲师、教授，法医学及法医物证检验教研室主任，博士生导师，四川省学术带头人，享受国务院特殊津贴。她长期从事法医学和病理学的教育、科研及检案工作，为中国法医学事业作出了突出贡献。

　　见到记者，94岁的吴梅筠老人很快打开思绪——治学、科研、爱情……冬日的午后，她斜偎在轮椅上，不疾不徐、娓娓道来……阳光照着她的脸庞，讲到难忘的细节时，她眼睛便会显得格外明亮。

"建设新中国，哪个行业不缺人才？我愿意学这个冷门专业"

"小时候觉得，医生是有知识、受尊敬的人，也是我最理想的职业。"1946年，吴梅筠从浙江黄岩县中学考入当时的国立上海医学院，主修外科医学。徜徉书海，她离自己的梦想越来越近。

1951年，快毕业之际，国家在南京开办法医学培训班，从全国医学院校挑选人才，吴梅筠因为成绩好、能吃苦被选中。吴梅筠想："建设新中国，哪个行业不缺人才？我愿意学这个冷门专业。"

在培训班，吴梅筠与同班学员吴家（马文）相识相爱。两个年轻人走到了一起，并携手在科研的道路上走过了近70年的岁月。"我们俩是生活的伴侣，也是事业的合作者。"说起去世不久的丈夫，吴梅筠眼神里饱含着浓浓思念。

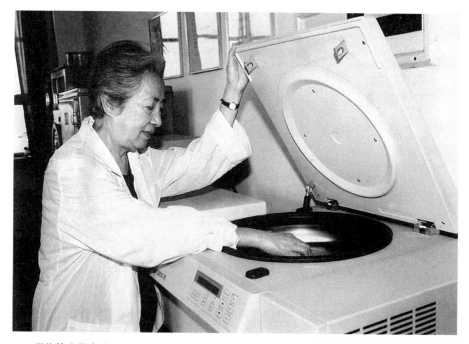

吴梅筠在做实验

毕业后，夫妻俩被分配到四川医学院（原华西医科大学前身）任教，摸爬滚打才刚刚开始。那时候，学校既无法医人才，也没开设法医系，小两口就在内科教研室里摆了一张桌子开展工作。同事们管这两个刚毕业的年轻人叫"小梅筠""小家（马文）"，但他俩却又是当时学校里法医学方面最专业的老师。

"那时候，学生们的听课热情很高，教室里经常挤满了人。"一门法医学公开课，夫妻俩开了30年。1983年，包括四川医学院在内的六所院校开始设立法医学本科专业。为了尽快培养更多师资力量，夫妻俩在学校开设进修班，把他俩购买的书籍全部拿到学校来。那套花了两口子近一个月工资的专业书籍，成为早期十分珍贵的学科资料。又过了3年，法医学系正式挂牌。彼时，他们已是花甲之年。

"既然做了这份工作，就得负起应有的责任，有困难也得克服"

在教学中，吴梅筠发现一个现象：学生们只喜欢上课"听案例"，一说到"出现场"，不少人便会打退堂鼓。"学法医，哪有不跑现场的道理？"在她看来，法医学是一门知行合一的学问。为此，她曾对年轻教师说："我们一定要出现场，一定要学会分析现场！"

学校对此也十分重视，很快联系到成都市公安局建立合作——当时的成都公安系统，仅有的几名专职法医都是从其他方面过来的，也急需专业人才加入。

"我十分理解大家不愿意去现场的心情。"吴梅筠说，想起自己第一次跑现场，大家都眼巴巴地看着她这位科班出身的"专家"，指望她能在凌乱不堪的现场找出帮助破案的关键。

"既然做了这份工作，就得负起应有的责任，有困难也得克服。"吴梅筠在心里给自己鼓劲。翻查、搜寻、取证……有了第一次尝试，

吴梅筠近照   张文 摄

往后的工作就变得越来越顺畅。遇到晚上办案时，他们就把第二天讲课用的讲义揣在身上，借着车上昏暗的灯光备课。

积极参与案件侦破的同时，吴梅筠也关注着法医技术的前沿进展。上世纪90年代初，国外开始出现基因检测技术，吴梅筠也想尝试，无奈经费不足，思来想去，最后一咬牙："必须得干！科学研究就是要不断与时俱进，甚至引领潮流。"

在她的坚持下，她和自己带的博士生设计了一套实验方案，用来做基因比对。缺少实验设备，他们就用破旧的烤箱、孵箱改造代替，模拟实验环境，终于取得成功。

"就是要在讲授教学中，让更多人爱上这门学问"

如今，四川医学院几经更名、并校，现已成为归属四川大学的著名医学院。吴梅筠带出的学生，有许多已经成长为各自领域的专家，他们至今仍深受吴梅筠严谨学风的影响。

吴梅筠的"严"是出了名的。为了给学生讲好每一堂课，吴梅筠和丈夫经常各自提前编好讲义，相互讲给对方听。然后又互相提意见、再修改，直到双方都满意。"做学问就应该严谨，这是我们一贯的学风。法医更要'严上加严'。"她说。

即便在70多岁高龄时，她依然站着讲完整堂课，丰富的案例引人入胜，整块黑板工工整整写满了板书："就是要在讲授教学中，让更多人爱上这门学问。"

吴梅筠的学生都知道她的严谨学风：学生5000字的论文，她密密麻麻的批注能写1万字；研究生做出的实验成果，她还要上手再做一遍复核，容不得半点疏忽……

严归严，吴梅筠却深受学生爱戴：逢年过节，她总把学生们叫来家里"改善伙食"；对于家中贫困的学生，她总想着法子帮他们减免学杂费。

如今，94岁的吴梅筠依旧紧跟学科潮流，时不时过问学生们的论文和科研进展。她娴熟地点击随身携带的平板电脑，打开邮箱，一封一封的都是学术讨论的往来信件。"科研是一辈子的事。"老人说，自己退休了，但对做学问的热情永远不会"退休"。

人民日报记者　张　文

记者手记

坐冷板凳　下苦功夫

"板凳要坐十年冷"，吴梅筠近70年投身法医学，孜孜不倦。有坐冷板凳的耐力与能力，这是科学工作者难能可贵的品质。在一些科学领域发展的早期，总需要先行的科学家奉献自我、扎实进取，保住学科发展的星星之火。

无论哪一门学科，越是冷门，越需要默默无闻的付出和坚定如初的热情。吴梅筠以自己的光和热，为我国法医学的发展作出重要贡献，并以知行合一的态度，为法医学实际应用打牢根基。像吴梅筠一样埋首于桌边案头，忙碌于专业一线，便一定能把冷板凳坐热，作出有益于学科发展的成就。

（原载《人民日报》2020 年 12 月 22 日）

杨祝良：行走在高山峡谷

人物小传

　　杨祝良，1963 年生于云南省曲靖市，中科院昆明植物所研究员、东亚植物多样性与生物地理学重点实验室主任，专注真菌研究 30 余年，已发现 4 个新亚科、21 个新属、260 余个新种。他为大型真菌绘制族谱，通过编纂书籍、制作宣传挂图等方式，帮助人们提高防范能力，以降低云南野生菌中毒事件发生起数、中毒和死亡人数。

　　在昆明，即便进入雨季，大多数食用野生菌仍无法人工繁育，不少野生菌价格依然高企。然而，曾经很贵的羊肚菌，这两年价格却大幅下降。"你们在市面上看到的羊肚菌，应该是人工种的。多亏咱们现在人工种植技术水平高，大家才有这样的口福……"一进杨祝良的办公室，映入眼帘的全是菌类期刊专著，杨祝良侃侃而谈。

杨祝良在野外拍摄蘑菇生长

"我的工作主要是为大型真菌绘族谱、认'亲戚'"

中国是羊肚菌科物种的世界分布中心，乍看一样的羊肚菌，从分子生物学角度看，却有 30 多个不同物种。从中找出既容易人工栽培，又高产稳产的物种，谈何容易？前后 10 多年，杨祝良团队只要出差就在全国各地采集菌株，终于筛选出十几种适合人工栽培的菌株。投放到市场，第一年便见到了效益。可转年再种，有的菌株却出现明显退化，"有的产量骤降，有的干脆不长。"杨祝良带领团队再次聚焦羊肚菌，在基因层面揭示了羊肚菌退化的原理。"现在只要检测两个基因，就能判断菌种是否退化、是否合格。"

研究大型真菌，既有很强的科研价值，又有广阔的市场前景。杨祝良说："我的工作主要是为大型真菌绘族谱、认'亲戚'。这就好比一个大家族里可能有 10 多个家庭，每个家庭里又有不同的成员。哪些能放心吃，哪些有毒，这些研究清楚了，才能进一步考虑产业发展的问题。"

后来，杨祝良团队瞄准了被业内评价"很棘手"的牛肝菌科分类。他们联合国际同行，借到了国内外重要标本馆的大多数代表性研究材料，终于收集到了全球该科 60 余属约 400 种的 2600 余份标本样品。"借标本、分析基因组是我们非常常规的工作，虽然看似有些枯燥，但看到收集到的标本样品越来越多，我还是乐在其中。"杨祝良说。

2014 年 3 月，杨祝良团队在国际真菌学主流期刊《真菌多样性》上发表论文，首次构建了世界牛肝菌科的分子系统发育框架。紧接着，他们对我国牛肝菌的物种多样性进行了系统研究，澄清了一大批分类混乱的菌种；其中一些研究成果被国际权威专家誉为牛肝菌研究的"里程碑式成果"。杨祝良说："能出这样的科研成果，不是因为我们多高明，而是得益于我们国家的发展。"

"没有一流的野外工作，就没有一流的科研成果"

杨祝良的科研离不开实验室分子生物学技术的应用，但去野外发现新的野生菌，依然是杨祝良最大的期盼。他说："没有一流的野外工作，就没有一流的科研成果。"

1998 年夏，杨祝良第一次去青藏高原科考。生于云贵高原的杨祝良没想到，自己竟然在海拔 3000 多米处产生了高原反应。心跳每分钟 120 次，躺在床上像跑步，"跑"了一晚，第二天连走路都吃力……科考队长劝杨祝良回去，杨祝良想都没想便拒绝了。他说："要是不坚持住，以后永远也不能站上世界屋脊，这会成为我科研生涯中的一个短板。"

杨祝良学习期间留影

　　一周后，杨祝良身体逐渐适应，甚至比最初照顾他的同伴走得还快、爬得还高。他说："那会儿就想把耽误的时间补回来，抓紧机会考察。"也是在那次科考中，杨祝良意外地在海拔 4000 多米的高山草甸发现了野生菌。"一般认为野生菌应该长在植被茂密的林下，可为何出现在植被稀疏的草甸中呢？这本身就是很好的科研题目……"杨祝良说，现在，自己的学生到了野外，车一停就会全都钻进大山。野外采集虽然辛苦，却能够给科研人员带来重要的启发。

　　杨祝良对于科研始终全身心投入。他曾大年三十没有离开研究所，也曾坚持每周六天半时间"泡"在实验室里。在国外读博期间，他还花了两年时间，到野外森林中寻找不能人工栽培的鹅膏菌幼龄个体供研究之用，最终提出了不同于前人的新观点，后来还被外国同行收入到研究著作中。

　　1997 年底杨祝良完成国外学业回国，他立即开展研究、申请项目并获得批准。恰在此时，杨祝良收到国外研究机构的邀请，但他选择了留在国内。"国家培养了我，正是出成果的时候，我不能离开。"杨祝良说。

"科普有时候比科研论文更重要"

虽然从事的是基础研究，但杨祝良并不想躲在象牙塔里。"选择研究方向时，要结合大众生产生活的需要。"他说。

在世界每年误食毒菌而中毒死亡的案例中，有90%以上都是因误食剧毒的鹅膏菌所致。中国共发现了12种剧毒鹅膏菌，其中一多半要归功于杨祝良团队。"剧毒鹅膏菌含有一类环肽分子，可能对癌症靶向治疗有帮助。从基因的角度研究为何会演化出这类毒素，还能更好了解整个地质历史时期蘑菇的进化规律。"杨祝良说。

上世纪90年代开始，云南山区和半山区出现100多起"不明原因猝死"，一直没有找到原因；民间生出各种谣言甚至迷信的说法。中国疾控中心工作人员联系到杨祝良，并通过与国内多学科、多个研究团队联合攻关，最终发现事件背后的元凶之一是毒沟褶菌。于是，除了撰写科研论文，杨祝良还和同事们编写了科普宣传册，教当地人掌握这些毒菌的特点，远离它们。"不明原因猝死"现象少了很多，迷信谣言也不攻自破。

"科普有时候比科研论文更重要。"科普活动没法申请项目，也无助于职称晋升，但他说，科普也是科学家的重要工作。"科研语言要准确专业，但科普得通俗易懂。"杨祝良团队2015年出版了《中国鹅膏科真菌图志》，可以帮助大众区分可食用和有毒的鹅膏菌。"记住两点，普通人就可避开大多数毒蘑菇：一是'自己不熟知的蘑菇不吃'；二是'头上戴帽''腰间系裙''脚上穿靴'的蘑菇不吃。"杨祝良说。

近些年，云南省发生野生菌中毒事件的几率已大幅下降。而这背后，既有食品安全、疾控部门的努力，也与杨祝良这样的科研人员的深入科普密不可分。

如今，杨祝良最喜欢别人叫他"蘑菇先生"。"这还是一位小学老师起的。当时我去给一所小学做科普，老师介绍我时叫我'蘑菇先生'，我觉得特别准确，我不就是这样一个人吗？"

人民日报记者 杨文明

记者手记

因为热爱 所以执着

对科研，杨祝良近乎痴迷。为了搜集科研材料，他和同事跑遍山山水水；为了早点获得科研成果，过年期间他也会去"泡"实验室。越是遇到科研难题，杨祝良越有动力。做科普，杨祝良乐在其中。他提出的两个标准，让高大上的科研成果成为云南山区群众吃菌的常识，极大减少了因为误食毒蘑菇导致的中毒事件。

因为热爱，所以执着。杨祝良说，研究蘑菇是一项偏冷门的学科，但他从不觉得自己是在"坐冷板凳"。业界的认可，还有被叫作"蘑菇先生"，让他始终内心火热……

（原载《人民日报》2020 年 11 月 18 日）

李景富:"我要把番茄事业干到底"

人物小传

　　李景富,1943年8月生,东北农业大学教授、博士生导师,长期从事番茄育种、番茄种质资源和番茄生物技术方向的科研工作,育成番茄系列新品种27个。他深入农村第一线,致力于将科研成果转化为生产力,使东农系列番茄品种推广到20多个省份。

　　时至深秋,哈尔滨的街头已是寒风瑟瑟,在东北农业大学番茄研究基地,大棚内依然热浪涌动。一位77岁的老人正在连排的番茄秧架内踱步,他须发皆白、身体微颤,一双布满褶皱的大手,在颗颗番茄间忙个不停。他的背影略显疲态,但从正面看,他盯着番茄的双眸炯炯有神……

　　他是李景富。番茄种植大棚,是他最熟悉的地方;枝头的每一颗

李景富在察看番茄长势

番茄，都是他的心头至宝。杂交授粉、田间管理、接种鉴定……他在番茄大棚里度过了一个个春夏秋冬。

"咱们自己研发的番茄品种越来越多，令人欣慰"

"尝尝看，味道甜得很！"大棚里，李景富摘下一颗成熟的新品种番茄，递给记者。回忆起几十年前的艰苦，他有太多感慨。

上世纪 80 年代，我国的番茄生产与栽培主要依赖进口，李景富暗下决心：一定多培育我国自己的番茄品种！研究之初，条件简陋：没有恒温箱，他把番茄种子放在自家炕头让它发芽；没有隔离袋包裹种子，他用向日葵叶子代替；地里没有灌溉设施，他自己一天挑三四十担水。为了赶科研进度，李景富经常凌晨 3 点起床，4 点到实验基地，直到深夜才离开，好几次都累倒在地头上。

功夫不负有心人。1984 年，东农 702、704 两个番茄品种研制成功，具有早熟、抗病、丰产等特点，可以取代昂贵的进口品种。"现在到市场上看一看，咱们自己研发的番茄品种越来越多，令人欣慰！"近年来，李景富育成具有自主知识产权的番茄新品种 27 个，他的科研成果也走向大江南北……

50 多年来，李景富的头脑中似乎没有"休假"的概念。有一年冬天，他到外地进行科学考察，入住当地宾馆，发现旅客特别少。宾馆工作人员给他拜早年，让连日奔波的他恍然大悟：原来马上就要过年了。今年春节，正巧到了番茄培育期，李景富大年初三便返校开工。疫情防控期间，部分团队成员无法到岗，他带着 4 个本地成员，承担原本由几十人进行的科研任务。

李景富唯一一次休息，是他患了急性阑尾炎，不得不立即手术。而住院 8 天里，他用 5 天时间完成了研究生教材《高级蔬菜育种学》其中一章的撰写。

"科研只有服务于农民，我们的研究才有价值"

"我出生在农村，小时候家里穷，让邻里乡亲吃上便宜又营养的新鲜蔬菜，是我最大的追求。"李景富说，1962 年，他把农业专业作为唯一高考志愿。

大学毕业后，李景富留校，并开始推广大棚番茄种植。但在当时，蔬菜大棚里主要种植黄瓜，大多数农民对种植番茄一无所知。"这番茄是新品种，在大棚里种能比黄瓜多赚不少钱呢！"李景富带着满腔热情，一次次上门劝说。

"大伙儿一直都种黄瓜，没见过种西红柿的。让你在这里做实验，万一赔钱咋办？"村民们向李景富泼冷水。为了打消大伙的顾虑，李

年轻时候的李景富在备课

景富与村民签订协议，承诺如果种番茄的农户收入低于同期种黄瓜的农户，差额由他全额补偿。尽管如此，也只有10户人家同意试试看。

到了当年6月中旬，黄瓜早卖成了现钱，可大棚里番茄还没成熟，看起来又青又涩。农户急了，对李景富多有责备。李景富依然每天从学校跑到几十公里外的郊区大棚，按部就班地和村民一起摘苗、修枝。

一周后，番茄红了。10户人家一天就摘下1300斤番茄，产量和价格都远高于黄瓜。"大家乐开了花，还向我道歉。很多村民要求加入种番茄的队伍中来。"李景富说。

50多年来，李景富始终坚持走家串户，给农民普及新品种和栽培技术。他走遍了黑龙江各地，还去过内蒙古、山东等省份。他和很多农民成为挚友，他的电话号码也成了"24小时热线"。"科研只有服务于农民，我们的研究才有价值。"李景富说。

"对待学生，要全力引领和帮助，让他们都能成才"

除了科研攻关，李景富还是一位受人爱戴的教师。"科研成果可以充实教学内容，教学内容又可以从科研一线获得检验，两者互相促进。"李景富说。目前，77 岁的他仍坚守教学一线；他培养出的学生，很多已成为蔬菜领域的专家。

王傲雪是李景富的第一位博士生，如今是东北农业大学园艺园林学院的院长。他说："李老师的家国情怀、奉献精神深深感染着我，也坚定了我用农业科技报效国家的信念。"

"对待学生，要全力引领和帮助，让他们都能成才；否则，老师会失去一个好学生，国家会失去一份建设力量！"李景富说。

"无论何时何地，李老师总是充满热情。有时压力大得让人想放弃，可看到李老师还在坚持，我们年轻人又有什么理由不努力呢！"姜景彬从 2011 年开始在李景富的课题组做研究，有一个场景曾深深震撼了他：一年夏天，哈尔滨向阳基地的番茄大棚被暴雨袭击，为了抢救棚内的种苗，年逾古稀的李景富没有丝毫犹豫，脱下鞋袜，蹚进泥泞的地里……

学生们说，李老师敬畏课堂，坚持站着授课。有时学生心疼他，为他搬来椅子，他都会笑着说："上课是我最开心的事，坐着讲课是对学生的不尊重。"

50 多年来，李景富先后承担国家各类重大重点项目 40 余个，先后撰写专著及教材 9 部，发表学术论文 300 余篇；先后获得国家科技进步奖二等奖 2 项、三等奖 2 项，以及黑龙江省劳动模范等奖项和荣誉称号。

"国家给我的荣誉，公众对我的赞誉，让我深感忐忑。"李景富说，自己还有很多事要做。"我要把番茄事业干到底，培育出更多优良品种和农业人才。这样我才能在这些荣誉面前略感心安。"

人民日报记者　方　圆

记者手记

热爱，所以执着坚守

记者在采访中了解到，一个番茄新品种的育成需要6—10年。其间，不仅要辛勤劳作，还要反复进行杂交试验，每年1500个品种组合中，能选出两种做试验便是"好运气"。

在蔬菜育种科研过程中，不少人中途放弃，李景富却不一样。科研条件差，农民不信任，新品种又酸又涩……无论何时，他都不言放弃。他心无旁骛，在反复试验中品味科研成果的芬芳，也获得了奋斗前行的精神满足感。尽管这条道路上充满艰辛，但他身处其中不觉其苦，一直坚守。对他来说，科研是发自内心的热爱和毕生的追求。

（原载《人民日报》2020年10月30日）

程顺和：赤诚守望在麦田里

人物小传

程顺和，1939年9月生，江苏溧阳人，小麦育种专家。江苏里下河地区农业科学研究所研究员，2005年当选为中国工程院院士。他坚持育种研究，瞄准从田间到餐桌全过程的重大问题开展科学攻关，主持培育的"扬麦5号""扬麦158"等扬麦系列品种累计种植超过6亿亩、增产粮食200亿公斤，成为我国20世纪80年代末、90年代末种植面积最大的小麦品种。这两项成果分别获得1991年和1998年国家科技进步奖一等奖。

头发银白，但思维仍很活跃；听力不佳，但话语依然有力……这段时间，小麦育种专家、81岁的程顺和一直居家办公；每当有同事来家中请教，他就打不住话匣子：从研究进展到试验细节，从国内最新理论到国外学术热点，从小麦育种栽培到学生培养成长……脸上总挂着笑容。

"我很想随时了解田里的试验进展，以便和行业前沿理论思想保持一致。"他想了想又说，"等过一阵子，我要尽快回田里。我对小麦很有感情，只有和小麦在一起，才不会感觉精神空虚。"

"要通过自身所学，尽快改变农村一穷二白的面貌"

为何与小麦结缘？程顺和说和自己小时候困苦的经历、母亲的影响有密不可分的关系。

1939年，程顺和在江苏溧阳出生时，正赶上战乱年代。那时候家里缺吃少穿、颠沛流离，坚韧的母亲还是教育孩子们要通过学习知识来改变命运。程顺和从小就立下了两个志愿：一是学医，可以治病

程顺和（左一）在新疆察看小麦长势

救人；二是学农，可以解决老百姓的吃饭问题。在高考时，他填报了南京农学院（今南京农业大学）。

刚入学时，同学们就到苏州、南通、淮阴等地与农民一起劳动。清晨哨子一吹，同学们立马起床，去地里拔棉花秆子；深夜，翻新土地，干得热火朝天。"要通过自身所学，尽快改变农村一穷二白的面貌。"看到广大农村贫穷的现状，程顺和下定决心，要将自己的一生奉献给"三农"事业。

随后，程顺和开始跟着导师做麦田试验与研究。刚开始，他只是负责在纸袋上标号、使用显微镜观察、用剪刀镊子抓取材料等简单的操作，但老师告诉他，每个步骤都需要有十二分认真的精神。试验中，"科学"的概念，在程顺和心中逐渐具体清晰了起来。

毕业后，程顺和到了泰兴稻麦良种场工作，同为学农的校友陈凤琳，成了他的助手，后来又成了他的妻子。"老程最吸引我的地方，就是能吃苦、爱钻研的精神。"陈凤琳回忆起当年的场景，"无论白天多忙，到了晚上，总能看到老程点着煤油灯，看书到深夜……"

1972 年，程顺和被调到扬州地区农科所（今江苏里下河地区农业科学研究所），从事小麦育种和栽培。那时候，长江中下游地区是我国种植红皮小麦的主产区，这里地处南北交会地带，雨水充足，被认为"小麦增产空间很大"，科学研究意义深远，程顺和身上的担子越来越重了。

其中艰苦，只有程顺和自己知道：一方面，多雨多湿的气候使得小麦的赤霉病高发；另一方面，小麦育种周期很长，一年中的 9 个多月，无论风吹雨打、烈日酷暑，都要蹲在地头上，粒播、观察、记录、测试和进行研究。程顺和一干就是 30 多年。

上世纪 90 年代，程顺和在麦田里做研究

"总要挨着试验田睡觉，我才踏实"

下田，下田，再下田！30 多年来，在研究所的试验田边上有个小平房，一张床、一张桌、一个煤油小炉。选种关键时期，小麦一天一个变化，程顺和就吃住在这间陋室里，"总要挨着试验田睡觉，我才踏实"。

为了抓紧时间、分秒必争，程顺和连过年期间也不回家去，一直守在温室里，经常端着饭碗蹲在一棵小麦单株旁，一边吃一边观察。"那时候忙起来，不知道啥时是周末、啥时是假期。脑子里只记着小麦的生长周期。"他不喜欢有人在农忙时来打扰他，在田里干活时，总是拉低帽檐蹲在田间，整个身体就藏在麦田里，外人谁也找不到。

不知不觉，对育种的热爱融入了程顺和的骨子里。外出考察时，只要遇到性状表现优异的种质，他立即用湿毛巾包起来，带回所里研究。只要试验方案没解决，不管中午还是半夜，他都立刻把同事们找来"头脑风暴"，一交流就是数小时……大家笑称他"不食人间烟火"，爱人陈凤琳则嗔怪他"把家里当旅馆"。

为了深入了解农机作业，程顺和牵头引进所里第一台拖拉机、第一台联合收割机，并带头学习；为了及时掌握最新理论，早年间学习俄语的程老在 57 岁时重学英语；59 岁时学会电脑打字，61 岁钻研先进的分子标记技术。"不要觉得年纪大了，自己就不行。"程顺和说，"人家都说北方才能种好小麦，在我看来，南方小麦也一定行。"

1991 年，程顺和主持培育的"扬麦 5 号"获得国家科技进步奖一等奖，促使长江中下游小麦品种第四次大面积更换，累计种植达 1.5 亿亩；1998 年，他主持培育的"扬麦 158"，再次获得国家科技进步奖一等奖。这一次，初步解决了世界小麦既大面积丰产又抗赤霉病的难题，促成了长江中下游麦区第五次大面积更换，成为我国 20 世纪末种植面积最大的小麦品种。

"培育丰产抗赤霉病的品种是一个世界性难题。"导师吴兆苏评价"扬麦 158"时颇为自豪地说，"程顺和做到了。"

"通过一代一代人的接力，端牢'中国饭碗'保障粮食安全"

农业科学研究的周期长，一般都要 15 年到 20 年才可能看到成果。"老一辈科学家们七八十岁都坚持拿尺下田，带学生、做研究，这是育种人的良心和责任。"程顺和坦言，"在农业领域，能否在自己手中出成果并不重要，通过一代一代人的接力，端牢'中国饭碗'保障粮食安全，最为重要。"

　　研究员张伯桥从 1985 年到农科所工作以来，最大的感受就是这里学术氛围浓厚：无论是在出差摇晃的大巴上，还是在深夜的办公室里，只要关于小麦育种的问题，随时都可以展开讨论。大家经常争得面红耳赤，想说服别人，就得拿出过硬的数据材料……

　　在程顺和看来，这才是做研究该有的态度："追求真理没有年龄限制，谁说院士就一定高明？很多时候，年轻人比我高明。"

　　教书育人、精神传承，程顺和看重的除了搞理论要"百家争鸣"外，就是做试验要"脚踏田地"。农科所小麦室主任高德荣介绍说，在老院士的影响下，将宿舍盖在试验田旁边的传统，一直没有改变。

　　随着生活水平的提高，粮食安全从"吃得饱"向"吃得好"发展，如何实现小麦迟播高产，成为迫切需要解决的重大问题。

　　这是程顺和近 20 年来带领团队主攻的课题：利用"两端快速发育"育种策略解决小麦迟播高产的难题，育成的"扬麦 16"和"扬麦 23"，迟播 15 天，却比其他推广品种增产 5%，灌浆速率高 20%，籽粒脱水速率高 30%，成熟期早 3—5 天，还可免晒入库，降低生产成本。

　　随后，程顺和又带领团队研究"南上北下"的品种改良方案，既提升小麦的抗赤霉病性，又做到丰产抗冻，实现长江中下游麦区小麦"南上"、黄淮片区小麦"北下"，培育新的大面积品种。

　　老骥伏枥，志在千里。程顺和说："有人说我是'南方麦王'，我哪里是什么'麦王'，我只想尽早回到田里，甘做'麦田守望者'……"

人民日报记者　姚雪青

记者手记

特制的书柜　奉献的写照

在程顺和的办公室里，一个与墙面一般大的书柜，引起了记者的注意：上半部分挤满了学术资料和专业书籍；下半部分则存放装满了小麦种子的瓶瓶罐罐，中间层则是一个个可以向外拉伸的平板……

"程院士经常需要同时翻开多本资料查阅对比，这些平板成了他研究学术问题、给学生授课讲解的临时书桌。"程院士的助手刘健说，这个特制的书柜，为的就是既要"书能装得多"，又要"书能摊开看"。

做研究就是这样，既要博览群书、潜心钻研，又要多方核证、辨明真理。这个书柜记录着程院士坚守育种事业的点点滴滴，也是他奉献一生的写照。

（原载《人民日报》2020 年 7 月 14 日）

陈学庚：半个世纪 一方棉田

人物小传

陈学庚，1947年4月生，江苏泰兴人，新疆石河子大学终身教授、博士生导师，中国工程院院士。他扎根边疆，从事农机研究和推广工作52个年头，突破地膜植棉机械化关键技术，攻克膜下滴灌精量播种技术装备难题，推动了新疆棉花生产水平的大幅提升；研发了棉花全程机械化关键技术与机具，在新疆、山东、河北等棉区大面积示范推广；主导的3项技术创新，改变了传统的植棉模式，用机械化方式实现棉花生产种植的精耕细作。

"棉花植株有点偏高，要控制在1米以下……"一大早，73岁的陈学庚就坐在电脑前打开了摄像头，在视频会议中，对河北、山东等地的棉田管理工作进行技术指导。在他的推动下，黄河流域棉花生产机械化近两年来已颇见成效，2019 年河北省南宫市新增示范区籽棉达到了每亩 382.3 公斤，并且实现了机械化采收。

"前几年，每年都要在棉花生长收获的关键节点来回'飞'个五六次，今年情况特殊，没能去现场，我们就通过互联网沟通。"陈学庚有点遗憾地说。

"一个人一生中应该专心致志做好一件事"

在新疆农业机械化领域，一提起陈学庚，大家都熟悉。但没人知道，他最初的动力，竟源自一台损坏的压面机。

1960 年，陈学庚随父母支援新疆建设。后来在新疆生产建设兵团奎屯农机学校读了中专，毕业后被分配到新疆生产建设兵团下属的一家机械厂工作。

刚刚上班，有同事拿来一台压面机："你现在没啥事，就来修修压面机吧，修好了，工人就有面条吃了。"

学的就是机械专业，修个压面机还不是小菜一碟？殊不知鼓捣了半天，也没修好，当时，陈学庚感觉颇下不来台。"看来实

陈学庚（左）与同事现场研究农机

践与理论的距离很远啊",他暗下决心,要趁年轻多学习、多实践。

经过大半年用工考察,厂里决定派他当派工员,这本是个美差。

"我不去,我要进车间!"他说。

"放着舒服的工作不干,非要自己找累受。"有人背后这么说。

可他心里明白,当了派工员,自己离技术就远了。

进了车间,陈学庚买了一大摞机械书籍,悉心钻研,在老师傅带领下,慢慢成长为技术骨干。

在车间干了一年,车钳洗刨等基本技能,陈学庚就已经全部学会了,不甘现状的他,干起了技术革新,带着团队研制出磨缸机、水力测功机、缸套离心浇注机、大型顶车机等设备。到 20 世纪 70 年代中期,陈学庚已小有名气,带动了当地农机具修理设备的革新。

荣誉越来越多,陈学庚的职务也不断提升,从机械厂技术员、副厂长、厂长,到团机务科科长、副团长兼总工程师、师农机服务中心主任。1992 年 2 月,原本可以继续担任业务领导职务的陈学庚,选择到新疆农垦科学院从事科研工作。"我喜欢做业务,就想坚持干下去,一个人一生中应该专心致志做好一件事。"

"不跟着到地里走一走,就研制不出好农机"

陈学庚研制出的农机,因为十分好操作,被团场干部职工亲切地称为"傻瓜机子"。"要让农机往地上一放,就能干活,不能在演示会上操作没问题,到了职工手里就玩不转了。"

要想生产出便于操作的农机,必须深入生产一线。每逢机械作业高峰季节,陈学庚就带着技术人员深入田间地头察看农机实际使用情况,把反映的问题和使用机具的经验记录下来。回去后修改

陈学庚在测量农机配件尺寸

图纸，在下一批农机具生产时，就把之前的缺陷全部弥补并加以改进。

有一年，农机户陈继华发现自己买的精量播种机上的开沟固定杆焊接工艺有缺陷，准备过几天再反映这个问题。没想到没过多久，新批次的农机已经将这个问题解决了。陈继华惊讶地说："这样的更新速度，真是想到我们农户心坎里了！"

2006年春天，有农户反映，播种机覆土花篮在设计上有问题。陈学庚马上带技术人员去地里察看，连夜制订修改方案、更改图纸，把新农机赶做出来。怕耽误了春耕生产，第二天，他又亲自送去。"我们就是为农业服务的，你心里装着农户，农户心里必定装着你，人人心里都有一杆秤。"陈学庚说。

陈学庚研制的农机不仅好用，还便宜，曾有外国专家听说他研发的一种播种机售价只有 4 万元，说什么都不相信，这么大的机器，在国外价格得贵好几倍。

为了给团场农机户省钱，陈学庚经常把零配件放在团场，随时为农户改装机器，大大缩减成本、提升劳动效率。

每当新机型设计出来，他都和大伙一起去地里试验。在观察样机运转情况时，陈学庚经常忘了自己已经 70 多岁了，趴在地上察看，一趴就是半个小时。在试验中，陈学庚还习惯跟着农机边走边观察，作业现场，尘土飞扬，常常弄得灰头土脸。他满不在乎，"搞农机研究就要深入一线，不跟着到地里走一走，就研制不出好农机"。

"既然干了这行，就得留下点什么，否则会遗憾的"

上世纪 80 年代以前，新疆棉花生产的总体水平相对较低。1982年新疆棉花面积仅占到全国的 4.9%，总产量占全国的 4%，平均单产低于全国水平 18%。

1979 年，兵团石河子垦区引进地膜覆盖技术，在 7.5 亩地上试验种植棉花，结果增产 35%，但人工铺膜一天只能铺 4 分地。铺膜后，要靠人工在地膜上点种，进度慢、劳动强度大……

看到职工铺膜时的辛苦，陈学庚心疼不已……经过几个月集中攻关，陈学庚团队研制出可进行联合作业、实现膜上打孔穴播的铺膜播种机，日工效 120 亩至 150 亩。地膜覆盖技术得以推广，促成新疆棉花产量第一次提升。

上世纪 90 年代后期，新疆棉花种植又遇到瓶颈，亩播种量 4 公斤至 6 公斤，大水漫灌，肥料利用率不到 30%，加之人工成本高，使得利润更微薄了。

"每到 4、5 月的定苗期，全员定苗，棉花地里人山人海。"陈学庚看到种棉花给大家带来这么多困扰，就开始琢磨定苗问题。

看场地、采数据，陈学庚带领团队成功研制一次作业完成 8 道工序的膜下滴灌精量播种机，形成 11 个系列新产品。很快，精播机在南北疆打开了局面，2012 年新疆棉花种植面积占全国的 36.6%，成为我国最大的棉花生产基地；随后几年，棉花种植在新疆形成全程机械化生产局面。

有人说，他就像一个"主攻手"，看到机会来了，就会冲上去抓住。现在，陈学庚又将大量精力投入到残膜回收机具的研制中，"既然干了这行，就得留下点什么，否则会遗憾的"。

人民日报记者　李亚楠

记者手记

一生执着　乐在其中

英雄不问出处，谁是英雄，要在"战场"上见分晓。

一个中专毕业生，能成为某个领域的专家，并当选工程院院士，靠的是什么？我们在陈学庚执着坚守、一生奉献中，找到了答案。

有人问陈学庚，搞农机研究苦不苦、累不累？他回答："从事农机研究工作既苦又累，但是为农业发展解决了问题，为社会作出了贡献，我乐在其中。"

半个世纪以来，陈学庚不知疲倦地奔走在大田里、实验室里、车间中。如今年过古稀，他依然没有停下前进的脚步。正是这样一种对事业的执着，支撑着他一路不断攻坚克难、永不懈怠。

　　陈学庚将对事业的执着化为实实在在的行动，令人敬佩，值得学习。

　　如果我们每个人都能脚踏实地，奋勇前行，就能在平凡的岗位上作出不平凡的成绩，也是对社会作出的一份贡献。

（原载《人民日报》2020 年 6 月 8 日）

傅廷栋:"搞农业的就要多下田"

人物小传

　　傅廷栋,1938年生于广东省郁南县,作物遗传育种学家,中国工程院院士,现为华中农业大学教授、博士生导师,杂交油菜学科带头人之一,全国脱贫攻坚先进个人。他致力于油菜多功能利用研究与开发,特别是利用北方秋闲地、南方冬闲田复种饲料(绿肥)油菜,对发展畜牧业、培肥土地、增加农民收入有着重要意义。当前,该技术正在大面积示范、推广。

　　湖北武汉,南湖之畔,狮子山下,华中农业大学校园里,有一片占地千余亩的油菜花田。每当春天来临,金黄色的花海中蜂飞蝶舞,令人沉醉。花海中,前来赏花拍照的游人经常会看到一位身着"白大褂",头戴草帽,手拿笔记本,认真观察、记录每一株油菜生长情况

傅廷栋在实验室工作　　　　　　　　　　　　　　　　　刘涛　摄

的老人——他就是作物遗传育种学家、华中农业大学国家油菜工程技术研究中心主任傅廷栋院士。

专注杂交油菜育种 60 余年，带领团队育成了 70 多个油菜品种，已是耄耋之年，他仍时常在田间劳作。"去年油菜花开的季节，正是疫情防控的关键期。很多工作人员都回不来，我就和本地的老师、工人一起下地，一起试验、育种。"坐在研究中心的办公室里，望着窗外的试验田，今年 83 岁的傅廷栋打开了话匣子……

"和农民同吃同住同劳动，使我收获很大"

1938 年，傅廷栋出生在广东省郁南县。初中毕业后，他报考了当地的一所农业中专院校，毕业后他被分配到广东省中山县的一个农技站工作。

"和农民同吃同住同劳动,使我收获很大。我发现,农民迫切需要各种新的农业技术,这样才能提高产量、增加收入。"傅廷栋当时想,农技知识浩如烟海,只读到中专远远不够。1956 年,傅廷栋考取了华中农学院(现华中农业大学)农学系,之后他师从油菜遗传育种学家刘后利,成为新中国最早一批油菜遗传育种方向的研究生。

"上世纪五六十年代,我国主要的本地油菜品种是白菜型油菜,从海外引进的甘蓝型油菜虽然产油量高一倍,但生长周期长。"傅廷栋说,如果两种类型油菜杂交,有可能获得高产且早熟的品种。

但油菜是自花授粉植物,要进行杂交,必须首先找到一种只有雌蕊、没有雄蕊的油菜。从上世纪 60 年代开始,每到春天,在油菜试

1963 年,傅廷栋(左)在导师刘后利的指导下进行油菜研究　　华中农业大学　供图

验田里，总能看到傅廷栋的身影。他为每一株油菜花套上隔离袋和标志牌。在 1972 年 3 月 20 日早晨，傅廷栋走进种着国外引进的一个品种油菜区域时，突然眼前一亮：一株油菜的花朵雌蕊发育正常，围绕雌蕊的 6 个雄蕊却都呈萎缩状态。伸手一摸，雄蕊没有花粉！

"这不正是我多年来一直在寻找的油菜品种吗?"傅廷栋继续仔细搜寻，当天一共发现了 19 株这样的油菜。这一发现推动了杂交油菜领域的相关研究。傅廷栋说，截至目前，这一品种育成的杂交油菜超过 200 种，累计推广面积达 10 亿亩。

"这样的奔波，为的是一年要做两年的事"

除了着力提高油菜的产量，傅廷栋团队还在解决油菜"双低"育种问题上下功夫。"80 年代以前，我国油菜品种多为高芥酸、高硫苷的'双高'品种，所产菜籽油的品质较差，长期食用这种油对人体健康不利。"傅廷栋介绍，他们团队提出了"双低 + 杂交优势"的育种目标。

从 1975 年开始，傅廷栋带着他的科研团队，在西北、西南地区进行夏繁加代工作。每年 5 月武汉油菜收获后，就到青海、云南等地播种，9 至 10 月初收获后再回武汉播种。"这样的奔波，为的是一年要做两年的事，为此，我坚持了 40 多年。"傅廷栋说。

在青海，夜晚气温接近零摄氏度，有时候傅廷栋因为照看油菜而忘记时间，来不及返回住处，只好跟工人们一起，在盖着塑料布的小棚子里将就睡一晚。

1992 年，傅廷栋选育的我国第一个低芥酸杂交油菜品种"华杂 2 号"问世。此后，他的课题组育成优质"华杂"系列双低杂交品种 10 余个，创造经济效益超过 30 亿元。

"让油菜发挥更大价值，是我们继续努力的目标"

90年代末，傅廷栋团队长期在甘肃和政县开展油菜北繁试验研究。其间，傅廷栋发现了油菜科研的新方向。

"我们在当地调研时发现，每年7月麦收后，到冬天还有两个多月的农闲时间，地里不种东西，就这么荒着，十分可惜。"傅廷栋说，西北地区土地盐碱化严重，很多庄稼都无法生长，但油菜比较耐盐碱。如果利用这段时间进行油菜轮作，不仅可以开发盐碱地，帮助恢复地力，还能储备秋冬季畜牧业需要的青饲料。

按照傅廷栋的构想，华农科研团队联合甘肃农业部门开展"麦后复种饲料油菜"试验：7月下旬到8月上旬麦收后播种，生长60至80天，育成饲料油菜专用杂交种"饲油2号"，亩产青饲料3—4吨。2017年、2018年，傅廷栋团队研究的复种饲料油菜技术，被国家农业部门公布为主推技术，在西北、东北地区和长江流域大面积示范、推广。

傅廷栋十分注重培养农业科研人才。年过八旬的他现在还会为研究生讲"作物育种专题"等课程，为本科一年级学生讲授"农业导论"。

"他是一个对下田上瘾的人，对许多数据都如数家珍。他总是能发现一些新的研究方向。"学生这样评价傅廷栋。这几年，他仍在各地推广以"油用"为主，兼具"饲用""观光"和"菜用"等多功能利用模式的油菜，提高生产效益，增加农民收入。

"现在听到老师的教诲，就能回想起几十年前看到他坐着摩托车进到村里时的样子。"湖北省崇阳县白霓镇回头岭村村民刘泉源是傅廷栋以前教过的学生，现在是当地油菜种植的"土专家"和农业科技"二传手"。"待人和蔼、治学严谨是傅老师给我最深的印象。"刘泉源说。

"油菜不仅可以食用，还能酿蜜、榨油、做饲料和工业原料。"傅廷栋说，"搞农业的就要多下田，让油菜发挥更大价值，是我们继续努力的目标。"

人民日报记者　范昊天

记者手记

农民认可　最有分量

从田间地头到学术会议现场，从实验科研到教书育人……翻开傅廷栋办公桌上的相册，一张张老照片述说着这位老专家半个世纪的风风雨雨。其中最多的，还是他与油菜地的合影。

一顶草帽、一身工装、一个挎包，就是他最广为人知的形象，往油菜地里一站，与普通农民看起来没什么两样。

从最初探索油菜产油高的秘诀，到研究菜籽油如何吃得健康，再到如今研究油菜饲用、观光等多功能利用，傅廷栋的科研之路，恰是中国人从吃饱到吃好，再到追求更加美好生活的一个缩影。

"科研就得围着农民转，多到实践中去，才会有新的发现。"傅廷栋说。在他眼里，能适应生产的需要，得到农民的认可，为农民带来实在的收益，这才是做科研的真正意义，才是最有分量的成绩。

（原载《人民日报》2021 年 3 月 24 日）

接续奋斗篇

"同心而共济，始终如一，此君子之朋也"

——【北宋】欧阳修《朋党论》

君子之交在同心同德，只有以共同的理想追求凝聚在一起，共同为了伟大的事业而奋斗，才能和衷共济、众志成城，锻造牢不可破的坚强团队。这是伟大的友谊，也是真正的交情。

老中青三代编译人：他们让真理穿越时空

核心阅读

从祁连山麓到金沙江边，辗转千里，不忘刻苦攻读马恩著作；从青葱少年到华发萧萧，一生坚守，一字一句打磨润色推敲……中央党史和文献研究院第五研究部的专家们，树立起马列经典编译的光辉典范。如今，中青年业务骨干们接续薪火，将他们的学术思想和道德风范，融入经典编译事业。

北京西单西斜街 36 号，一个位于京城繁华地段却显得异常宁静的院落。这里是中央党史和文献研究院第五研究部所在地，聚集着一批从事马列经典著作编译和研究的学者。韦建桦就是其中一员。自 1978 年起，他已在这里耕耘了 42 个春秋。直到今天，当他伏案工作、掩卷沉思时，还会想起 1978 年的四川攀枝花，想起在简朴招待所里的那番对话。

"在这里，我找到了守志报国的阵地、安身立命的家园"

1978 年，中共中央马恩列斯著作编译局（以下简称"中央编译局"，第五研究部原属机构）招收编译研究人员。经北京大学西方语言文学系严宝瑜教授推荐，编译局专门委托副局长顾锦屏来攀枝花，考察韦建桦。

韦建桦 1970 年毕业于北大，先被分配到甘肃武威农场，后来调到攀枝花钢铁基地。从祁连山麓到金沙江边，风雨八载、辗转千里。他种过果树、烧过砖瓦，当过机关秘书。不管做什么，他都努力利用一切机会研读马恩著作。

清晨，在激流汹涌的金沙江畔，他高声诵读德文版和中文版《共

韦建桦   冯粒 摄

产党宣言》，领会原文要旨；夜晚，在川滇交界的吊脚楼里，他对照中德文本学习《哥达纲领批判》《反杜林论》等著作，体悟译文妙笔。那些艰苦岁月里，马恩著作始终是他心中的灯塔，而经典译本的诞生地——中央编译局，更是他向往的地方。

在攀枝花招待所，韦建桦见到了顾锦屏，向他汇报了多年来的学习体会，并借此向顾老师请教有关马列经典作家生平、经典理论要义和经典著作翻译等问题。顾锦屏一一解答，又仔细翻阅了韦建桦所做的笔记和卡片。顾锦屏喜出望外，他没想到："大山里竟然还有这样一个熟读马列经典的年轻人！"

临别时，顾锦屏交给他一篇德语文献。那是德国著名工人运动活动家弗里德里希·列斯纳撰写的回忆马恩的文章。韦建桦回去后彻夜未眠，将文章译成中文。翌日清晨，他将誊清后的译文交给了顾老师。顾锦屏读后，发现译文准确又流畅，内心深处觉得不虚此行。他希望这个勤勉又热诚的年轻人，能尽快加入队伍。

在此之前，韦建桦参加了中国社会科学院研究生院招生考试，准备师从冯至教授攻读德国语言文学专业。1964 年，韦建桦从江苏省扬州中学考进北大，被分配在德语专业。那时，他对学习外语没有思想准备，一度感到犹豫和彷徨。一次新生座谈会上，系主任冯至特别强调："德语是伟大的思想家、革命家马克思和恩格斯的母语，希望你们当中有人立定志向，学好德语，为翻译和研究两位导师的光辉著作贡献智慧。"

冯至的话深深地震撼了韦建桦。从此以后，他刻苦学习德语，锲而不舍地阅读马恩著作。革命导师对人类历史规律的深刻阐述、对未来社会的科学设想，像一缕阳光充盈着他的内心，使他在一片喧嚣和混沌中，始终保持冷静、清醒和坚定。

1978 年初秋，韦建桦几乎同时收到了社科院的录取通知书和编译局的商调函。最终，韦建桦选择了编译局。冯至赞同他的选择，并在以后的工作中给予了支持。韦建桦一直铭记着冯至的话："经典著作编译，事关指导思想和前进方向，使命光荣、任重道远。"他想起了中国古人的名言："经师易求，人师难得。"在韦建桦心目中，冯至是身兼经师与人师的卓越学者。

1978年10月，韦建桦终于走进中央编译局。他说："在这里，我找到了守志报国的阵地、安身立命的家园。"

"将编译事业视为崇高的使命，在其中实现人生价值"

与韦建桦的一波三折相比，顾锦屏进入编译局工作顺理成章。

顾锦屏出生在原江苏省崇明县（现上海市崇明区），从小在江边长大。江南水土肥沃，收获时节满眼是金黄的稻浪。"难道让孩子耕

顾锦屏   冯粒 摄

一辈子田吗?"在上海纱厂做过工的母亲希望儿子去外地上学。

1947年，顾锦屏考上了名校格致中学。格致中学好是好，但学费贵。最终，顾锦屏选择去了江苏省立太仓师范，因为可以免费入学。1949年5月，太仓解放了，顾锦屏和同学们群情涌动，有的参军，有的到地方挥洒汗水。

顾锦屏偶然看到报纸上的广告：华东革命大学附属上海俄文学校招生，国家急需俄文人才。他跟几个同学步行二三十里到昆山坐火车，辗转去上海考试。最终，16岁的顾锦屏被录取。"那真是激情燃烧的岁月啊！时任上海市长陈毅参加了开学典礼，动员我们学好俄语。"从此，顾锦屏埋头学、刻苦学、发奋学。

1951年9月，中组部要调25名同学到北京工作。"不可能有我啊，我当时那么小。"出乎顾锦屏的意料，他被选中了。一个星期后，刚满18岁的顾锦屏和同班同学周亮勋一同北上，进入了编译局工作。

在局里，所有人都叫顾锦屏"小孩儿"。他被分到哲学组，翻译罗森塔尔、尤金编的《简明哲学辞典》。顾锦屏蒙了，他对哲学一窍不通，唯有边干边学。顾锦屏每天泡在资料室，既学俄语，也学理论。

掌握语言和理论后，顾锦屏迷上了哲学。列宁《哲学笔记》、恩格斯《自然辩证法》等的翻译、修改、校订，他都是重要经手者。

时间在笔端、纸面呼啸而过，当年的杏花春雨江南，换做北方长街卷起的千堆雪；那个意气风发的少年，也早已华发萧萧。前些年老同学老同事周亮勋倒在了工作岗位上，给他很大刺激。老周有心脑血管病，但经常因为一字一句一个标点的斟酌，忘记吃饭休息。

在编译局，这样的老同志不少。怀着一颗红心来，留下卷卷书香去。"岁月待我不薄啊，到现在这个年纪，还能干着自己喜爱的工作。"87岁的顾锦屏说话没那么利索了，但精气神儿仍很足。

因为业务性强，编译局有"以老带新"的传统。如今，韦建桦和顾锦屏每天仍到单位来，编书译稿做研究，帮年轻人改稿。1998 年参加工作的徐洋，他当年"以老带新"的老师就是韦建桦。"他们是将编译事业视为崇高的使命，在其中实现人生价值。"徐洋说。

"编译工作不是仅仅查查字典、给词语搬家，而是要忠实反映原著的科学内涵"

编译之难，徐洋深有体会。他曾承担马克思《1861—1863 年经济学手稿》的编译工作。马克思和恩格斯精通多种语言，据不完全统计，马恩著作约 65% 用德文撰写，30% 用英文，剩下的用法文、意大利文、西班牙文、丹麦文、保加利亚文等语言撰写。

同时，马恩著作涵盖的科学领域极广，涉及哲学、经济、政治、法学、史学、军事、教育、科技、新闻、文艺等各学科。"编译工作

徐洋   冯粒 摄

不是仅仅查查字典、给词语搬家，而是要忠实反映原著的科学内涵。"韦建桦说。

编译时，徐洋发现马克思的手稿中有大量英文法文，还有在大英博物馆摘录的 17、18 世纪出版的书籍的引文。"很多句子都太艰深了，只能请教韦老师。"

徐洋把问题理出来，A4 纸小四号字打印，有 100 多页。韦建桦当时正忙于《马克思恩格斯全集》第二版某些卷次的审定，他放下手头工作，用清晰工整的行楷字，在纸边标注自己的回答，以及对徐洋译稿的修改，并注明修改原因。

除了编译，韦建桦也在思考如何让当代中国青年更加真切地感悟革命导师的人生境界。为此，韦建桦主编了《马克思画传》《恩格斯画传》《列宁画传》，这些作品都兼具理论感召力和艺术感染力。

近年来，一批年轻人加入了第五研究部。1988 年出生的高杉是

高杉　　　　　　　　　　　　　　　　　　　　　　　冯粒　摄

其中一位。最近进行的《马克思恩格斯全集》中文第二版研讨会上，高杉等年轻同志提出的学术问题、撰写的讨论材料得到了韦建桦的高度评价："年轻同志功底扎实，工作严谨。马列经典著作编译工作者的传统正在延续，我们的事业后继有人，前景光明！"

人民日报记者　康　岩　郑海鸥

记者手记

点亮生命的信仰之光

马列经典博大精深，如何用汉语准确、科学地翻译革命导师著作，第五研究部的编译家们用一本本译著做出了回答。

编译工作是寂寞的。一盏灯、一杯茶、一支笔、一沓纸、一摞书、一个悠长的夜晚，这是编译人在岗位上兢兢业业的写照。他们不在意外界的喧哗，只坚守内心的宁静。到底是什么力量让他们在寂寞中坚守，并将这种精神一代代传承下去？那就是内心深处信仰的力量。

一个有信仰的人，哪怕再艰苦的工作、再寂寞的时光，他都能感受到富足和快乐。岂曰无碑，译著为碑。何用留名，人心即名。在一代代编译家的身上，我们感受到了坚守信仰的力量。

（原载《人民日报》2020 年 10 月 28 日）

中国地震局工程力学研究所：冷板凳上做出抗震大学问

核心阅读

建设我国最早的地震模拟振动实验室，开发预测评估地震灾害损失系统，第一时间赶赴地震现场进行科学考察和流动观测……中国地震局工程力学研究所的一代代科研人，接力传承，为解决我国建筑抗震难题，持续贡献着智慧和力量。

"工力所怎么会在哈尔滨呢？" 很多不了解工力所的人都会有这样的疑问。由于名字中有 "中国"，很多人想当然地认为中国地震局工程力学研究所（以下简称 "工力所"）应该在北京，极少与哈尔滨联系起来。

同样鲜为人知的，还有所里人的研究。在土木工程学科中，地震工程比较冷门。不过，工力所人说，这也有好处：能够安安静静地做学问。

"大家之所以能静下心来做学问，多亏了所里老前辈们留下的精神底色"

工力所一角，有一座不起眼的三层建筑，远看像一座老旧仓库，灰白的外墙墙皮已经脱落。走进去，满眼各式各样的建筑模型。有摩天大楼，也有普通居民楼，高高低低排列开来。边上，还放着一些脚手架。这里是我国最早的地震模拟振动实验室。

办公室在实验室一侧，水泥地、旧书桌、铁栏窗户，没有一点多余的装饰。工力所研究员张敏政在对着电脑校对书稿。74岁的张敏政，头发花白，声音温和而有力。实验室建成时，他就在这里工作；

谢礼立院士（右四）在与学生交流　　　　中国地震局工程力学研究所　供图

退休 10 多年，他每天还来这儿。至今，他仍记得每一个模型的来历，以及无数个日夜里的一次次实验。

前一阵子，新版《中国防震减灾百科全书：地震工程学》出版了，足足有 200 多万字。这本书的出版，让该学科从此有了权威工具书。张敏政是编写负责人之一。他拿起茶杯，喝上一口水，然后凝望着窗外说："总算了了一个心愿。"

路遇张敏政，所长孙柏涛总会上前问候，他说："地震工程学科比较窄，社会关注度不高。建所至今近 70 年，大家之所以能静下心来做学问，多亏了所里老前辈们留下的精神底色，这精神一代代传承下来了。"

中国工程院院士谢礼立就是这样一位前辈。60 年前，他就到工力所前身——中科院工程力学研究所工作。上世纪 80 年代，他萌生了研究城市抗震的想法。然而，这个研究方向全世界都没有先例，这称得上是科学问题吗？

谢礼立一头扎进图书馆，搜遍了各种资料。他回忆起全所开讨论会的情形：首任所长刘恢先，闻讯特地走下病床，坐在椅子上，被人抬进会议室。刘所长发问严肃而尖锐，面对一个个抛来的问题，他对答如流。所里当即决定，增设城市抗震研究方向。

过去 10 年，最让孙柏涛引以为豪的是，带领团队开发了一个名为"HAZ-China"的系统。"HAZ"是灾害的英文缩写，这个系统能预测和评估地震灾害的损失，也是城市和区域抗震理念的延伸。有了它，如何改造那些不符合抗震规范的建筑，就有了科学依据。

曲哲又忙又兴奋。这位工力所的年轻研究员从此走进了一片新天地：过去，建筑抗震的焦点在梁、板、柱、墙等构成的结构。地震来了，结构骨架没问题，房屋倒不了，可吊顶、门窗、水电管线等非结构件损坏严重，房屋在地震面前依旧很脆弱。他忙的是，研究非结构

孙柏涛（右）和科考队员一起在整理地震灾害资料　　中国地震局工程力学研究所　供图

件有太多新问题；兴奋的是，离解决建筑抗震难题又进了一步。

曲哲只有 30 多岁，却已是工力所的科研骨干。研究建筑中非结构件的抗震问题，不但从单一结构扩展到整栋建筑，而且进一步拓展到城镇乃至更大范围。他与孙柏涛一样，在不同的层次上丰富了谢礼立构想的蓝图。

"把工作做好，减轻地震给国家和人民带来的伤害"

面色红润、精神矍铄，一口气能做 20 个标准俯卧撑，谢礼立一点儿都不像 82 岁。刚分配到工力所时，所领导没有让他马上搞研究，而是让他锻炼动手能力。"那时我像个工匠。"他说。

工力所人做学问，并非只是在实验室与机械、图纸、公式打交道。去现场，是他们一直坚持的传统。每当有地震发生，这支"国家队"就会第一时间赶赴现场。除了参与指导烈度划分、评估地震损失、做安全鉴定和救援外，他们还要开展地震灾害的科学考察和流动观测，搜集第一手资料。

1966年邢台地震后，谢礼立在现场待了3年。由于熟悉灾害情况，有现场工作经验，在周恩来总理视察时，虽然他还只是一个毛头小伙子，却与国内顶尖专家们坐在同一张桌子上给周总理汇报。

曲哲与地震工程的渊源开始于汶川地震。当时，他还在清华大学读博士，到重灾区北川的考察经历，让他头一次体会到灾害的无情。这坚定了他研究工程抗震的信念。

就在那次考察中，他意识到了建筑薄弱层倒塌的危害，并着手开始相关研究。5年后芦山地震，非结构件的破坏暴露出另一个严重隐

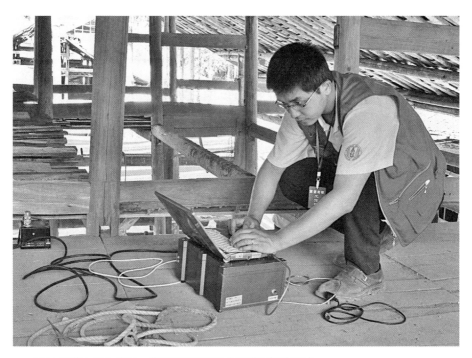

2013年芦山发生地震，曲哲赶赴现场对农居进行振动测试

中国地震局工程力学研究所　供图

患，推动他关注非结构抗震的问题。

1996 年包头地震之后，孙柏涛到过国内外绝大部分的破坏性地震现场。他直面生离死别，尝遍辛酸苦辣。他说，余生就像是赚回来的一样。至此，他只有一个念头："把工作做好，减轻地震给国家和人民带来的伤害。"

为了尽可能调查、搜集资料，在危楼里，在废墟中，孙柏涛和队员们冒着余震风险，高强度工作。在汶川，由于长时间顶着烈日，他和团队多人出现虚脱。

凭借丰富的现场经验，孙柏涛练就一双"火眼金睛"。房屋震坏了，不看图纸，就能八九不离十说出原因。汶川地震后，都江堰市公安局的办公大楼出现多处裂缝，准备拆除，他判断建筑主体结构完好，只需要有针对性地做些加固就好。这栋大楼至今仍在使用。

"人的精力有限，要把有限的精力留给科研"

谢礼立一生获得荣誉无数，不少还是国家级科学奖。可在他眼中，这些都不是做研究的初衷。他有一套自己的哲学："人的精力有限，要把有限的精力留给科研。"

上学时，谢礼立主修俄语，工作后开始学习英语，他收集来老所长和国外友人的通信，带着两个馒头、一瓶水，从早上 6 点到晚上 7 点，独自坐在公园里，反复背诵。如今在所里，他的英语水平也是公认的好。

谢礼立是上海人，到哈尔滨后就喜欢上了这里。他说，哈尔滨夏天凉爽，冬天屋里暖和，适合看书、做研究。

过去的半年，孙柏涛团队起草了两本有关地震灾害风险评估和隐患排查的规范。他当了 10 年所长，念念不忘的是科研，是对地震工程学科的理解。工作日难得空闲，一到周末，他就和学生们待在一起讨论问题。

一心为学的氛围吸引着曲哲。在日本求学时，他是日本建筑学会会长的得意门生，老师对他的学术水平大加赞赏。曲哲说，做科研有点像创业，不同在于，它有时是一个人在孤独求索。

曲哲乐在其中，也找到了与外界交流的办法。几年前，他做起了自媒体。他说，现在传播方式多样，要写好给少数同行看的科研文章，也要向老百姓说明自己在做什么、自己的研究有什么用，才能提高大家的防灾减灾意识。

几阵寒风，凉意渐起，地处哈尔滨的工力所又将迎来白雪皑皑的冬季。但曲哲说，冬季的工力所，显得更加宁静、更加美丽。

人民日报记者　喻思南

记者手记

保持那份执着的科研定力

为提高抗震能力，古代工匠们会在木塔中央，自上而下加入一根粗壮的"心柱"。正是有了这根"心柱"，一些古塔才得以屹立千年。而今，借鉴这一理念，一些现代建筑设计中也会嵌入"心柱"结构，提升建筑的稳定性，且效果非凡。

面对时代的变迁、外界的诱惑，一个团队、一个机构想要保持定力，传承优良学风、作风，同样少不了有人充当"心柱"。他们或许没有响亮的名声，没有耀眼的头衔，却在为我国科研大厦的安全稳定，默默抗压承重。工力所建所近 70 年，走在地震工程研究的前沿，得到业内的认可，靠的就是一代代"心柱"科研人的薪火相传。社会发展离不开人才，在各行各业、各个领域都有这样充当"心柱"的人才，他们值得全社会的尊重与呵护。

（原载《人民日报》2020 年 10 月 27 日）

国家图书馆专家们：潜心典藏　乐在其中

核心阅读

在中国国家图书馆，一辈子跟书打交道的人比比皆是。多年来，一代代国图人围绕传承中华文明、提高国民素质、推动经济社会发展等目标，不弃微末、久久为功，默默付出智慧和力量。国图能成为馆藏近 4000 万册（件）的亚洲最大图书馆，成为滋养民族心灵、培育文化自信的重要场所，他们功不可没。

"无论将来做什么工作，一辈子都不要离开书"

在国图工作意味着责任。这份责任既来自"国家"的高度和水准，也来自工作的特殊性。就古籍而言，国图收藏了中国历代典籍精华，《四库全书》、《永乐大典》、《赵城金藏》、"敦煌遗书"等等，代表中华传统文化的国宝统统典藏于此，国图承担着赓续中华文脉的使命与职责。

"不容有失啊，不容有失。"古籍善本专家赵前在国图工作了42年，37年与古籍相伴。古籍善本是经过严格校勘、极少缺字讹误的文化精品，但时间的流逝会造成它们的毁损。温度、湿度、空气洁净度、紫外线含量等，都悄无声息地对古籍造成影响。

温度20摄氏度、湿度50%的古籍善本库房，让赵前最感亲切：这里每一部古籍善本都有几百上千岁，必须极其小心呵护。"水杯只能放在饮水处，阅览不准使用圆珠笔、钢笔记录……"十几条规矩，赵前脱口而出。

爱书敬书是国图传统。赵前之所以对古籍如此爱护，和老一辈的表率密不可分。有的古籍纸张发脆，打开一次就会掉纸屑。有一次，馆里的版本鉴定专家冀淑英要查阅一部寸纸寸金的宋版书。阅后冀先

国图古籍馆研究馆员赵前

生洗净双手，回来发现阅览桌的红丝绒布上，多了一丝纸屑。冀淑英急忙起身，颤抖着把纸屑捡起来，神色凝重……

"冀先生多希望纸屑能重新回到书上。我感觉那种表情压根儿不像对古籍，更像对一位长者。我查阅古籍时都会轻拿轻放。时间长了，爱护古籍就像本能一样了。"赵前说。

"2007 年，我们收购了加拿大华人收藏的一册《永乐大典》。"曾在国图古籍馆工作了 20 多年的林世田说，近代以来大批中华古籍流落海外，国家图书馆一直尽力访求。通过一代代专家努力，国图收藏的古籍特藏总数达 300 余万册 (件)。同时，国图成为世界上收藏《永乐大典》最多的图书馆。

林世田说："大学毕业时，导师对我说，无论将来做什么工作，一辈子都不要离开书。结果我毕业分配到国图，一下子掉进书堆里。"

国图研究院研究馆员林世田

不同于一般文献，古籍还是文物，特别是善本古籍更珍贵。"国外做过试验，古籍每打开一次就会缩减 60 年寿命。"林世田说。因此必须通过影印出版、善本再造和数字化，使古籍化身千百，才能解决保护和使用之间的矛盾。

林世田在古籍馆工作期间参与了英国国家图书馆发起的"国际敦煌项目"，与英、法、俄、德、日、韩等国的同行们一起，把敦煌文献数字化成果发布到网上。"以前有人说'敦煌在中国，但敦煌学在国外'，为什么呢？当时我们条件有限，没办法去国外图书馆看敦煌文献原件，所以我们怎么也做不过国外。有了数字化，文献统一格式、统一标准、统一检索，全是高清大图，大大方便了学者研究使用。相当于把敦煌藏经洞搬上了网。"林世田说。

"长期跟文献磨合，工作才能得心应手"

你如果问在国图参考咨询部工作了 35 年的刘庆财什么时候最高兴，他一准儿告诉你："读者找不到的资料，我们找到了，那时最高兴。"图书馆是知识宝库，但如果不知道宝藏藏于何处，很可能会身入宝山却空手而归。此时，就需要参考咨询部馆员的帮助。

大至国家建设规划，小至一张文物照片，只要读者提出需求，刘庆财和同事们都会竭力查找。时针拨回 2008 年，四川汶川发生特大地震，山体崩塌、河流受阻，形成多个堰塞湖，下游百姓的焦急和忧虑牵动着全国人民的心……如何安全有效地破解堰塞湖难题？有关部门向国图发来求助，参考咨询部的馆员们紧急动员，反复检索全世界相关图书馆馆藏。他们发现相关资料后，赶紧通过馆际互借发出文献申请。拿到的资料，为解决堰塞湖难题及时提供了重要参考。

刘庆财心里也苦过。上世纪 90 年代，英语专业毕业后去外企并

国图参考咨询部研究馆员刘庆财

非难事。图书馆工作收入不高，不少人辞职。与刘庆财同期进入国图的 10 多人里，至今还在图书馆系统的只有 3 人，留在文献咨询岗位的只有刘庆财自己。"坚守一个领域不放松，总有一天能有所建树。"刘庆财说，"文献咨询工作依赖广泛的知识和丰富的经验，必须长期跟文献磨合，工作才能得心应手。"

"为人找书不易，为书找人更难。"曾在国图社会教育部工作、跟阅读推广打了 15 年交道的汤更生说，自己最高兴的就是"我们策划的公开课、讲座一座难求，那种心里的高兴，可真带劲儿！"

无论国内还是国际，图书馆界关于"藏"与"用"孰轻孰重，论证一直持续。即便是纸质书、电子书、数据库、口述史等多载体、多形态文献应搜尽搜，应藏尽藏，文献利用率和服务效能的提升也始终是大课题。图书馆是国家文明的宝库，在这里工作的馆员，既是寻宝

国图研究馆员汤更生

人、护宝人，也是传宝人。如何充分发挥馆藏，让更多宝藏为人所知、为人所爱、为人所用，让更多读者在图书馆里发现自己的"新大陆"，这是汤更生一直思考的问题。

2004 年，"4·23 世界读书日"让她找到了突破口。"世界读书日"是全球爱书人的节日，可以利用这个契机举办一场面向公众的活动，推广阅读，宣传图书馆，扩大读者面。

那时候，互联网还不普及，"世界读书日"还不像现在这样为人们所知，信息传播尚不发达，一切要从零开始。但馆员们意气风发，说干就干，不但组织起近 400 人的图书朗诵和名家演讲等活动，还把"汉字激光照排之父"王选请来为活动揭幕。

此后，每到"4·23"，全国各级图书馆都会举办阅读活动。国图的名家讲座连接学术大家与社会公众、国图公开课借鉴慕课推送线上课程、中国记忆展览系统整理影像文献资料……一场场活动、一个个项目，唤醒沉睡的藏书，激活典籍里的文字，让更多人投入阅读怀抱，爱上图书馆。

　　巧的是，汤更生丈夫的生日也是 4 月 23 日。每年这个时候忙得不可开交的汤更生，根本没时间张罗丈夫的生日，"我先生经常开玩笑，说我是'嫁给阅读'的人。"

"他们不仅是读者，也是我的亲人"

　　在国图，有一位从事中文图书外借服务的馆员，熟悉的读者都称他王老师。王老师总是面带微笑，亲切和气，读者的提问再多，他也从来不会厌烦。许多老读者每次来馆除了看书借书，还会找他唠唠家常。"在我眼里，他们不仅是读者，也是我的亲人。""王老师"名叫王宝兴，他说："不管是谁，只要来馆，有困难我就帮。"

　　读者找不到书失落沮丧时，王宝兴第一时间找到备份本送过去；读者日常生活中有困难，王宝兴想方设法帮助；读者过生日，王宝兴总发去祝福短信……

　　国图藏书量巨大、借阅频繁，有时读者大老远来馆，却借不到想要的书，难免心里不愉快。王宝兴专门建立工作笔记，一条条追根溯源了解原

国图典藏阅览部副研究馆员王宝兴

因，再分门别类，总结归纳。如果书目还在编目或已被借走或送去修补，没有上架，王宝兴便记下读者的联系方式，并时刻跟进书籍状态。

曾经一套书由于数目太大，一直显示"文献加工中"，王宝兴坚持近4个月，才等到图书上架。当他打电话告诉读者书可借阅的时候，读者十分欣喜……这位读者到馆后，看到面前等待了4个月的书，像邂逅久别重逢的老友，非常激动，后来还专门写了表扬信。

王宝兴刚到国图工作时，连续几年的大年初一，都会看见一位老大爷来馆给中文外借组的同事们拜年。"老大爷那时候有70多岁了，一大早从昌平坐公交车过来，身上还背着编织袋，里面装着花生、瓜子，送给馆员们吃，一进馆满头大汗……"

原来，他为一家炼钢企业做技术顾问，经常来馆里查资料，中文外借组的同事们为他找了好多书和资料，通过阅读与研究，大爷申请了与直接还原铁有关的多项国家专利，所以非常感激。从那时起，深受感动的王宝兴便下定决心，"我要把读者当亲人"。

"藏书、读者和馆员，这是图书馆工作三要素，馆员就是藏书与读者的桥梁。这座桥坚固与否、宽阔与否，决定了知识能否顺利抵达读者。"刘庆财说，"图书馆的社会价值，正是通过图书馆员实现的。一辈子努力做好这一件事，我们就是幸福的人。"

人民日报记者　张　贺

记者手记

忠于选择　笃定坚守

采访国图专家们，记者始终被他们脸上飞扬的神采所吸引。谈起一辈子的工作，他们表情生动，眼含光芒，仿佛有数不清的话要说。岗位上的点滴就像发生在昨天，新奇、鲜活、清晰。专家们待工作若待爱人，心坚贞而纯洁，情真挚而热忱。

他们的工作，也是传播文化、传承文明的国之大业。长期研究一个领域，他们成为术业有专攻的行家；亲切对待每个读者，他们赢得社会公众的赞誉。人一生能与这样的工作紧密相连，幸甚至哉！他们工作不为褒奖赞誉，只为安放内心的选择和真情。他们的人生启示我们：不管时代激流如何奔涌，坚守自己的岗位，一步步进取，一点点成长，同心同行，就能行稳致远、造福社会。

（原载《人民日报》2020 年 10 月 26 日）

天气预报员们：测风云气象　守皓月晴空

核心阅读

　　总有这样一群人，他们观天测雨，在风云变幻中找规律；他们追赶时间，在雨雪袭来前发出预警。洪水来势汹汹，他们在气象站为防汛救灾提供一手讯息；台风警报拉响，他们彻夜不眠，为沿海居民预报台风信息——他们就是中央气象台预报员团队。

"从 0 到 1"的突破——反复调试运算，建成自己的数值天气预报系统

　　"我 16 岁参军，被分配作气象观测员。从那以后，就再也没改变过投身气象的初衷。"中国工程院院士、气象学家李泽椿，虽已 85 岁，头发花白但精神矍铄，谈起他奉献一生的气象事业，依然充满激情。

李泽椿在授课

回顾这些年走过的路，李泽椿感慨万千。"我到现在都记得上世纪 70 年代河南的一场暴雨，雨量相当于河南省年平均降雨量的两倍。我在现场看到，铁路被冲断，公路运输被迫中止，当时我们却无能为力。"老人语带哽咽，"我很痛心，但深知以当年的技术，确实预报不出来。就算报出来，以当时的信息技术也无法及时送达千家万户。"

痛定思痛，从那时起，作为中央气象台预报组组长的李泽椿，就跟预报科技"较上劲"了。想提高预报的精准度，就必须先啃下"数值预报"这根硬骨头。天气预报要根据冷暖锋气团的移动来判断天气，但现实中，移动过程可能受到地形影响而发生改变。只有通过数值模型，精确计算大气内部的运动规律，预报才能更准确。

"数值预报是现代天气预报的基础，1978 年，我们决定建立自己的数值预报业务系统。"李泽椿回忆，这段路程刚开始走得很艰难。数值模型中的计算格点每缩小 1/2，计算量就会扩大 16 倍。经过刻苦研究和反复调试，上世纪 70 年代末至 80 年代初，李泽椿带领团队与北京大学、中国科学院大气物理研究所合作，建成了我国第一个自动化短期（3天）数值天气预报业务系统。

解决了一个问题，另一个接踵而来。中期数值预报业务系统的建立更难。当时国内高性能计算机正在研制试用，短期内难以满足计算需求。李泽椿回忆，为了突破技术壁垒，他一方面带领团队，加大与科研院校的合作，充分利用已有成果；另一方面在国家支持下，引进超级计算机。

1990年，李泽椿团队建立的这套系统投入使用，成为我国第一个中期（10天）数值天气预报业务系统，我国成为当时国际上少数几个能制作中期数值天气预报的国家。

这是"从0到1"的突破，对气象保障和国家安全来说，意义重大。对此，李泽椿却保持着谦逊。"我只是团队中的一分子，只想踏踏实实把事做成、做好。这么多年来，我始终铭记气象工作的根本宗旨，就是保障国家安全、服务人民生活。这是我们的初心和使命。"

一个"过程"一场仗——他们像艺术家，却是真正的科学家

见到孙军的时候，他刚结束一场会商，马上还要继续制作当天的天气预报。作为中央气象台首席预报员，孙军对这样的忙碌已经习以为常。"今年汛期南方降雨频繁，预报员确实比较辛苦。用我们行业内部的话来说，就是'一个过程一场仗，一次预报脱层皮'。"

这里的"过程"，指的是天气过程。自从上世纪80年代末入职中央气象台以来，孙军见识了各种天气过程。经历了风霜雨雪的磨炼，才一步步从基础岗位成长为国家级首席预报员。"我也算是二十年磨一剑了。"孙军笑笑说，"花几十年做一件事，在我们这行太普遍了。想做一名合格的预报员，就必须耐得住寂寞、顶得住压力、负得起责

任、经得起考验。"

孙军解释，如同工匠根据图纸或模型来制造产品，预报员每天都要跟数据、天气图打交道，依据过去和现在的气象资料，预测未来的天气状况。这些工作在外人看来也许略显枯燥，孙军却觉得鲜活而生动。"当年，我们需要手绘天气图，一支 2B 铅笔、一支红蓝铅笔，就能把风云变幻、皓月晴空铺陈在图纸上。现在技术进步了，在电脑上画图，依然要讲究线条粗细和颜色搭配。就像创作艺术品，我们经常会对比谁的图更漂亮、更赏心悦目。"

不过，孙军也表示，比起浪漫的艺术家，气象工作者实际上是严谨的科学家。遇到复杂的天气状况，要随时观测、反复求证。

"有人认为，这些年技术进步不小，预报何时下雨不算难。但实际上，目前对短时强降雨的预报，即便在国际上也做不到完美。"作为暴雨预报专家创新团队负责人，孙军深知异常强降水是预报难点。

孙军在接受媒体采访

为了提升预报准确率，他用心研究异常强降水概念模型及诊断方法，完成极端降水个案筛选和初步概念模型建立，为预报员寻找定性预报思路和定量预报指标，提供技术支持。十几年前，我国 24 小时暴雨的风险评分只有 15% 左右，现在已达 20%，接近国际先进水平。

预报是概率科学，没有百分之百的准确，但预报员必须付出百分之百的努力。"我们特别理解人们对气象预报准确度的高要求，毕竟天气会直接影响民生，可能一场暴雨我们没准确预报出来，辛辛苦苦种了一年的粮食就遭了殃。"孙军说，"我们发布的预报越准确，公众越受益，国家损失就越小。高中时我想学医，机缘巧合干起了气象预报。多年后回头看，我无怨无悔。做好气象预报，也能够保障国家安全、保护人民生命财产安全。"

老中青"传帮带"——每一次预报都需打起十二分精神，是责任更是动力

当预报员们举行天气会商时，除了坐在"C 位"的首席预报员，旁边还会有一些年轻人认真聆听。他们是中央气象台的年轻预报员，1994 年出生的胡艺就是其中一位。

谈起气象事业，去年才参加工作的胡艺高兴地说："我是真的喜欢气象，喜欢做天气预报。"

上大学的时候，胡艺学的就是大气科学。在她看来，以前看天气是兴趣，现在看天气是习惯。"我在青岛上大学，夏天会有台风经过，上学时没有主动关注。成为预报员后，哪怕台风发生在距离北京很远的地方，我也会迅速绷起神经，了解天气状况。"

工作后，胡艺发现，所谓"完美案例"，只存在于课本上。世界上没有两次完全相同的天气过程，所以无论是夏季的暴雨，还是冬天

胡艺在研究气象资料

的寒潮，都需要首席预报员带着团队仔细分析，认真总结。

　　作为年轻人，胡艺对团队中老中青"传帮带"印象深刻。"时常觉得自己很幸运，在单位里，有这么多前辈倾囊相授，跟我们年轻人无私分享经验。无论多么资深的专家，只要我们提出问题，他们都会耐心回答，从不敷衍。"

　　"负责"是胡艺刚入职时就学到的态度。那时，刚好赶上超强台风"利奇马"来袭。台风登陆前夜，整个会商室灯火通明，从首席预报员到基础预报员，每个人都在认真做研判，一刻不放松。这份气象人的责任心，深深感染了胡艺。"上学的时候，我们在课堂上练习做预报，心态都是放松的。报准了挺开心，报不准也没事，记在错题本里下次注意就行。工作之后，预报天气没有休息日，也没有错题本。如果错了，就会造成实质性影响。虽然预报结果能够二次修正，但造成的损失是无法挽回的。"

深知这一点的胡艺，即便现在还不能单独做全国性天气预报，但在做单个站点的气象服务信息时，也会打起十二分精神，慎之又慎。这是责任，更是动力。"我看到了院士、首席预报员们，是怎样几十年如一日做好预报工作的。让我敬佩，也让我心向往之。我下定决心，要做一辈子气象预报员。"

人民日报记者　赵贝佳

记者手记

脚踏实地　接续传承

无论是历经风雨的专家院士、正值壮年的首席预报员，还是初出茅庐的新人，挂在嘴边最常说、印在心里最深刻的话，都是不忘气象服务的初心、完成气象保障的使命。

几十年前，气象人缺技术、缺设备，依旧刻苦钻研，只为争取突破。现如今，气象人则追求更准确、更精细，只为及时预报，贴心服务。在预报圈里有一句话，不准是绝对的，准确是相对的。一代代气象人所要做的，就是让这相对的可能性越来越大。

预报员的工作围着天气转，而天气变化是没有休息日的，加班、值夜班都是家常便饭。预报员们感慨，有时真顾不上家人，也顾不上身体。即便如此，他们也很少抱怨，继续埋头于数据模型和天气图中。

预报员的工作看似枯燥，但枯燥中也有浪漫。他们脚踏实地，接续传承，日复一日，守望着永恒的星月和风云。

（原载《人民日报》2020 年 12 月 30 日）

北京青少年科技俱乐部老科学家们：700科学家甘为中学生当人梯

编者按

　　7月8日，本报"讲述·一辈子一件事"栏目刊发《"让科学之树枝繁叶茂"》，文中提到，原北京天文台台长王绶琯院士曾在1997年发问："那些当年被寄予厚望的少年，有多少走上了科学的道路？作为前辈的我们这一代人，反躬自问，是否也有失职之处？"当年，他寻求中科院科普领导小组的帮助，倡议并联合60位著名科学家，于1999年发起成立北京青少年科技俱乐部。

　　20年来，先后有721位导师和5万多名中学生参加俱乐部的科研活动，其中约2300人次走进178个科研团队及国家重点实验室参加"科研实践"进所活动。俱乐部早期会员洪伟哲、臧充之等已成为

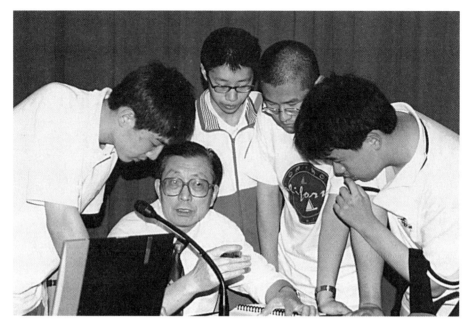

国际宇航科学院通讯院士朱毅麟研究员（左二）和俱乐部学员交流

国际科学前沿领军人物；不少年轻人步入社会后在不同领域感受到俱乐部的影响……

　　本报记者走进北京青少年科技俱乐部，独家采访发起倡议的科学家、俱乐部工作人员及从俱乐部走出的学生，感受老一辈科学家的家国情怀，倾听科技少年的成长经历，把脉科技创新的发展趋势，以期促进青少年科技人才的发现与培养。

　　"昌老师的实验室改变了我的人生走向。"7月13日上午，在北京青少年科技俱乐部（以下简称俱乐部）老会员学术论坛上，洪伟哲和新会员倾心交流：从就读清华大学生物系，到任教美国加州大学洛杉矶分校，这位青年的生活与生物科技紧紧地连在一起。此前的他，喜欢捣鼓无线电、爱好机械制作，认为生物学"尽是些花花草草"。而2000年的暑假，在北京大学生命科学学院教授昌增益的实验室，洪伟哲见到一个多彩的生物世界，兴趣一下子就被触发了……

"应该有一个组织，给热爱科学的青少年们铺路搭桥"

1997 年，原北京天文台台长、时年 74 岁的王绶琯院士致信时任北京市科协青少年工作部部长的周琳，表示他在科普活动中接触过的许多优秀学生，后来都无声无息了……"青少年时期是培养科学兴趣的关键期，应该有一个组织，给热爱科学的青少年们铺路搭桥。"

这种想法，源自王院士年轻时的一段经历：1949 年，怀着童年时对天文的热爱，他提笔给伦敦大学天文台台长格里高利写信，同他讨论天体物理学。隔年，格里高利接收王绶琯进入伦敦大学天文台工作……

"就是因为年轻时遇到了几双科学领域的'大手'，我才有幸走进天文科学的殿堂。我们能为这些喜爱科学的小娃娃做些什么？"这个念头一直萦绕在王绶琯的心头。

1998 年初夏，中科院党组原副书记兼科普领导小组组长郭传杰接到王绶琯的电话："老先生说：我起草一个成立俱乐部的倡议，先签上名，然后请你再约些科学家一起支持……"郭传杰说，两天后他便收到了倡议书；他签名后，送给路甬祥、王大珩、白春礼等科学家，他们签过名，再请学部办、科普办联系更多的科学家……如今，当年签名的纸张已泛黄，但 61 位科学家的签名仍然清晰，其中有院士 45 人，"两弹一星"科学家 5 人。

1999 年 6 月 12 日，俱乐部启动仪式在北京四中礼堂举行，王绶琯、钱文藻、季延寿等科学家一起回答学生提问；一间不大的多功能厅里挤进了 100 多名学生，两台柜式空调机开到最低温度，房间里仍闷热难耐……时任四中副校长刘长铭回忆道："从科学实验到科普活动，学生们提问完全不受约束，我真担心孩子们和老先生们热坏了……"

"积年累月，培养的效果还是可观的，我们没有理由不尽力"

"在酸性矿山排水环境中到底有哪些未发掘的微生物?""这些微生物对酸性矿山排水中的铁硫代谢有何作用?"……盛夏午后，中科院凝聚态物理综合楼报告厅，北京八中学生刘羽骐走上讲台，作了题为《酸性矿山排水中特殊微生物的发掘》的开题报告。

刘羽骐对生物兴趣浓厚，学校的生物实验课已让她觉得不过瘾。"俱乐部的科研实践活动会占用时间，但不会作为高考加分的因素。"刘羽骐说，"可我就是喜欢!"

刘羽骐兴冲冲走进实验室的第一周，就犯了难:"一来就要读文献，太枯燥。"随后，她又有了新发现:"我经常在实验室待到晚上10点多，那时还有很多老师没走。"她渐渐明白:通宵达旦，是科研人

中国工程院院士周立伟教授（右一）在作《"黑暗之眼——把黑夜变成白天"》报告之后，与俱乐部学员交流

北京青少年科技俱乐部　供图

员的常态。

培养皿很容易被霉菌污染，多次重复实验是家常便饭。"我国在研究克隆猕猴时，为了优化体细胞核移植技术中的一个流程，科研人员练习了整整 3 年。"刘羽骐说，"这个故事激励了我，科学不能抱侥幸心理，要严谨。"

"'俱乐部'，关键在'乐'。这并非孩童嬉戏之乐，而是青少年体验科研团队实践、自由发展志趣之乐。"退休后担任俱乐部秘书长的周琳说。

从俱乐部里走出来的少年，有的未必最终从事科研，但这些历练却会让他们受益终身。就读新闻专业的张成美就是一例。"严细深实的科研态度，在任何领域都是至关重要的。"

张成美说，印象最深的是 10 年前和中国农科院植保所的老师们去内蒙古锡林浩特大草原做野外考察。"路的尽头是草，草的尽头是天。我们住的简易平房，是当时目之所及的唯一建筑，虫子经常从房顶掉下来……"他们要考察野外布氏田鼠，研究基因表达与繁殖的相关性。"了解一个洞穴里的整个族群，要耐心等待每只田鼠上钩，每一年的数据独一无二，很多人多年才有所进展……"张成美说。

王绶琯感到很欣慰："积年累月，培养的效果还是可观的，我们没有理由不尽力。"

"你们变成'大手'后，要帮一把'小手'们，让他们少走些弯路"

"我们的问题是不是很幼稚？"诺贝尔物理学奖获得者丁肇中坚定地回答："没有一个问题是幼稚的！"诺贝尔物理学奖获得者李政道则勉励孩子们："做学问，需学问；只学答，非学问。"……臧充之是俱乐部的首届会长，0001 号的会员卡珍藏至今；与两位诺奖得主见面的情景让他记忆犹新。"俱乐部让我永葆一颗纯真的心。"如今，在美国弗吉尼亚大学的实验室里，他正将这份纯真带给更多的学生……

为了给"小手"找到合适的"大手"，俱乐部成立初期，王绶琯和俱乐部副秘书长李宝泉、周琳走遍国家重点实验室，寻找合适的项目和导师。随后，王乃彦、匡廷云等一批批科学家先后加入俱乐部。哪怕工作再忙，他们都会腾挪时间，赶来跟孩子们见面……

与此同时，还有更多的"大手"呵护着"小手"的成长，俱乐部经历过不少插曲。1999年底，人大附中12名学生参与了中科院人类基因组研究计划。期末考试临近，实验不能中断，人大附中校长刘彭芝决定："几名学生不用上课了，期末考试也免了！"5个月后，科研论文在顶级科学杂志《自然》上顺利刊发。虽然缺课，这些学生的成绩仍保持在年级前50名。"长远看，课业学习和科研实践并不矛盾。为这些有能力、有热情的孩子创造条件，对国家培养人才大有裨益。"刘彭芝说。

"你们变成'大手'后，要帮一把'小手'们，让他们少走些弯路。"王绶琯总和老会员说。

2015年，31岁的俱乐部早期会员丛欢作为中科院理化所最年轻的研究员、博士生导师开始了全新的科研生涯。如今，他还在理化所的实验室里，带着他作为俱乐部科研导师带的第三位学生……后来者不断加入，探路者仍在坚守。20年前参加俱乐部活动时，范克科刚大学毕业，是一位深受学生喜爱的生物老师。2016年，他出任人大附中通州校区副校长，可没过多久，他就要求干回老本行，因为他认为"俱乐部的教育是纯粹的教育，更加本真，更加有意义"。

"科学家对国家和民族的责任，给了我们不停步的动力。"退休后的20年，周琳一直为俱乐部而奔走。20年，孩子们在成长，科学家们渐渐老去。目前，61位科学家中已有23人先后离开了我们。被誉为"科学启明星"的王绶琯院士已经96岁，躺在病榻上，他无限感慨："我总是忘记自己已经这么老了，时间不够用，还有很多事没干呢……"

人民日报记者　施　芳

记者手记

科学启明星光耀未来

这是一次颇为困难的采访。俱乐部的一些老科学家已去世，一些因为身体原因无法接受采访；俱乐部的老师非常低调，不愿谈及个人付出与贡献；一线科研人员工作繁忙，采访只能零敲碎打地进行，有的埋头科研，几乎与外界隔绝，采访更无从谈起……

是什么让这样一群科学家，在业已繁重的科研压力下，为培养科技后备人才倾尽心血、矢志不渝？

源自他们的远见卓识。"盖有非常之功，必待非常之人。"科学家们始终将个人命运与国家发展紧密联系，不仅在各自领域作出卓越贡献，还为科技人才培养殚精竭虑。而后者的意义，不仅在于当下，更在于未来。

源自他们的高尚情怀。"繁霜尽是心头血，洒向千峰秋叶丹。"老一辈科学家以"功成不必在我"的宽广胸怀，为有志于科学的青少年铺路搭桥。这种默默奉献、不求回报的精神，是新时代更为宝贵的精神财富。

二十载光阴荏苒，创新引领未来。让我们对那些眼中有光、心中有爱的老科学家致以深深的敬意！正如前辈所期待的那样，一批青春少年已走上科学之路。让我们对那些科学路上的年轻人抱有最大的希冀和祝福！期待有更多年轻人加入他们的行列，一棒接着一棒跑，合力托举中国科技事业创新发展的美好未来……

（原载《人民日报》2019 年 10 月 17 日）

三代人　一件事　家国情

编者按

　　"家庭是人生的第一个课堂，父母是孩子的第一任老师。"良好的家风涵养品格，浸润心灵。理想的种子，往往在日常的耳濡目染中悄然发芽；人生的选择，常常在亲人的言传身教中坚定方向。个人专注一件事的背后，少不了家庭这一坚强后盾。为此，我们推出特别策划，撷取北京、山东、陕西、湖南、河南的5个家庭故事，倾听他们讲述三代人一脉相传专注一件事的坚持与守望。

王天德

王瑞琪

徐普一家

蒋浩的毕业证

蒋丛青

罗锦鳞与罗彤

王允坤

王司晨的姥姥

王司晨夫妇

蒋丽丽

北　京

罗彤一家三代沟通中希文化

见证中希交流多个"第一"

　　古希腊戏剧学者罗彤已任希腊政府特聘翻译官十多年；她在希腊时，凡有中国领导人来访，她都参与接待；回到中国，凡有希腊领导人访华，也会找她。而中国与希腊之间多个"第一"，都由罗家三代人参与并见证……

　　罗家与希腊结缘，始于爷爷罗念生。1933 年，赴美留学期间，罗念生发现希腊文学乏人问津。他毅然横渡大西洋，成为来到希腊的第一个，也是当时唯一一个中国留学生。另一种古老文明的魅力，比爱琴海风光更令他沉醉，也开启了罗念生此后研究生涯的序章。60年来，他翻译了古希腊文学、戏剧、哲学著作 30 余部，译著和论文1000 多万字，主编了首部《古希腊语—汉语语典》，填补了中国古希腊研究领域的诸多空白。

　　阔别半世纪，直到晚年，罗念生才有机会再次来到希腊。这多亏了儿子罗锦鳞。罗锦鳞从小对戏剧情有独钟，考入中央戏剧学院后，系统学习古希腊戏剧，授课老师正是父亲的学生。1986 年，已留校任教的罗锦鳞带领学生排演《俄狄浦斯王》，演出取得巨大成功。随后，剧团受邀参加国际古希腊戏剧节，罗念生随行。"爸爸一直希望有继承人，这下可高兴坏了！"罗锦鳞说。

　　此后，罗锦鳞一口气排演了多部父亲翻译的古希腊戏剧。他在戏里融入戏曲元素与东方美学，最极致的例子就是河北梆子版《美狄亚》。在哥伦比亚演出时，谢幕长达 26 分钟，观众久久不肯离去……

　　"把希腊文化带到中国，爷爷、爸爸做了很多，我要把中国文化带去希腊……"1990 年，希腊帕恩特奥斯政治和科技大学向罗彤发出邀请。在她的推动下，雅典大学语言学院开设了汉语课。2001 年，她成立了希腊最早的中国文化中心，教希腊人汉语、功夫、书法、绘画。

两年前，罗彤决定回国。"爷爷当年对古希腊戏剧的翻译，很文学化，有些注释比原文还长。"罗彤重新翻译了剧本，让语言更适合舞台。"时代在发展，语言在变化，读者需要新译本。"她还与父亲一起当导演，将更多古希腊悲喜剧搬上舞台；到大学和机构授课或演讲，推介希腊文化……

"爷爷翻译研究，父亲专注舞台，我两者兼有——不是单向引入，是双向沟通。"罗彤说，这，就是传承。

山　东

王瑞琪一家三代钟情特种兵

父辈保卫的家国交他守护

训练场中垂下一条 18 米的大绳，负重 30 斤徒手爬到顶，40 秒内才算优秀。爬到半空的王瑞琪，一个动作不慎，卡在绳子上，上不得下不得，急得满头汗、脸通红。"不及格！"被解救下来后，王瑞琪既羞愧，又懊恼……

他考上大学，却又换上戎装。在武警上海总队特战大队的营房里，谈起这个选择，刚刚 20 岁的王瑞琪想到了爷爷王天德和父亲王德广。1965 年，王天德成为佳木斯边防部队的侦察兵；1993 年，刚满 18 岁的王德广迈入王瑞琪如今所在部队的前身——武警上海总队五支队特勤中队。

特战队是武警部队里的"尖刀",要求严、标准高。选择坡度起伏大于30度的山地道路,重约60斤的全套战斗装备,5公里越野,27分钟内合格……类似项目200多个,唯独大绳攀爬,成了王瑞琪的一道坎。

训练带来的沮丧,让他想起爷爷。1969年东北雪原,王天德在零下几十摄氏度的冰天雪地一走就是40天,脚冻坏了也依旧出色完成侦察任务。王瑞琪不明白,爷爷是怎么做到的,但他记得指导员任亮的一句话:"训练别怕苦,信念要坚定。"

建军节前,队长说到时候组织大家去海边,王瑞琪和战友们欢呼雀跃。没想到当天队长一声令下,所有人全副装备上身,从驻地到海边20多公里,跑步前进。3个小时后,王瑞琪拖着疲惫的双腿下海,感到痛苦与快乐交织,心想:"部队有多严格,就有多亲切。拼了命,也要练出18米绳!"

爬大绳,诀窍在腿。杯口粗的大绳,腿上缠好几道,要踩住绳子,找准受力点。每一次抬腿,都在和几十斤重量抗争。"你脚弓有紫癜了吧?"特战一中队队长张鹏飞问,"有了。"王瑞琪答,"那就快成了。"

30多天后,大队营房里的"擂台勇士"光荣榜,有了王瑞琪的名字:成绩34秒,排名前列。

父亲也在这里获过荣誉。1994年上半年,王德广被评为当年"十佳新战士"。"我们从不说煽情的话。"但得知王瑞琪训练有成,王德广给儿子发短信:"你是爸爸的骄傲。"

王瑞琪是团队中的狙击手,常在驻地趴着瞄准,一趴就是两三个小时,父亲这句话老往脑子里钻。王瑞琪决定:打破爷爷和父亲解甲回乡的惯例,"赖"在部队,做职业军人。

前些日子进博会,王瑞琪到现场执行任务。霓虹灯影绚烂闪耀,摩天大楼光鲜亮丽。来往人群中，王瑞琪握紧钢枪。爷爷保卫过的国家、父亲驻守过的城市，现在交给他来守护。

陕 西

王司晨一家三代投身航天

参与卫星整套全流程

一声电话响，把王司晨从梦中叫醒："卫星三周姿态角和角速度超差、GPS出现异常……"她赶紧联系值班人员，此时时针指向凌晨4点。

作为西安卫星测控中心的航天器长期管理部工程师，王司晨和同事们拥有一个诗意的称号——"牧星人"。6点处理完突发情况，打会儿盹继续上班。"我负责的太阳同步卫星在凌晨4点到上午10点间过境，这算正常作息。"王司晨说。

王司晨有时回家也牢骚几句："妈，你们那会儿哪有我们忙。"母亲答："这点苦算什么，想当年……"母亲王燕虹的念叨仿佛把时钟拨回过去。

王司晨一家三代六口，把青春都交付祖国的航天事业：姥姥姥爷把航天的种子深埋秦岭深山；父母把一颗颗卫星送上天；王司晨两口子亲历从"北斗"到"嫦娥"，中国迈向世界航天强国。

"国家缺什么，你就学什么！"报志愿父母做主，毕业干航天顺理成章。多年前，王司晨两口子经常随装备坐火车走南闯北。"为了吃口热稀饭，在补给点把米饭和开水混到暖炉里，焖熟第二天吃。我们管这叫'大篷车'一族。"丈夫刘鑫说。

工作强度大，刘鑫有自己的一套"减压妙招"："领导让我们多看科幻片，或许想象很快就成为现实。面向星海，咱们敢想也敢干！"

"她嘴里的新词，我是不懂喽！"王燕虹干了一辈子航天软件研发，15岁来到太原卫星发射中心。"一盘4分钱的炒雪里蕻，我能想半年。条件苦，大家却攒着一股劲儿。"王司晨的父亲王允坤做航天仪器计量，当年赶着夜色来到基地。"呵，刚来发现还有楼房！"走近才傻眼，"原来是盘在山上的一孔孔窑洞。"扎进窑洞洞，吃着玉米面，手摇计算器，父母就这样攻克难关。

王司晨小时候很难见到父亲，就像王燕虹小时候很难见到她父亲王恕一样。在王燕虹的记忆中，父亲不是在外考察，就是化身办公楼里的一束灯光。"姥爷心脏病也瞒，我妈是从同事口中听说的。"王司晨说。王燕虹望向电视柜上一幅人像十字绣：眉宇刚毅，冲着镜头眯眼笑。这是根据王恕生前照片绣的。王司晨说："男人搞硬件，女人搞软件。一家人从策划、发射到运行，把卫星一整套流程都干了。"

退休不退志的王允坤，现在专注于航天科普，全国很多科技馆都有他设计的航天模拟发射装置。夜晚，王允坤领着外孙看星星，"姥爷，那颗星星在动！""那是卫星，是你太姥姥太姥爷、姥姥姥爷和爸爸妈妈一起保护它在天上飞呢！"回到屋里，王允坤掏出模型放到外孙手上。孩子玩得特开心，不一会儿便甜甜睡去。王允坤想从他手里把模型取走，没想到睡梦里的他也紧攥着，一点不肯松手……

湖 南

蒋丽丽一家三代坚守讲台

77年培养230多名大学生

"同学们好，我是Miss Jiang！"2011年，初次站上家乡小学讲台，

23 岁的蒋丽丽稚气未脱。教室里，一双双大眼睛求知若渴，读书声清晰洪亮。

蒋丽丽家在湖南省永州市江永县源口瑶族乡清溪村。从湖南第一师范学院毕业后，蒋丽丽成为清溪小学的第一位英语老师。

过去，附近只有一个英语老师"走读式"教学，上完课就赶去下一所学校，许多乡亲想方设法将孩子转走。蒋丽丽来了以后，引导学生熟悉自然拼读法，平日领孩子们早读，课后和周末跟孩子话家常，把英语融入生活。

"Miss Jiang，老记不住单词怎么办？"几年前的一天，留守儿童小峰来到她办公室，急得快哭了。蒋丽丽多次"开小灶"，帮小峰找到发音规律辅助记忆。今年，小峰考上湖南一所重点大学时特意向蒋丽丽报喜……

专业的老师、有趣的课堂，清溪小学因为蒋丽丽火了，生源越来越多。有学历、业务好的蒋丽丽，为何不留在城市？"家乡需要我，孩子们需要我！"蒋丽丽说，她把自己想象成一束微光，微光点亮微光，照亮瑶家孩子的求学路。这种精神，是根植于蒋家人血脉中的信念。爷爷蒋浩和父亲蒋丛青都是乡村教师，三代人接力 77 年，培养出 230 多名大学生。

提起 4 年前去世的蒋浩老师，乡亲们赞不绝口。蒋浩 1958 年考上衡阳师范专科学校中文系，成为村里第一个大学生。乡亲们以为他会从此跳出"农门"，没想到他毕业回来当了中学老师。"在县城教书不成问题，为什么回来？"当时，与他共事过的退休教师田万载曾问。"农村更缺老师，我不回来孩子怎么办？"蒋浩一句话，平淡而坚决……

那时没教室，蒋浩在破庙里摆几张板凳上课。当时清溪村一半以上是文盲，蒋浩办起了夜校，从教农村妇女识文断字做起。此后，蒋浩辗转多所乡村中学，足迹遍布大半个江永县。

教育是用生命影响生命，乡亲们被感动了。蒋丛青清晰记得：一次父亲即将调走，许多学生家长流下眼泪；父亲生重病住院，乡亲们自发来探望，有的还捎来了家里仅有的鸡蛋⋯⋯

"我留在大山，要把更多孩子送出去。"蒋浩的这句话，烙在蒋丛青心里。1985 年，蒋丛青高中毕业后，放弃成为乡干部，站上了乡村学校的三尺讲台。那晚，蒋丛青在枕边发现了一枚园丁荣誉纪念章，他知道，这是父亲的"至宝"。

最困难的时候，蒋丛青连孩子的学费都交不起，但他从未动过离职的念头。一方讲台将三代人牢牢吸引到一起。蒋丽丽填报高考志愿时，已过耄耋的蒋浩把她拉到身边说："村里最缺英语老师，还是学英语吧。"蒋丽丽望着爷爷爬满皱纹的脸，用力点点头⋯⋯

河　南

徐普一家三代守护林海

国有林场十余年未发大火

37 岁的林场防火队长徐普，月工资 3000 多元。老同学用翻倍工资请他，他却婉言谢绝："我走了，树咋办？"

徐普是河南省国有泌阳板桥林场的"林三代"。1953 年板桥林场建立，爷爷徐廷伦上岗，成为一名营林工人；1976 年爷爷退休，爸爸徐清欣接班，继续上山种树。后来，徐清欣转到林场派出所，现在退休又返聘。2003 年，徐普毕业到林场，一干就是十多年。"爷爷、爸爸，加上叔叔、姑姑、姑父、弟弟等，一家 9 口人在林场。"徐普说。

石头铺满地，飞鸟无栖树，曾是泌阳县荒山荒坡的真实写照。如今的林场唐庄林区，机器新挖的树坑里，大大小小还是鹅卵石。不同的是，一株株胳膊粗细的麻栎树，用裸露的根紧紧"抱"着碎石，在少土缺水状态下倔强生长。

"过去哪有林？树全是一镢头一镢头刨石窝、一担土一担水、一棵一棵树苗'养'出来的。"徐清欣回忆说：以前工具不趁手，徐廷伦等第一代林场工人用"八斤半"的镢头，夏天挖坑，冬天栽树。恶劣的自然条件曾让"徐廷伦们"绝望：打不出来井，翻不上来土。前期种松树，缺土少水，种一批死一批，熬了很多年，才稀稀拉拉活了几千亩。直到改种麻栎树，成活率才大幅提高。

种树这么难，为啥还要种？"就是响应国家号召绿化荒山，当然也为生活。"徐清欣说，父亲徐廷伦上山，一去常是一两个月，等回来时家人都认不出来……

前两年，80多岁的徐廷伦脉管炎复发，再不能下床；但他种的树长满山坡，与19.7万亩林海连成一体。徐普登高拍照片，拿给爷爷看。苍松翠柏作点缀，秋来层林染红黄。茂密的树林里，落叶形成厚厚的肥土，秋果秋实遍地可拾，野猪、野兔、松鼠和獾安居繁殖，处处生机盎然。

作为河南省八大林区之一，板桥林场涉及12个乡镇，线长面广管护难。"俺们一家人，护树已是家常便饭。"徐清欣的妻子刘长芝说，她是河南省首届优秀警嫂，也有一份护树责任。其时徐清欣待遇低，刘长芝没工作；她一边干些零活儿，一边拉扯两个孩子……

徐普长大后，林校毕业，当上防火队长。一旦有火情，他和队友就带着防火拖把、风力灭火机，第一时间上山，配合消防员。靠着用心看护，林场已有十多年没有发生大火灾。"爷爷跟恶劣环境斗，爸爸跟贫穷斗，我们更多是跟自己斗。"徐普说，外面的诱惑很多，他也想要离开；但护林传到这一代放下，非常舍不得……

"干林业工资不高，可每天能看到树林蓝天，呼吸新鲜空气。身处自然，心境坦然，很有幸福感和成就感。我和弟弟商量过，一定要在林场里坚守下去，守住这一片绿色的希望！"徐普说。

人民日报记者　周飞亚　巨云鹏　原韬雄　王云娜　马跃峰

（原载《人民日报》2019 年 12 月 25 日）

后记：让这份感动直抵人心

创新离不开专注，事业离不开执着。当今社会，各行各业发展进步来不得半点浮躁，一辈子专注一件事、痴迷一件事、成就一件事的人，尤为可贵。他们在干事创业中，既有"板凳甘坐十年冷"的毅力，也有"十年一剑寒光华"的志气，胸怀家国、无怨无悔，不计得失、但事耕耘，用浑然忘我和精益求精，创造了一个个奇迹。

2018年底，《人民日报》要闻六版编辑组酝酿开设"讲述·一辈子一件事"栏目。在选题策划会上，编辑们形成了几点想法：一是人物选择上，从各行各业中筛选出兢兢业业、追求卓越、不为名利的坚守身影，既有"能接地气"的真实感，又要与时代同频共振；二是写作方法上，扭转人物报道平铺直叙、生平式脸谱化的写作"套路"，塑造鲜明的人物性格特征，在字里行间悄然流露对事业的专注、痴迷。

此后，编辑组挖掘梳理了大量专注干事的老科学家、学者、各行各业有突出成就的人物线索。从执棒国家大剧院管弦乐团、用艺术传递为民情怀的郑小瑛，到伏案深耕、编成皇皇巨著《中国大百科全书》的金常政，再到托起"嫦娥奔月"、实现千年圆梦的欧阳自远……在

357

他们身上，时间仿佛是静止的。从少年时的苦苦求索，到老年时的淡定从容；从追求梦想的坚定执着，到回报家国的拳拳之心，他们的品格令人敬仰，他们的故事感动人心。

我们被他们的"信仰与信念"所点燃，为他们的"执着与坚守"而叫好。大家下定决心：做出不一样的人物报道，既要像记录身边人一样真实可感，又要让文字力透纸背、感动直抵人心。

栏目从孕育到刊发，再到三年多的精心打理，一路走来，有幸福也有艰辛。在策划第一批人物稿件时，恰逢 2018 年年终盘点，年度汉字受到社会广泛关注，那么一生与汉字结缘的人，能书写出怎样的人生？怀着质朴的想法，编辑们沟通记者、联系大学和科研院所，最终，一生埋头研究训诂学的王宁先生进入报道视野。

临近年底，王宁先生的日程很满：学术研讨会、讲座、国图公开课、研究生考试……一位 82 岁的老人如此紧凑的时间安排，令记者和编辑十分感慨。采访，只能见缝插针。为此，记者频频登门：去研讨会现场聆听、到家里多次拜访，精诚所至，金石为开，最终采访到了王宁先生……

2019 年中，恰逢清华大学提出"为祖国健康奋斗 50 年"口号 62 周年，顺着这个线索，我们关注到了最早提出该口号的那一批干事创业的老先生。凌晨 4 点半即起床打网球，93 岁高龄仍每天工作六七个小时……清华大学工程力学系创建人之一黄克智老先生进入编辑的视野。

在老先生早起打球的时候，记者如约来到清华大学。那天，黄老先生骑着一辆电动三轮车，后座上是相濡以沫的老伴。老先生清晰地回忆起奋斗岁月中的星星点点，讲到关键处更是激情澎湃，眉宇间闪烁着智慧的光芒，记者深受感染，一气呵成，写出了黄老先生的精气神。

对于编辑来说，每找到一个人物线索，就如同触摸到一扇认识世界的窗户，做好这篇人物报道，便是与读者一起推开这扇窗，看到一段精彩的人生。在风云变幻的时代中，这些老先生保持定力、几十年如一日地默默坚守，秉持"板凳坐得十年苦，研究不来半点虚"的态度，既是"干一行、爱一行""行行出状元"的真实体现，又是践行社会主义核心价值观的生动典范。每个具体人物身上微小的闪光点，如浩渺星空中的点点星光，指引着时代前进的方向。

"讲述·一辈子一件事"栏目的成功开办，是要闻六版编辑组积极响应《人民日报》改版提质要求，不断提高稿件质量、报道水平的努力尝试，又是在变动不居的时间河流上，触摸发展脉搏的一点努力。以人物报道为主攻方向的要闻六版，一直在不断探索、孜孜以求，尝试在人间百态中捕捉感动力量、在纷繁复杂中呈现拳拳真情，也见证着党报编辑的担当作为和执着坚守。

三年多来，"讲述·一辈子一件事"栏目刊发数量渐成规模，栏目风格日趋成熟，人物类型不断丰富。如今，在社领导和总编室领导的大力支持下，在要闻六版编辑组董建勤、张彦春、康岩、宋宇、刘涓溪、吴凯满腔热情倾注心血的努力下，将这些稿件结集成册，用另外一种方式呈现中国精神、中国价值与中国力量。此外，葛亮亮、王永战、翁宇菲等同志对栏目的创办和完善亦有心力付出。

唯愿此书，成为照亮前路的明灯，带来奋勇前行的力量。

《人民日报》要闻六版编辑组

责任编辑：陈冰洁　汪　逸

封面设计：蔡华伟

版式设计：王欢欢

图书在版编目（CIP）数据

一辈子一件事：平凡英雄的追梦故事 / 人民日报总编室 编 . — 北京：人民出版社，

　2023.2

ISBN 978－7－01－024042－8

I.①一…　II.①人…　III.①新闻报道－作品集－中国－当代　IV.① I253

中国版本图书馆 CIP 数据核字（2021）第 253664 号

一辈子一件事

YIBEIZI YIJIANSHI

——平凡英雄的追梦故事

人民日报总编室　编

人民出版社 出版发行

（100706　北京市东城区隆福寺街 99 号）

中煤（北京）印务有限公司印刷　新华书店经销

2023 年 2 月第 1 版　2023 年 2 月北京第 1 次印刷

开本：710 毫米 ×1000 毫米 1/16　印张：23.25

字数：298 千字

ISBN 978－7－01－024042－8　定价：89.00 元

邮购地址 100706　北京市东城区隆福寺街 99 号

人民东方图书销售中心　电话（010）65250042　65289539